SYLVIE YOUNG

TURBULENCES DE SILLAGE

ROMAN

Presses Universitaires du Nouveau Monde

2023

Copyright 2023 by Sylvie Young.

All rights reserved. No part of this publication may be reproduced, stored in a retrieval system, or transmitted, in any form or by any means, electronic, mechanical, photocopying, recording or otherwise, without the prior written permission of the Publisher.
Published in the United States by Les Presses Universitaires du Nouveau Monde. Printed in France by Mon Beau Livre.
E-mail: punouveaumonde@gmail.com
Visit our award-winning web pages: www.punouveaumonde.com
www.unprsouth.com

Sylvie Young.
Turbulences de sillage. Roman.
Foreword by Malina Stefanovska (UCLA).
First French Edition. Fiction Series.

292 pages.
Front Cover Art: *Temple Ubud, Bali* (Photo by Sylvie Young, 2013, reproduced with permission).
Front Cover Design by Stan Levêque.

1. Literature. 2. Novel. 3. Autobiofiction. 4. France. 5. Indonesia. 6. Jakarta. 7. Bali. 8. USA. 9. Malina Stefanovska. 10. Sylvie Young.

ISBN: 978-1-952799-50-1
2023

À NINA.
AU MILIEU DU SINISTRE,
UNE FLEUR.

AVANT-PROPOS

Turbulences de sillage, un premier roman qui se lit d'un seul trait, a pour sujet une année dans la vie d'une femme franco-américaine en poste à Jakarta. C'est une année cruciale pour ce qui est en même temps une histoire d'amour et un récit d'exploration de soi, sorte de "roman de formation", bien qu'il s'agisse d'une femme de quarante ans, montrant que l'on n'a jamais fini de se découvrir.

C'est aussi une histoire inhabituelle, car d'amours, il y en a plusieurs. Le récit s'ouvre sur la promesse d'une romance (qui n'aboutit pas), se déploie sur le souvenir d'un mariage (qui se brise) et se conclut sur le rapprochement difficile entre une mère et une fille, qui s'aiment, mais vivent très mal toutes les deux leur rapport à soi. Ces relations complexes et souvent douloureuses évoluent sur un arrière-fond resplendissant: l'Indonésie, un pays qui a autant de facettes que d'îles, comptées en centaines, et pour lequel la narratrice développe un amour profond, le seul amour dans sa vie qui s'épanouit avec joie et sans réticences.

Décrit de Jakarta à Bornéo, de Bali aux Mille Îles, avec des détails qui dénotent une grande connaissance et un très fort attachement, ce merveilleux pays se montre dans toute sa beauté et dans toutes ses contradictions, et sert de point d'ancrage à l'exploration d'une identité multiculturelle et fragile: celle de la narratrice et de l'autrice.

MALINA STEFANOVSKA
(Professor of French and Francophone Studies, UCLA, USA)

CHAPITRE I

Jakarta, septembre 2016

La voiture avance par à-coups, au fur et à mesure que s'ouvre un espace libre dans la circulation serrée du centre de Jakarta. Il est dix-huit heures trente, l'heure de pointe, et des essaims de mobylettes, petites cylindrées et scooters en tous genres, vrombissent tout autour du véhicule. Jeunes hommes en tongs, jeunes femmes dont le voile dépasse du casque, couples où le passager envoie tranquillement un SMS pendant que l'autre conduit, familles entières sur des scooters avec le gamin de trois ans debout entre les bras du conducteur, et le petit d'un an suspendu dans le porte-bébé de la mère. J'admire les prodiges de dextérité réalisés par les motards qui parviennent à se frayer des chemins dans des espaces minuscules. Dans la voiture, le vacarme ambiant est quelque peu assourdi et crée une sorte de bruit de fond curieusement rassérénant. Je savoure l'odeur discrète du cuir des sièges, et m'étale dans le halo tamisé de la petite lampe de lecture attachée au bras articulé contre l'appuie-tête de mon fauteuil.

Ce moment de calme, après une journée chaotique, est providentiel. Mon nouveau travail m'épuise. Passer, à plus de quarante ans, d'une routine assez bien établie et, disons-le franchement, plutôt tranquille de professeure d'université assurant quinze heures de cours par semaine dans une petite fac de la banlieue de Los Angeles, à un travail entièrement nouveau dans la capitale d'un pays radicalement inconnu, n'est pas de tout repos. Il a fallu, pour répondre à l'appel, irrésistible pour mon mari Edward, de la vie d'expatrié en Asie du Sud-Est, déménager la famille, y compris les deux cochons d'Inde, de

Californie en Indonésie. Arrivés il y a deux mois à peine, nous n'avons pas encore l'impression d'avoir posé nos valises, mais pour Edward et moi, le travail a commencé sur des chapeaux de roues. Pas de période d'adaptation : nous avons été jetés dans le feu de l'action dès le premier jour ou presque. Edward a été embauché en tant qu'ingénieur en pétrochimie dans la branche indonésienne d'une grande compagnie américaine, et nous avions décidé de n'accepter l'offre que si la compagnie me trouvait également une place. Heureusement, avant de me lancer dans l'enseignement supérieur, j'avais pratiqué maints emplois dans divers bureaux, et on a jugé mon profil suffisamment versatile pour justifier ma présence dans le département de responsabilité sociale de la boîte. J'y suis chargée de la gestion de leurs programmes de soutien et de développement. Le genre de travail que nous faisons s'inscrit dans la philosophie locale du *Gotong Royong* (travail en groupe). Nous avons des programmes pour aider au développement des petites et microentreprises, des projets locaux pour l'éducation, la formation, l'écologie, la santé. Les cyniques diront que ce n'est pas assez, comparé aux dégâts que la compagnie cause à l'environnement, et qu'elle se donne ainsi bonne conscience. Moi qui cherche toujours le côté positif des choses, je me dis qu'il faut soutenir au maximum ces initiatives, aussi faibles ou hypocrites qu'elles puissent sembler.

En tout cas, ce qui est vrai, c'est que les dossiers sont nombreux et variés, requérant dix à douze heures de mon temps chaque jour, et plus encore pour mon équipe qui compte cinq personnes, tous Indonésiens. Indah est l'assistante administrative principale, et je peux compter aussi sur l'aide de deux analystes et deux chargés de programmes. Je suis heureuse de ne pas avoir à rester oisive si loin de tout ce qui m'était familier, mais il y a un prix à payer : je dois apprendre le métier à toute vitesse, ou plutôt absorber, emmagasiner, en espérant pouvoir mettre bientôt tous les morceaux du puzzle en place de manière cohérente. Depuis que j'ai commencé le travail, je rentre tous les soirs à la maison avec un mal de tête épouvantable, l'estomac trop serré par le stress pour accepter quelque nourriture que ce soit, et un jour sur deux, avec l'impression de ne pas vraiment être à la hauteur et surtout pas à ma place.

Il faut dire que c'est un défi, maintenant que nous vivons à l'étranger, d'être considérée exclusivement comme une Américaine. Quand je vivais aux États-Unis, c'était mon origine française qui me définissait, mais ici, les proportions sont chamboulées et contribuent à ce malaise identitaire tenace que je traîne avec moi depuis que j'ai émigré. Sitôt que j'ai quitté la France, il y a maintenant plus de vingt ans, je suis entrée dans une zone identitaire nébuleuse, aux frontières plus que fluides. Il est clair que je suis toujours française, mais aussi américaine. Ce n'est même pas une question de pourcentage, ce serait trop facile et trop net ! Les mauvais jours, je maudis cette passion pour l'Amérique qui m'a saisie très jeune, cette hybridité qui me constitue à présent et qui me laisse indécise, incertaine, immatérielle. Voulant être deux personnes à la fois, j'ai parfois l'impression de n'être rien du tout. D'autres jours plus féconds, je me laisse aller à la sérénité d'une image magnifique conjurée par le funambule Philippe Petit, alors qu'il évoquait son extraordinaire promenade sur un câble tendu entre les deux tours du World Trade Center. Il a comparé ses allées et venues d'un bout à l'autre du câble au vol sûr, puissant et désinvolte, d'un aigle planant entre les parois d'un canyon. C'est ainsi que je voudrais un jour pouvoir m'imaginer, voyageuse ailée tournoyant entre deux cultures, capable de me poser soit d'un côté, soit de l'autre, mais évoluant la plupart du temps calmement au-dessus de l'abîme ouvert, du vide suspendu, sans pour autant remettre en cause mon identité profonde.

« Vous y êtes, Madame. » Le chauffeur me regarde en souriant dans le rétroviseur.
Perdue dans mes pensées, je n'ai pas vu que nous étions arrivés. Plus besoin de me préoccuper de mon rôle sur cette terre, je sais ce que je dois faire ici : tenir compagnie à ma collègue Indah qui va accueillir chez elle, pour un an, un étudiant d'échange belge. Ce soir, c'est le grand gala d'accueil pour tous les étudiants, qui viennent de partout dans le monde. Indah est mère de deux jeunes garçons, et elle s'est dit qu'ils bénéficieraient d'un échange interculturel. Elle a déjà communiqué par mail en anglais avec Emmanuel, son "fils" adoptif mais, pour ce soir, elle a pensé que cela ferait plaisir à l'adolescent de pouvoir parler français avec quelqu'un dont c'est la langue natale, d'où l'invitation à la rejoindre. La voiture s'arrête devant un restaurant à la devanture illuminée par une guirlande de lanternes multicolores. La porte est ouverte et un groupe est attroupé juste au-delà de l'entrée. Je suis curieuse de rencontrer ces jeunes, arrivés en Indonésie il y a quelques jours seulement, et qui vont vivre une expérience inoubliable pendant un an. Cela, je le sais bien, car moi aussi j'ai été étudiante d'échange à leur âge, sélectionnée par le Rotary Club de Vittel, en Lorraine, pour passer un an aux États-Unis, juste après le bac.

« Merci. Vous m'attendez dans le coin, et je vous appelle quand c'est terminé. D'accord ? » Le chauffeur hoche la tête avec enthousiasme et un grand sourire. Mon indonésien pour la conversation de tous les jours est encore très approximatif malgré les trois mois de cours intensifs de langue que la boîte m'a offerts avant le départ. Je sors de la voiture et immédiatement, une chaleur moite m'enveloppe. L'odeur des cigarettes au *kretek* flotte dans l'air, mêlée à celle de la friture d'un vendeur de beignets au poulet devant le restaurant. Je me dirige vers la porte, et dès qu'ils me voient, les jeunes groupés à l'entrée se placent hâtivement en deux files d'honneur, mains jointes au milieu de la poitrine, et déclament plus ou moins en chœur alors que je passe entre eux, un peu abasourdie, un « *Selamat Datang !* » (Bienvenue !) retentissant. Je passe à travers ce comité d'accueil avec un sourire un peu figé, et pousse un soupir de soulagement quand je repère ma collègue, Indah, qui a quitté le boulot plus tôt pour être là bien à l'avance. Elle me voit et vient droit vers moi.

« Enfin ! Je me demandais si vous alliez arriver à l'heure. »

« Ce n'est pas à vous que je vais expliquer la situation sur la route à cette heure... » Indah hoche la tête. Originaire d'une petite ville du nord de l'île de Java, elle vit à Jakarta depuis plus de quinze ans et se lamente régulièrement des heures de sa vie perdues dans les bouchons.

« Bon, vous avez rencontré Emmanuel ? » Je cherche des yeux, en disant cela, le garçon dont elle m'a montré la photo cet après-midi au travail. Elle s'anime et me désigne discrètement un petit groupe, qui se tient près d'une grande bannière verticale portant le logo de l'organisation gérant cet échange.

« Oui, il est là, près de la directrice du programme, le grand mince avec la mèche sur l'œil, vous le voyez ? »

Comme elle a déjà rencontré tout le monde, elle me désigne ensuite discrètement les invités de marque. Il y a là plusieurs représentants de l'organisation, les familles d'accueil, des étudiants ayant participé au programme les années précédentes, un diplomate japonais, et un Américain d'une trentaine d'années, qu'elle me dit être du Peace Corps, ici pour enseigner l'anglais dans un village indonésien de l'est de Java. Indah me dit qu'il est venu à la place d'une famille du village qui ne pouvait se déplacer pour accueillir leur étudiant d'échange. Ce jeune homme s'appelle Clive, apparemment. Mes yeux s'attardent sur lui, tandis qu'Indah continue à babiller. Il est de taille moyenne, très mince, mais de sa personne se dégagent une force gracile et une sorte de sérénité perceptible même à distance. Cela ne m'étonnerait pas qu'il soit expert en arts martiaux ou alors un yogi de haut niveau. Rapide comme l'éclair, l'idée qu'il pourrait être un adepte du sexe tantrique me traverse l'esprit. D'où cela m'est-il venu ?
.

Pour vite me changer les idées, je commence à serrer des mains, à bavarder cordialement, particulièrement avec Emmanuel qu'Indah est allée chercher, dès qu'il s'est trouvé libre, et qu'elle semble déjà couver comme une vraie mère poule. De fil en aiguille, je finis par rencontrer les jeunes Américains qui se sont mis un peu à l'écart des autres et bavardent avec animation.

« Bonjour, ça fait plaisir de rencontrer des compatriotes ! Je m'appelle Ève-Lise, je viens de Los Angeles, et vous ? »

« Bonjour, Madame. » Un grand garçon à la peau foncée, très mince, les poignets couverts de bracelets de corde et les yeux bordés de khôl, parle pour le groupe.

« Moi c'est Ahmed, et eux, ce sont Mark, Violet, Aurora, Katie, Nell, Calista et Audrey. »

Comme ils sont jeunes et désarmants ! Ils me font penser à Aimée, ma fille, qui a plus ou moins leur âge. Je leur serre la main à tous, apprends leur ville d'origine, leur destination en Indonésie.

« Comment vous sentez-vous, au début de cette grande aventure ? »

Ils hésitent un peu ; certains rient, gênés.

« Vous pouvez me le dire, moi aussi j'ai été à votre place...et les premiers jours, je n'étais pas du tout sûre d'avoir fait le bon choix. »

Mark, visiblement soulagé, se lance. Ses cheveux sont gras et lui tombent dans les yeux, mais il a un beau sourire franc :

« Ben, jusqu'à aujourd'hui, ça a été, parce qu'on était tous ensemble pour l'orientation et qu'on a bien rigolé mais, demain, on se sépare et on va avec nos familles... »

Le sourire disparaît. Il laisse sa phrase en suspens, et c'est Calista, petite et ronde, avec la délicatesse d'un bouledogue, qui la conclut.

« Quand j'ai rencontré ma famille tout à l'heure, j'ai rien compris du tout à ce qu'ils me disaient. »

La question s'impose :

« Vous avez appris un petit peu d'indonésien avant de venir ? »

Ahmed répond, haussant les épaules :

« Pendant l'orientation, on a eu quelques cours pour nous donner des notions, mais en trois jours, qu'est-ce qu'on peut apprendre ? »

J'essaie de les rassurer :

« Vous savez, la plupart des Indonésiens parlent au moins un peu d'anglais, surtout les jeunes. Et puis quand vous serez au lycée, vous allez vous y mettre très vite, ne vous inquiétez pas. »

Ils sourient, hochent la tête, mais je vois bien qu'ils ne me croient pas. A ce moment, les anciens étudiants d'échange les appellent à grands gestes pour se mettre en place, car quelqu'un d'autre s'approche de la porte d'entrée. J'entends souffler : « C'est l'Ambassadeur américain ! », mais la directrice de l'organisation, qui se tient près de moi, précise :

« Ce n'est pas l'Ambassadeur, c'est son second. Nous avions invité l'Ambassadeur, parce qu'il y a plusieurs étudiants américains, mais son emploi du temps est très chargé, c'est très difficile d'obtenir qu'il vienne à une réception. »

« Qui est-ce, alors ? «

« C'est la Première Conseillère, la seconde dans la hiérarchie de l'Ambassade des États-Unis. Elle est très sympathique et a volontiers accepté de se déplacer. »

La Première Conseillère de l'Ambassade des États-Unis semble en effet très cool, relaxe et pas coincée pour un sou. Elle passe à travers la haie d'honneur avec un grand sourire, et se lance dans une ronde que j'observe avec curiosité. Je n'ai pas souvent l'occasion de voir des diplomates dans l'exercice de leurs fonctions ! Il y a beaucoup de présentations, de remerciements. Elle fait la connaissance des étudiants et consulte discrètement ses notes - sans doute un discours qu'elle va faire dans un moment, quand la partie buffet sera terminée. Je vais me servir une petite assiette de riz frit, le fameux *nasi goreng*, et les délicieuses chips à la crevette, les *krupuk,* et cherche des yeux un endroit ou m'asseoir. Je rencontre par hasard le regard de Clive qui comprend immédiatement mon problème et me fait signe qu'il y a une chaise libre près de lui. Je m'y pose.

Nous papotons pendant quelques minutes au sujet des étudiants et de l'année qu'ils vont passer ici en Indonésie. Alors que je m'apprête à l'interroger sur les raisons qui l'ont poussé à venir enseigner au bout du monde, il me demande soudain :

« Est-ce que je détecte un petit accent ? »

« Oui, je suis née en Europe, mais j'ai émigré aux États-Unis il y a....longtemps, et j'ai la nationalité américaine depuis plus de dix ans. »

J'ai toujours l'impression de me justifier quand je raconte mon histoire.

« En Europe, voyons voir...en France ? »

Je suis sciée.

« Alors là, bravo, la plupart des gens pensent que je suis allemande ou scandinave. C'est rare qu'ils mettent le doigt sur le bon pays du premier coup. »

Il a un sourire vraiment craquant qui crée un éventail de petites rides au coin de ses yeux clairs. Il n'est peut-être pas aussi jeune qu'il ne paraît au premier abord.

« Je suis expert en accents, c'était le sujet de ma thèse de linguistique. Mais vous n'avez vraiment pas l'accent français typique. »

Je hausse les épaules.

« Je ne sais pas d'où je tire mon accent, j'ai eu des profs à l'accent britannique, mais je n'ai jamais parlé comme eux. J'ai depuis toujours un accent plutôt américain. »

Je me penche vers lui pour lui confier :

« Entre nous, ça m'arrange, parce qu'il n'y a rien qui m'énerve plus que l'accent franchouillard. Quand j'entends les Américains se pâmer devant

l'accent français sous prétexte que c'est romantique, ça me donne envie de ricaner ou alors de mordre, tout dépend de mon humeur... »
Il rit.
« Votre accent n'est pas franchouillard du tout. Il est unique et tout à fait charmant. »
Serait-il possible qu'il soit en train de me faire du gringue ? J'ai au moins dix ans de plus que lui, sinon plus! Prise de court et incapable de trouver une réplique, je laisse un ange passer. Nous mangeons notre riz. C'est lui qui relance la conversation.
« Comment une Française devient-elle Américaine ? »
« Eh bien, c'est assez à propos comme question; figurez-vous que quelque part je dois cette trajectoire à un programme d'échange du même type que celui qu'on célèbre ici. J'ai été étudiante d'échange pour le Rotary International à l'âge de dix-huit ans. »
Il semble s'intéresser et passe le bras derrière le dossier de mon siège :
« Vraiment ? Racontez-moi ça ! »
La proximité de son corps me trouble légèrement, et je me lance vivement pour masquer ma gêne.
« Eh bien, j'étais en dernière année de lycée en France, sans trop d'idées sur mon avenir, quand j'ai assisté à une réunion du Rotary Club International qui annonçait des bourses pour les États-Unis, à l'intention d'étudiants ayant l'esprit d'aventure... »
« Et vous avez postulé ? »
« Bien sûr ! »
J'hésite encore une seconde, parce que ce que je vais dire, peu de gens peuvent le comprendre. Il me regarde et attend patiemment que je me décide.

« C'est difficile à expliquer, parce que vraiment, j'aime énormément la France, sa culture, ses traditions, mais je ne me suis jamais sentie très à l'aise dans la société française. J'avais l'impression de ne pas y appartenir complètement, je détonnais avec ma personnalité qu'on jugeait souvent trop forte, je cherchais quelque chose d'autre…et très tôt, j'ai eu l'impression que ce que je voulais, je le trouverais aux États-Unis. »

Il a l'air complètement fasciné maintenant, me scrutant comme s'il cherchait à lire quelque chose sur mon visage :

« Et avez-vous trouvé ce que vous cherchiez ? »

Cette question, je me la pose de plus en plus souvent, sans jamais vraiment trouver de réponse définitive. Je mens en partie.

« Disons que j'ai trouvé certaines choses, un sentiment de liberté, un influx d'énergie extraordinaire. » Ses yeux restent fixés sur les miens un peu trop longtemps.

A ce moment, le maître de cérémonies s'empare du micro qui, mal réglé, envoie un retour aigu. L'assemblée grimace, des rires s'élèvent. J'ai encore dans la poitrine les échos du petit sursaut causé par l'intensité de ce dernier échange de regards.

« Et maintenant, chers amis, nous allons commencer la cérémonie ! D'abord, un mot de bienvenue de la part de notre directrice nationale, puis un message de l'Ambassade américaine et un de l'Ambassade japonaise, puis un petit discours d'un étudiant qui va parler au nom de ses camarades, et enfin, le grand spectacle culturel que vous attendez tous ! Les étudiants ont tous préparé un petit numéro pour vous donner une idée de la culture de leur pays, vous n'allez pas être déçus !»

Une fois les discours expédiés, les étudiants montent sur la scène, un groupe après l'autre. Deux jeunes hollandaises effectuent une danse folklorique sur un air de polka. Une Japonaise en kimono fait une démonstration d'une cérémonie de thé express, assistée par sa camarade, dans un silence respectueux. Puis, les deux étudiantes se mettent à plier rapidement du papier origami, qu'elles finissent par gonfler avec la bouche pour en faire des balles à facettes. Le public ravi applaudit, et les jeunes filles lancent les sphères de couleurs vives à leurs fans. Quatre garçons suivent, deux Allemands, Emmanuel, et un Islandais, qui s'installent un peu gauchement sur des tabourets. Le garçon islandais attrape sa guitare, et le groupe entonne « Les portes du pénitencier », que l'audience reprend en chœur.

En regardant ces jeunes si sûrs d'eux-mêmes, de leur futur, en voyant leur enthousiasme communicatif, j'en oublie mon émoi de femme mûre et en manque d'affection, flattée par l'attention d'un jeune homme séduisant. Je suis transportée vingt-cinq ans en arrière, lors de la cérémonie des adieux à la fin de mon année aux États-Unis avec le Rotary Club. Le dernier mois du séjour avait été consacré à un voyage en bus autour du pays, pour lequel j'avais économisé toute l'année. Nous étions trois cents jeunes de plus de vingt pays différents, nous déplaçant en une caravane de sept bus, partis depuis New York par la route du nord et revenus de la côte Ouest par la route du Sud. Le soir précédant notre retour sur New York, nous avions célébré notre voyage, notre année tout entière, avec un *talent show* guère différent du spectacle de ce soir.

Perdue dans mes souvenirs, je reviens à la réalité lorsque des applaudissements nourris éclatent. Je me rends compte que j'ai raté le numéro des étudiants américains... Ils saluent maladroitement, riant de leur propre gaucherie, et le public rit avec eux. L'atmosphère est légère, les adultes dont je suis, se montrent bienveillants et magnanimes. Soudain, je reçois de plein fouet la réalisation du changement qui s'est opéré en moi. Il fut un temps, j'étais comme ces jeunes, et maintenant, je suis...incapable de me définir, parce que je ne me sens pas vraiment adulte, mais en même temps je suis si fatiguée de tout ce que j'ai vécu que je pourrais aussi bien avoir soixante-dix ans. Sans compter que j'ai une fille qui a presque aujourd'hui l'âge que j'avais quand les portes du monde se sont ouvertes à moi.

Le maître de cérémonie reprend le micro, remercie tout le monde, et laisse à la directrice de l'organisation le dernier mot. Elle souhaite bonne chance et une excellente année aux étudiants, les assure qu'ils seront entre de bonnes mains dans leurs familles respectives, les encourage à rester en contact fréquent avec l'organisation, et c'est la fin du programme. Clive et moi, nous nous levons, et il remarque :
« Vous avez l'air rêveuse. Tout ça doit vous rappeler votre année d'échange à vous, non ? »
Ma parole, il est devin.
« Forcément, ça me ravive des souvenirs... »
Il a une façon remarquable d'écouter, qui encourage sans pousser. Soudain, j'ai envie de partager ce souvenir formidable.
« Je pensais à notre soirée d'adieux, à la fin de cette année-là. Nous étions tous réunis, tous étudiants Rotary, qui venions de participer à l'échange. C'était le dernier jour d'un voyage où nous avions fait tout le tour des États-Unis en bus ! Pendant la journée, on roulait et on visitait

des sites, et le soir on faisait une fête d'enfer... C'était incroyable, cette découverte du pays. C'est là que je me suis rendue compte à quel point les États-Unis sont immenses et leur géographie incroyablement diverse. »

Il acquiesce.

« Vous avez eu de la chance de pouvoir faire ce voyage. La plupart des Américains ne voient jamais l'ensemble de leur pays. Il est trop vaste... »

Je reprends.

« Nous étions tous différents, et en même temps nous avions tous vécu la même aventure. Cela nous rapprochait, comme si nous faisions partie d'une sorte de confrérie. Pour la dernière soirée ensemble à la fin du voyage, nous avions monté un spectacle. Les étudiants de chaque pays avaient préparé une petite performance culturelle. »

Clive esquisse la moue de celui qui se creuse le crâne.

« Laissez-moi deviner...votre groupe, celui des français, qu'est-ce que vous avez bien pu faire ? Une récitation des *Fleurs du Mal* sur la *Gymnopédie* de Satie ? Vous avez recréé des tableaux français célèbres ? Joué de l'accordéon en chantant Piaf ? »

Je ris de bon cœur.

« Vous y êtes presque ! Nous avons créé une performance assez avant-gardiste qui mélangeait ballet, mime, et cancan. Ça nous semblait à l'époque hyper créatif, mais en réalité ça devait être très médiocre.... Par chance, nous avions un bon public, et nous n'avons pas eu l'impression de faire un trop gros bide. »

Je me rends compte que je suis plongée dans mes souvenirs, quand Clive me tend le verre de champagne qu'un serveur, essayant de caser ce qui lui restait, vient de lui offrir.

« Vous voilà bien loin…qu'est-ce que ça vous fait de revivre tout ça ? »

Je bois une gorgée, analysant des sentiments vieux de vingt-cinq ans.

« Je me souviens d'un bonheur vraiment spécial ce soir-là. Il y avait le sentiment d'une joie pure, vous savez, celle qu'on partage quand on vit un moment unique entre amis. C'était le paroxysme de notre expérience d'étudiants étrangers, et nous savions qu'il n'y aurait plus de moments aussi forts, que c'était la fin de la belle aventure. Alors forcément, les regrets faisaient partie de la fête. On se disait adieu, et c'était aussi un adieu à l'Amérique, à une année extraordinaire qui nous avait tous tellement changés. Nous nous promettions de nous revoir, de nous écrire, et de revenir aux États-Unis, parce que nous savions trop bien que dans quelques jours, nous serions tous dans des avions, la tête remplie de souvenirs, et nous avions, sans le dire, peur d'oublier. »

Clive boit à son tour et remarque :

« Mais vous voyez bien que vous n'avez pas oublié. Vous parlez de cette année et de ce soir-là comme si c'était hier… »

Je lui souris.

« Oui, c'est vrai. »

Mon téléphone bipe à ce moment, c'est un texto d'Edward qui demande quand je compte rentrer. Je serre la main de Clive.

« Je dois partir, il se fait tard. Bonne chance à vous. J'ai eu plaisir à vous rencontrer. »

Il s'incline.

« Tout le plaisir était pour moi, chère Madame. »

Dans la voiture qui me ramène à la maison, je me sens soudain épuisée. Les hauts immeubles illuminés défilent, rappelant une image ancienne et, l'espace d'une seconde, je retombe dans mon rêve et j'oublie que je suis à Jakarta. Je me revois arrivant la nuit à Kennedy Airport à New York, traversant le George Washington Bridge pour quitter la ville, et soudain devant moi se détacher sur le ciel d'un noir profond la célèbre ligne lumineuse des gratte-ciels de Manhattan. Éblouie, je n'en croyais pas mes yeux : j'étais vraiment en Amérique ! Je sors de mon rêve alors que ma voiture de fonction s'arrête brusquement pour éviter une mobylette qui lui est passée devant juste au moment où le feu devenait vert. Le conducteur de la mob crache au sol, en réponse au coup de klaxon rageur de mon chauffeur. Dégrisée, je regarde par la fenêtre la scène autour de moi : un enfant en haillons mendie entre les voitures, des monceaux d'ordures débordent l'emplacement en ciment qui délimite l'endroit du dépôt, des vendeurs ambulants exténués poussent leurs *kaki lima* (petites charrettes à bras) où s'entassent leurs marchandises, le long des trottoirs. Les beaux immeubles font place à des rues sordides, mal éclairées, où des hommes assis à même le caniveau mâchent on ne sait quoi. Mon humeur s'assombrit, et je me souviens qu'à la fin du voyage autour des USA, la crainte d'oublier la joie de cette année spéciale était réelle. Nous avions tous parlé de cette peur qui nous tenaillait, celle de nous réinstaller dans une routine confortable, où nous laisserions par inertie mourir cette lumineuse partie de nous qui s'était déployée en Amérique. Étant partis à la rencontre de l'autre, nous nous étions trouvés face à nous-mêmes, et nous avions grandi avec la vigueur qu'imposent les circonstances. Tous, nous avions décelé en nous des capacités jusque-là insoupçonnées : celles de s'ouvrir à l'inconnu, d'accueillir l'incertitude, d'accepter l'erreur et l'échec, de surmonter les déceptions, les humiliations. Nous nous étions découverts une résilience, une fortitude et un optimisme inébranlables, et nous souhaitions tous préserver cette graine, cette petite pousse de force et d'espoir qui, nous nous en rendions bien compte, nous rendrait meilleurs si nous pouvions la cultiver. Que reste-t-il aujourd'hui de cette énergie vitale qui nous poussait alors en avant ?

Le chauffeur me dépose devant la maison. Le gardien lève la barrière et me salue au passage. Je monte les trois marches de l'entrée, pousse la porte, remarque qu'elle est fermée à clé. Mon sac est un vrai fouillis et je peste en fourrageant au fond pour y trouver mes clés. A l'intérieur, tout est sombre et l'odeur m'agresse immédiatement : depuis quelques jours, des relents d'égout remontent des bondes et des toilettes. Je n'arrive pas à m'y faire, et une nausée me soulève l'estomac. Où est donc Edward ? Il n'est pas déjà couché quand même ? Aimée dort chez son amie Jisu ce soir, je m'en souviens après avoir vérifié sa chambre et été surprise de la trouver vide. Je grimpe à l'étage sans faire trop de bruit, au cas où, et je trouve Edward profondément endormi, couché sur le ventre, la main encore posée sur son ordi.

Du coup, je redescends me verser un verre de vin blanc à la cuisine. C'est comme ça la vie, un jour on a dix-huit ans, on débarque en pays étranger, gonflée à bloc par l'aventure et pas gênée pour un sou de paraître ridicule, parce qu'on est jeune et qu'on peut se permettre de prendre des risques. Et puis le temps passe et, vingt-cinq ans plus tard, on finit chez soi, toujours à l'étranger mais seule, achevant la soirée devant un verre de vin blanc, le mari au lit sans attendre qu'on soit rentrée, sans dire bonne nuit. On sirote les yeux dans le vide, la tête pleine de brouillard, en se demandant pourquoi tout est devenu si plat, si morose, pourquoi la joie a disparu. On se rembarre un peu parce que tout n'est pas perdu : il y a Aimée, Aimée si affectueuse, si douée en tout, Aimée qui devine tout et cherche désespérément à garder intacte sa famille. Comme toujours, les larmes me viennent aux yeux, car Edward et moi ne lui avons pas donné l'enfance et l'adolescence qu'elle méritait : des parents heureux, capables de lui offrir un bon modèle de couple, et de lui prodiguer un sentiment d'équilibre et de force dans sa vie. Au lieu de cela, elle se retrouve avec des parents insatisfaits, démontrant le contraire de ce que peut être un couple en harmonie, et une existence ponctuée par des hauts et des bas émotionnels qui ne sont guère à même de lui procurer un sentiment de stabilité et de sécurité. Je m'en veux tellement de ne pas être autre, de ne pas pouvoir me forcer à améliorer mon mariage, que parfois je me déteste. Pourtant, Aimée continue à fleurir, à s'épanouir, en dépit ou peut-être à cause de cette ambiance familiale empoisonnée. Enfant rieuse, elle est devenue une adolescente pleine d'humour, dotée d'un tempérament artistique et d'un esprit d'aventure irrépressible. Elle est jolie, drôle intelligente, sensible et affectueuse, ne fait jamais de vagues, n'a pas de sautes d'humeur ni de caprice, et je me dis souvent qu'Edward et moi ne méritons pas une enfant si parfaite. Bien sûr, je me rends compte que l'attitude conciliante d'Aimée a pour but de rendre notre vie de famille plus harmonieuse. Ne m'a-t-elle pas dit une fois que ce qui lui faisait le plus peur, c'était qu'Edward et moi nous divorcions ? Cette remarque me hante, et je porte en moi, à chaque fois que je suis confrontée à nos difficultés de couple et à mon désir de liberté, un sourd sentiment de culpabilité vis-à-vis d'Aimée que j'ai l'impression de trahir. Et pourtant, j'y pense de plus en plus, à ce que ma vie serait si Edward et moi nous séparions, car le manque de satisfaction dans notre vie conjugale continu et empire avec le temps. Encore une fois, je me fais la remarque que je perpétue la situation dont j'ai hérité.

C'est un sujet de conversation que j'ai souvent avec ma sœur Agathe, mon aînée de deux ans, ma complice et la seule personne qui me comprenne vraiment. Elle aussi s'étiole dans un mariage peu satisfaisant. Nous nous interrogeons fréquemment sur la possibilité d'une relation de cause à effet entre l'exemple marital négatif donné par nos parents et la reproduction du même modèle dans nos couples respectifs. J'espère que la réponse est non, car sinon cela signifierait qu'Aimée se trouverait forcément prise dans le même engrenage. Et je prie avec ferveur qu'elle ait la force d'âme ne de pas tomber dans le même piège, de ne pas vouloir être aimée à un point tel qu'elle se lancerait aveuglément dans une relation malsaine. Ou si elle le fait, qu'au contraire de moi, elle ait le courage d'en sortir avant qu'il ne soit trop tard. Du coup, je me demande si ça l'est déjà pour moi. Trop fatiguée et déprimée pour chercher une réponse, je me dis qu'en tout cas, il n'est pas interdit de continuer à rêver, disons d'un jeune homme aux yeux rieurs et au sourire désarmant. Il n'est pas prohibé de revoir la veine qui battait à la base de son cou lorsqu'il s'est tourné vers moi, comme pour me prendre contre lui. Je rêve, les yeux dans le vague, quand un bruit bizarre, une espèce de clapotis, me fait sursauter. C'est le bouquet : un tout petit gecko, qui devait somnoler au plafond, vient de tomber dans mon verre. Bon, c'est le signal. Fini de rêver, c'est l'heure d'aller se coucher.

CHAPITRE II

Ubud, octobre 2016

Nous partons ce soir en famille pour Ubud, le village artistique du centre de Bali, pour assister au festival de littérature qui s'y tient tous les ans. La prof d'anglais d'Aimée, qui sait la passion de ma fille pour la littérature, lui a recommandé d'y aller et, du coup, puisque notre anniversaire de mariage est le mois prochain, nous avons décidé d'en faire des mini-vacances. Nous passerons une journée à Legian, dans la partie sud de Bali dont les plages sont réputées, puis nous irons nous cultiver pendant trois jours dans le cœur battant de l'île mystique, avant de nous rendre dans l'est de Java pour voir le célèbre volcan Ijen.

Le vol pour Bali se passe sans encombre, excepté qu'il y a dans l'avion une bande de touristes américains excités qui parlent très fort, rient aux éclats, se passent des livres et des écharpes par-dessus les sièges, etc. Edward grommelle : " Ils ne savent pas se tenir !", ce qui me fait sourire car, lorsqu'il n'est pas épuisé par une journée de travail, c'est bien lui le plus exubérant des voyageurs. A l'arrivée, nous passons devant les comptoirs de réservation de taxis, et la chaleur humide de la nuit balinaise nous frappe immédiatement, différente de celle de Jakarta. Aimée discute joyeusement avec Edward, tandis que j'écarte de la main les rabatteurs de taxis sauvages qui nous assaillent tous les trois pas. Nous finissons par trouver le chauffeur du véhicule de l'hôtel qui tient une petite pancarte à nos noms. Il nous salue, attrape avec empressement la valise d'Edward qui est de loin la plus petite des trois que nous avons, et tourne les talons pour nous guider vers la voiture en taillant une bavette avec Edward. Les deux hommes nous laissent en plan avec nos sacs, Aimée et moi. Nous nous regardons avec incrédulité et éclatons de rire au même moment. Puis, je fais la remarque qui s'impose.

« Bon, on dirait qu'il va falloir que nous nous démerdions toutes seules, quoi ! »

Aimée désigne son père, toujours en grande conversation avec le chauffeur et qui n'a même pas remarqué que nous étions restées en rade.

« Ce qui m'étonne, c'est que papa n'ait pas eu l'idée de réagir quand le gars a pris sa valise. Il aurait pu lui dire de prendre les nôtres ! »

Nous avançons parmi la foule des touristes, des chauffeurs et des badauds, tirant à grand-peine derrière nous nos lourdes valises sur une surface inégale.

« Ma chérie, ce doit être le sexisme ambiant qui déteint… »

Le chemin jusqu'au parking semble interminable, et Aimée et moi transpirons copieusement. Ce n'est que quand nous arrivons enfin à la voiture et qu'il s'agit de mettre les bagages dans le coffre qu'Edward réalise sa muflerie.

« Mais enfin, laissez-moi vous aider ! » proteste-t-il, comme si nous allions refuser son aide, alors que nous soulevons nos valises avec des grognements d'efforts pour les mettre dans le coffre. Le chauffeur a déjà placé le sac d'Edward à l'arrière avec mille précautions avant de sauter dans la voiture pour mettre la climatisation en marche.

« Non, non, ne te fatigue pas, » disons-nous en chœur.

J'ajoute, un peu acerbe :

« Tu dois être épuisé de ta conversation avec le chauffeur, ne t'en fais pas pour nous, on se débrouille ! »

Bien entendu, il se raidit et, du coup, nous passons la quasi-totalité du chemin à nous disputer avec véhémence mais à voix basse, pour que le chauffeur ne puisse nous comprendre. Le taxi passe à travers les rues étroites de Kuta. Nous en avons finalement assez de discuter et nous nous abîmons dans la contemplation consternée et silencieuse du cirque qu'est Kuta la nuit. Partout, des groupes de touristes ivres débordent des bars et des restaurants sur les trottoirs, des Indonésiennes qui ne peuvent être que des prostituées accostent tous les piétons, un groupe de jeune vomit à un coin de rue, en rythme avec les basses d'une discothèque voisine qui fait vibrer les vitres de la voiture. Enfin, nous sortons de ce piège à touristes pour entrer dans Legian, et le calme reprend. Nous arrivons à l'hôtel, un établissement luxueux, respectueux de l'architecture et des traditions balinaises, et enchâssé dans une vaste propriété qui assure la tranquillité aux visiteurs.

Comme nous n'avons pas encore dîné, nous passons une délicieuse soirée tardive à savourer la douceur de la nuit et les lumières fragiles flottant comme des lucioles dans le jardin obscur, confortablement installés dans les banquettes du restaurant ouvert sur les quatre côtés, où de grands ventilateurs de plafond aux pales d'osier tournent sans bruit. Le lendemain matin, nous mitraillons avec nos appareil-photos les statues, les frangipaniers couverts de fleurs, les fontaines à la pierre fantastiquement sculptée. Nous nous promenons longuement dans les allées de la propriété, où chaque courbe du chemin révèle une nouvelle surprise. Ici, la tête et deux anneaux du corps d'un dragon, scintillants de peinture dorée et de couleurs vives, émergent d'une longue pelouse. Là, une porte de temple coupée en deux morceaux, symbole de la division entre le matériel et le spirituel, dresse sa silhouette dramatique contre le ciel d'un bleu pur.

La plage est belle, toute de sable blanc et d'eau tentante, mais on nous a prévenu que le risque de noyade dû aux courants invisibles et traîtres est réel, et puis il fait trop chaud pour se prélasser sur une serviette. Les vendeurs ambulants ne cessent de nous importuner pour proposer qui des lunettes de soleil, qui des sachets remplis de tranches de mangue, qui un service de nattage pour les cheveux d'Aimée. Nous nous rabattons vers le bord de la magnifique piscine de l'hôtel, trois grands bassins connectés par une rivière paresseuse surplombée de frangipaniers et de bougainvillées. La journée s'écoule ainsi, indolente, comme suspendue dans le temps, délicieuse.

Le lendemain, nous partons vers Ubud pour assister au festival littéraire. Une fois passé Denpasar, la route méandre, bordée de chaque côté par des échoppes en plein air offrant quantités de statues en pierre presque noire ou au contraire très blanche : bouddhas assis ou allongés, déesses aux mains jointes, fontaines, animaux fantastiques. Puis, l'on entre dans Ubud même, une entrée de village toute simple après une côte rude entre des champs en terrasses qui, d'un coup, laissent place à des étals serrés et couverts de marchandises diverses, peintures aux couleurs vives, souvenirs en tous genres, avec partout des petits autels ornés de parasols dorés et des offrandes dans de minuscules paniers tressés et empilés en désordre. Nous passons lentement à travers la rue principale bondée de voitures, de motos, de piétons. En dépit des boutiques chics qui alternent avec les échoppes à touristes, une atmosphère villageoise règne. À un moment, nous tournons et, au coin de la rue, nous entrevoyons la cour de ce que le chauffeur nous dit être un palais. Toutes les surfaces sont sculptées, la végétation est partout. Il nous explique qu'il y a là des spectacles de danse balinaise, et que c'est l'un des meilleurs endroits pour y assister, à cause du décor qui est inégalé, assure-t-il. Nous remarquons aussi de grandes bannières partout qui annoncent le festival. Aimée est remplie d'excitation à l'idée de rencontrer des auteurs et de participer à des sessions sur des sujets qui la passionnent, comme les super-héros dans la littérature.

L'idée de base était de laisser nos bagages à la villa où nous restons, et d'aller immédiatement assister à la séance d'ouverture prévue à quatorze heures, mais quand nous arrivons à notre villa, à la sortie de la ville en haut d'une côte impressionnante, nous oublions tous nos plans. La villa fait partie d'un complexe de sept résidences dans la propriété, chacune bâtie dans le style traditionnel balinais avec deux étages, une douche extérieure et un grand salon ouvert sur trois côtés avec cinq énormes ventilateurs de plafond aux pales qui tournent calmement. La villa semble flotter sur la verdure et, depuis le salon, la vue est époustouflante : on discerne en contrebas un chemin empierré qui méandre de villa en villa et finit par disparaître en chemin vers le cours d'eau qui serpente au fond de la vallée. Des domestiques, pieds nus et vêtues de sarongs, montent sans bruit les marches innombrables du sentier, portant sans effort apparent de lourds plateaux couverts de nourriture. Le silence semble un socle sur lequel brillent des crissements d'insectes, des froissements de feuilles et un occasionnel cri d'oiseau, comme un rire ou une exclamation d'outrage.

Après un après-midi et une soirée paisibles passés à respirer à longs traits, à explorer la propriété et à regarder un film emprunté à une vidéothèque bien fournie, nous sommes prêts le lendemain pour une série de sessions littéraires. Nous passons d'abord à la caisse pour récupérer nos billets achetés en ligne et acquérir le programme des deux jours à venir. A dix heures du matin, il fait déjà une chaleur lourde et humide, et bien que les différents sites pour les sessions ne soient guère éloignés les uns des autres, c'est un effort que de se rendre à la salle où va se dérouler la première session à laquelle je souhaite assister, "Accents Américains." Au moins est-ce au-dessus d'un café, et j'ai bon espoir que la salle sera climatisée.

« On se retrouve à midi à *Casa Luna* ? »

Edward et Nina vont, eux, à une session sur les écrits de voyage.

« D'accord. Le premier arrivé attend l'autre... »

Dans la salle carrelée, au deuxième étage, tous les sièges sont déjà pris. Je trouve une place, par miracle, au bout du quatrième rang. Les panelistes sont arrivées, trois auteurs américains qui vont discuter avec le modérateur de la place que tiennent les récits de fiction autour du thème de l'immigration dans la littérature contemporaine américaine. Je ne connais pas les auteurs, deux hommes et une femme, mais l'autrice m'intéresse. La soixantaine fière, peau sombre et cheveux nattés, elle a une présence digne et un rire infectieux. Quand la session commence, le modérateur la présente : il s'agit d'Estrella Domingo, une professeure de littérature à l'Université de Madison qui écrit principalement des romans historiques. Son plus grand succès reste son autobiographie en plusieurs volumes, où elle décrit le double défi que représente, pour une portoricaine née de parents africains-américains, l'ambition de devenir tout simplement écrivaine.

A la question du modérateur : « On peut dire que, malgré les défis, la chance vous a souri et que vous avez bien réussi, non ? »

Estrella répond calmement :

« Les obstacles étaient réels, oui, et c'est vrai que, malgré tout, j'ai atteint mon but : être une autrice publiée. Mais attention : la chance n'a pas eu grand-chose à voir là-dedans ! Ma réussite est le résultat d'une ambition obstinée, de beaucoup de sacrifices et de travail. Je suis arrivée au États-Unis à l'âge de seize ans et sans un sou en poche, de mon île natale de Porto Rico, pour continuer mes études et un jour, réaliser mon rêve… »

Elle explique les difficultés auxquelles elle a dû faire face quand elle est arrivée, pauvre mais déterminée à faire entendre sa voix, au milieu des années soixante, dans une Amérique secouée par les soubresauts du mouvement des droits civiques. Elle peint la réalité de l'immigration, la discrimination, l'importance cruciale de la main tendue par certains, les petits jobs, sa grossesse accidentelle et le poids d'une maternité solitaire, l'argent mis de côté, dollar par dollar, pour pouvoir enfin se payer l'entrée tant rêvée à l'université, à l'âge où la majorité des jeunes en sort. Je suis fascinée, et profondément touchée lorsqu'elle explique son expérience de l'immigration :

« L'histoire de l'immigration, c'est une histoire de survie, pas vrai ? Il faut s'adapter, s'intégrer, se frotter à des échecs, des refus, des incompréhensions, et rester fort. »

Pendant la séance de questions qui suit la présentation, une femme dans l'auditoire l'interroge : « Quel rôle jouent les hommes dans votre vie, et comment est-ce que cela influence ce que vous écrivez ? »

Quand elle répond, sa voix est profonde, elle ralentit le rythme de sa parole, laissant les mots faire tout leur effet.

« Au début de ma carrière, je me suis retrouvée dans une relation avec un homme qui avait accepté de me prendre avec lui, en dépit du fait que j'avais un petit bébé de père inconnu. Je croyais que c'était de l'amour, mais pour lui c'était une question de contrôle. Il me voulait à sa disposition, tout le temps, et à sa façon. Il critiquait le fait que je voulais écrire. Il me frappait pour me faire comprendre qui était le chef, et menaçait de s'en prendre à mon enfant si je cherchais à le quitter ». Elle fait une pause, l'auditoire retient son souffle. Finalement, elle conclut :

« Mais j'ai quand même fini par le quitter, et rassurez-vous, en dépit de ce mauvais spécimen, j'aime toujours les hommes ».

Cette fois-ci, tout le monde dans la salle rit, soulagé, et elle continue sans attendre que le tumulte ne se calme.

« Quand je suis partie avec mon petit sous le bras, en dépit de ses menaces, il n'a pas réagi, il n'a jamais cherché à me retrouver. Et vous savez quoi ? Son indifférence m'a fait de la peine. Je pensais compter davantage pour lui. C'est là où je me suis vraiment rendu compte qu'il n'y avait jamais eu d'amour, et que j'étais bien mieux toute seule. Maintenant, écrire remplit ma vie, et mes histoires, ce sont mes enfants."

Je suis sous le charme, et perdue dans mes pensées, repassant les mots d'Estrella dans ma tête, je ne prête guère attention au reste de la discussion. J'ai toujours écrit, des fragments, des pensées, commencé des romans, et il me semble aussi que ma vie est là, que tout le reste n'est que de la distraction. A la fin de la session, je me presse vers la table où sont en vente les livres des auteurs de la table ronde, achète le dernier livre d'Estrella, et me mets dans la file d'attente pour le lui faire dédicacer. Quand arrive mon tour, encouragée par son sourire, je lui confie d'emblée :

« Je n'ai jamais lu vos livres, mais j'ai très envie maintenant de m'y mettre... »

Elle rit, signe son nom, me tend l'ouvrage.

« Au moins vous êtes honnête ! »

J'hésite, puis je me lance.

« Je peux vous offrir un café en bas ? J'aimerais bien discuter un peu avec vous, si vous avez quelques minutes... »

Elle m'examine pendant une seconde, et j'ai l'impression qu'elle sait déjà tout de moi.

« Quelle bonne idée ! » dit-elle finalement. « Je viens d'arriver hier soir, et je suis encore un peu sous le coup du décalage horaire, alors un peu de café me fera le plus grand bien...Je finis mes dédicaces, et je vous retrouve en bas ? »

Nous nous sourions, et je tourne les talons...pour me retrouver face à Clive, qui me fait un clin d'œil, s'avance vers la table, et tend son livre à Estrella. Je suis tellement secouée de cette rencontre imprévue que je marche au ralenti vers la sortie. Comment ne l'ai-je pas vu avant ? Il a dû arriver après moi, et s'asseoir au fond de la salle. En un instant, je revois l'intégralité de notre rencontre précédente, et tous les moments passés à les revivre mentalement. Je dois avouer que j'ai pensé à lui très souvent depuis le mois dernier. Je réalise que j'ai soudain les jambes flageolantes, et que j'avance comme un escargot arthritique vers la porte. Clive, avec l'énergie de la jeunesse, ayant apparemment fait signer son livre en un temps record, m'y rejoint presque aussitôt.

« Alors, c'est un signe du destin, non ? »

Ses yeux pétillent de malice. Il a l'air si jeune avec son tee-shirt délavé et ses cheveux décolorés par le soleil. Je trouve presque incroyable d'arriver, malgré mon trouble, à assurer ma voix pour répondre avec un détachement parfaitement feint :

« Quoi ? Que nous soyons là au même moment ? »

« Mais oui. »

Il agite le programme de la convention, une liasse épaisse à la couverture psychédélique.

« Plus de soixante présentations sur trois jours, et vous et moi choisissons le même ! Sur un site de rencontre, ça serait une question pour tester nos affinités profondes : à quelle table ronde littéraire aimeriez-vous assister ? »

J'ai repris un peu mes esprits.

« Et le choix déterminerait quoi, au point de vue de la personnalité ou des goûts ? »

Il fait la moue.

« Intérêt pour la littérature américaine, amour du multiculturalisme, recherche de la stimulation intellectuelle, préférence pour les espaces confortables avec air climatisé et accès facile à un café... »

Je ris. Il ouvre la porte pour moi.

« C'est là où vous allez, si j'ai bien entendu votre conversation avec Estrella ? »

Je joue les scandalisées.

« Qui vous a permis d'écouter ma conversation ? Je vous trouve bien audacieux, jeune homme. »

Il me regarde de côté, un demi-sourire sur les lèvres. Notre complicité de la première rencontre vient juste de revenir, d'un coup.

« Je peux me faire pardonner en vous offrant une bière ? Il me semble qu'Estrella en a encore pour un petit bout de temps… »

Je jette un coup d'œil derrière mon épaule en sortant de la pièce. Effectivement, Estrella est toujours en train de signer, la file devant la table est longue, et un couple s'est planté derrière elle, clairement déterminé à attendre le temps qu'il faudra, pour pouvoir lui parler à loisir quand elle en aura fini avec ses dédicaces.

« D'accord. »

Nous descendons les escaliers en carrelage, pour arriver dans la grande salle du café. Clive m'indique une table parfaite sur la terrasse qui donne sur les champs de riz, dans un coin de la balustrade. Nous nous frayons un chemin parmi les guéridons, et nous nous y installons. Nous commandons nos consommations à la jeune fille qui est apparue immédiatement avant même que nous nous soyons assis, et un silence confortable s'installe pendant que nous attendons, alors qu'autour de nous les conversations vont bon train. Un homme d'une soixantaine d'années à l'accent australien parle pompeusement d'un écrivain de sa connaissance, apparemment invité d'honneur de la convention. Clive lève les yeux au ciel en secouant légèrement la tête, l'air faussement exaspéré. Je ne peux m'empêcher de pouffer, et il me regarde alors en souriant avec un œil si séducteur que je me sens rougir. Vite, je me dépêche de faire la conversation pour masquer mon trouble :

« Alors, vous êtes amateur de littérature ? »

Il penche la tête, me regardant avec un air où entre un peu de reproche.

« Vous oubliez que j'ai un double Master, Linguistique et Littérature… »

Je proteste.

« Je n'ai pas mémorisé votre CV, vous m'excuserez… »

Il rit.

« Eh bien moi, je me suis renseigné sur vous, figurez-vous, j'ai fait une recherche Google sur vous, je sais tout… »

« Ah bon ? Vous ne savez pas grand-chose alors, parce je fais très attention à ne pas laisser trop de traces sur le Net. »

"Pourquoi ? Vous êtes espionne ?"

"Non, je suis plutôt parano. J'ai toujours peur qu'un cinglé érotomane s'attache à regarder mes infos sur internet, qu'il me traque et finisse par surgir au coin de ma rue, le soir, armé d'un grand couteau… »

La jeune serveuse aux yeux chocolat apporte nos bières. Nous trinquons, puis Clive boit et efface la mousse sur sa lèvre avec le dessus de son index droit.

« Psychologiquement, à moins que vous ayez vraiment déjà vécu une situation traumatisante de ce genre, cela doit vouloir dire quelque chose de profond… »

« Ah bon ? Comme quoi ? »

« Que vous avez une peur panique d'exprimer qui vous êtes, que les autres vous aiment et vous admirent…vous avez peut-être aussi un peu peur de l'amour fou, de la sexualité débridée… »

Je m'apprête à protester, quand je capte le petit pétillement dans ses yeux. Il me fait marcher. Un peu vexée, je change de sujet.

« Alors, comment se passe votre année jusqu'à présent ? Tout va bien ? »

Nous parlons quelques minutes de sa vie dans l'est de l'île de Java, de son petit logement très rudimentaire, des difficultés qu'il trouve jubilatoires.

« C'est vraiment ça que j'étais venu chercher, d'un certain côté : l'oubli de moi-même à travers le service aux autres. »

Il y a quelque chose dans sa voix qui m'alerte du fait que cette phrase est importante, qu'il y a peut-être là une clé pour le comprendre, et j'ai envie de le questionner pour en savoir plus, mais une timidité soudaine me retient. Je ne le connais pas assez, après tout. Je baisse les yeux pour masquer ma gêne et un silence s'installe. Pour l'occuper, nous regardons par-dessus la balustrade de la terrasse, qui donne sur un vallon très escarpé, entièrement vert. De l'autre côté, juste en face et exactement à notre hauteur, un sentier méandre au bord du ravin, et nous suivons des yeux un groupe de touristes en shorts colorés qui y marchent en file indienne et à grand bruit. Les sons de leur discussion et leurs rires nous parviennent par fragments, en fonction du vent qui s'est mis à souffler. Le ciel s'est aussi assombri, la pluie semble proche. Tout à coup, de l'animation dans le fond de la salle attire mon attention. C'est Estrella qui vient de débarquer, accompagnée d'une femme qui m'a tout l'air d'être l'une des organisatrices, et entourée de quatre petites jeunes filles indonésiennes gloussantes. Je me penche vers Clive :

« Je vais devoir vous laisser. »

Il sourit. Je lui trouve parfois de faux airs à James Franco.

« Non, c'est moi qui me suis incrusté, c'est moi qui vous laisse. Ce fut un plaisir de vous revoir ! »

Il se lève alors que je marmonne « Tout le plaisir est pour moi, » laisse un billet sur la table, me dédie un sourire si profond et un regard si direct que la tête m'en tourne, et s'éloigne. Cela s'est passé si vite ! Il est déjà presque sorti du café, mais s'arrête près d'Estrella, échange quelques mots avec elle et lui désigne l'endroit où je suis assise. Elle se dégage de l'emprise de son fan club et froufroute vers moi. En la regardant venir, je sens que sa formidable présence et sa lumière intérieure chassent les pensées sombres qui avaient commencé à s'installer lors de ce moment bizarre, lourd de non-dits, partagé avec Clive. Elle s'installe, la serveuse s'empresse, empoche le billet, débarrasse la table des verres de bière encore à moitié pleins, prend la commande. Estrella s'évente avec sa serviette, fait quelques remarques sur la chaleur et la beauté du paysage, et me cloue en déclarant sans préambule :

« Il y a de l'électricité dans l'air entre vous et ce jeune homme. »

Elle rit de mon air ébahi.

« Excusez-moi, mais je n'ai pas l'habitude d'y aller par quatre chemins. Il y a quelque chose qui passe entre vous deux, il faudrait être aveugle pour ne pas le voir. »

Je ne sais pas quoi répondre, alors je me raccroche au trivial.

« Mais... vous connaissez Clive ? »

Elle ne répond pas tout de suite, car la serveuse arrive avec nos cappuccinos. Elle regarde la crème chantilly qui coiffe sa tasse avec gourmandise.

"Le cappuccino, c'est du plaisir à l'état pur. Je n'aime pas tellement le café dessous, mais la crème, c'est irrésistible !"

Elle sent que la curiosité me dévore, et me tapote la main.

« Ce jeune homme est plein de ressources. Quand il a appris, je ne sais comment, que je venais pour le festival, il s'est arrangé pour me contacter et voir si je voudrais bien venir parler aux élèves de son école locale dans son coin de Java... c'est formidable, vous ne trouvez pas ? »

J'en reste soufflée, mais d'admiration. Effectivement, il ne manque ni de culot, ni de ressources.

« Vous allez y aller ? »

Elle lape à présent la crème Chantilly qu'elle a pêchée avec sa cuillère.

« Mais bien sûr ! Je meurs d'envie de voir la vraie Indonésie. Ici, à Bali, c'est magnifique, mais je suis sûre que dans un coin moins touristique, c'est un monde différent. »

J'acquiesce. C'est l'occasion rêvée pour changer la conversation ; si on continue à parler de Clive, je vais en dire trop, c'est sûr.

« Est-ce que vous avez toujours voulu écrire ? »

Elle se penche vers moi, tapote ma main de la sienne, m'enveloppant de son parfum fleuri.

« Toujours, depuis toujours...je ne voulais faire que ça, toute ma vie je n'ai voulu faire qu'écrire. D'ailleurs, j'écris tous les jours, ou plutôt j'essaie. Si plusieurs jours se passent sans que je puisse écrire, j'ai l'impression de mourir un peu. Vous comprenez ? »

Je fais oui de la tête.

« Donc, c'est une respiration pour vous, l'écriture ? »

Elle s'épanouit, me regarde comme si j'avais fait la découverte du siècle.

« Mais oui, comme c'est bien dit ! C'est exactement ça. C'est une façon de respirer. C'est aussi une façon de crier quelquefois ou de pleurer. Vous savez, mon premier mari non seulement me battait, mais il me traitait avec beaucoup de mépris. Avec lui, j'avais l'impression de n'être rien, de ne rien valoir. J'avais d'ailleurs arrêté d'écrire pendant le mariage. Et puis un jour où il m'avait particulièrement rabaissée, j'ai eu le choix entre attraper un rasoir et m'ouvrir les veines, ou prendre un stylo et me remettre à vivre. »

Cette fois-ci, émue, c'est moi qui lui serre la main.

« Je suis contente que vous ayez fait le bon choix ! Et on dirait que vous vivez bien, maintenant. »

Elle sourit, secoue la tête.

« Ce n'est pas toujours rose, la vie d'écrivain. C'est très solitaire, et souvent frustrant. Mais je ne peux pas me plaindre. Je fais ce que j'aime. »

Finalement, je lui demande :

« Vous avez surmonté beaucoup de difficultés pour arriver où vous êtes maintenant. Est-ce qu'il y a encore des moments difficiles ? »

Elle regarde à son tour de l'autre côté du vallon, suit des yeux le filet clair du sentier qui frôle le vide.

« Bien sûr. Les difficultés continuent, surtout sur le plan identitaire. Par exemple, on pense toujours que je suis une spécialiste de la littérature afro-américaine, parce que j'ai la peau noire. Mon appartenance à la culture portoricaine est souvent passée sous silence. Le résultat, c'est que quand je retourne à Porto Rico, on m'accuse de ne pas être restée assez fidèle à cette culture-là ! Comme si je choisissais la façon dont les gens me perçoivent aux États-Unis... Je ne suis jamais assez portoricaine pour les Portoricains, et jamais assez africaine-américaine pour les Africains-Américains. »

Ces mots résonnent très fort en moi. Je m'exclame :

« Vous savez, ce que vous dites, je l'ai vécu moi aussi : quand j'étais prof de français aux États-Unis, je me sentais trop éloignée de la France et tellement "américanisée" que j'avais souvent l'impression d'être une imposteuse. Et maintenant que je suis ici en Indonésie, comme je travaille pour une compagnie américaine, c'est surtout cette identité-là qui me définit, mais j'ai souvent le sentiment de ne pas être à ma place...je ne sais pas si vous comprenez...je me sens trop française pour pouvoir vraiment "représenter" les États-Unis. »

Estrella se penche vers moi et pose gentiment sa main sur mon bras.

« Mais vous n'avez pas à essayer de refouler ni ce qui est français, ni ce qui est américain, en vous ! Vous êtes les deux, Française et Américaine, c'est tout. »

Je lui souris avec gratitude. Soudain, comme si elle venait de réaliser quelque chose, elle m'interroge :

« Alors vous dites que vous avez été prof ? Alors peut-être que ça vous intéresserait de venir avec moi faire la visite de l'école de Clive ? Vous êtes déjà allée à East Java ? »

Non, je n'y suis pas encore allée, et en regardant toutes les deux une carte qu'elle a sortie de son sac, nous déterminons que le village où enseigne Clive n'est qu'à une trentaine de minutes de Ijen. Estrella y sera le jour où Edward, Aimée et moi avons prévu d'y mener notre excursion. Il devrait être possible pour moi de faire un petit détour jusqu'à l'école de Clive. Cela ne va pas être facile de convaincre Edward, cependant...Je ne garantis rien, mais j'ai très envie d'aller voir une vraie école de campagne indonésienne et puis, avouons-le, de voir où et comment vit Clive.

Nous nous quittons, après qu'elle m'a soutiré la promesse de réfléchir à sa proposition et de me dire ce qu'il en est avant mon retour à Jakarta. Nous échangeons nos adresses électroniques pour rester en contact, et je l'embrasse, lui souhaitant bonne chance pour le reste de son séjour. Après son départ, je reste quelques minutes à savourer ce nouveau sentiment bizarre qui me remplit soudain. En quelques minutes, par sa présence chaleureuse et sa passion pour l'écriture, Estrella a ouvert tout un monde de possibilités en moi. Peut-être pourrais-je retrouver la joie en écrivant, moi aussi ? Tout au moins, je pourrais avoir un but. Cela fait bien longtemps que je n'en ai plus.

Plus tard, tous les trois installés confortablement autour de notre toute petite piscine privée dans la lumière mourante du jour, Aimée, Edward et moi partageons nos impressions de cette première journée de festival. Aimée rit de tout cœur à une bêtise que raconte Edward, en grande forme à présent après avoir tout net rejeté mon projet de rejoindre Estrella après l'excursion à Ijen quand je lui en ai parlé en privé au retour du festival. Je porte encore en moi son refus catégorique comme une gifle. Il n'a même pas voulu écouter mes arguments, il a juste décrété : « Les vacances en famille, ça se passe en famille, point. » Prête à exploser sur le moment, j'ai refoulé ma colère pour ne pas gâcher les vacances d'Aimée, qui a l'air très heureuse depuis que nous sommes ici. Puis, me sentant pour finir incomprise et blessée par le manque de compréhension et la brutalité d'Edward, je me suis recroquevillée intérieurement et retirée de la conversation.

J'écoute distraitement mon mari et ma fille discuter à bâtons rompus, assise sur le rebord du bassin, les pieds dans l'eau. J'ai l'impression bizarre d'être à la fois là et ailleurs, dans un futur possible où je serais seule et libre. L'impression est fugace mais très forte : c'est comme si un voile soudain se déchirait et me donnait une idée de ce que cela serait de ne plus être dans ce mariage, comme un avant-goût d'une plénitude jamais encore entrevue. L'instant passe, mais pendant les deux jours qui suivent, je ne cesse de penser à cette porte qui s'est entrouverte dans mon esprit. Je remarque par ailleurs qu'Edward est alternativement très joyeux et distrait ; il passe la plupart de son temps libre sur sa tablette, mais cela n'est guère nouveau. Je sens cependant quelque chose de différent en lui et dans notre relation. Je ne saurais expliquer de quoi il s'agit, mais un sixième sens m'avertit que nous sommes à un tournant de notre histoire.

Le matin de notre départ pour Ijen, le voilà encore sur la tablette. J'ai besoin de vérifier un détail de notre itinéraire, donc je réclame.
« Bon, dis, Edward, je peux avoir la tablette ? »
Les yeux fixés sur l'écran, il marmonne :
« Deux minutes... »
Un quart d'heure plus tard, je redemande la tablette, d'un ton nettement plus sec. Il me la tend à contrecœur.
Tiens, un mail d'Estrella ! Rien que de voir son nom me donne envie de sourire.
« Alors, qu'en est-il ? Allez-vous me rejoindre à l'école de Clive ? »
Je lève les yeux et regarde Edward qui regarde par la fenêtre, l'air complètement ailleurs. Je revois la façon désinvolte dont il m'a dit auparavant qu'il n'était pas question de modifier nos plans pour que j'aille rejoindre Estrella, et l'image que j'ai eue de mon futur, libre de mes décisions et de mes mouvements, me revient tout à coup, en même temps que monte en moi une espèce de fureur froide.
Je tape une réponse rapide à Estrella, puis je dis calmement à Edward :
« Finalement, j'ai décidé d'y aller quand même, à la visite de cette école avec l'écrivaine dont je t'ai parlé. Tu peux faire l'excursion d'Ijen avec

Aimée, et moi j'irai à cette école avec le chauffeur, puisque c'est à trente minutes du cratère. Je serai de retour quand vous aurez fini. »

Il me regarde, stupéfait.

« Tu choisis une étrangère plutôt que ton mari et ta fille ? »

« On vient de passer cinq jours ensemble. Quatre heures de séparation, ça ne va pas nous tuer. »

« Et Aimée ? Tu lui as demandé si elle était d'accord ? Je suis sûre qu'elle voudrait voir Ijen avec son père ET sa mère. »

Il m'exaspère. C'est un coup bas de ramener Aimée dans tout ça. Je respire à fond et essaie de rester conciliante.

« Aimée comprendra très bien que c'est important pour moi, et puis c'est l'occasion rêvée pour toi et elle de vous faire de beaux souvenirs ensemble, juste vous deux, non ? »

Edward semble sur le point d'exploser, mais Aimée justement entre dans la chambre à ce moment, tout excitée.

« Il y a un singe sur le balcon ! »

Du coup, la tension est désamorcée, et nous ne reparlons plus de notre désaccord pendant le long trajet qui nous mène à Gilimanuk, la pointe nord-ouest de Bali, où nous devons prendre le bateau-navette qui nous mènera à l'est de Java. De là, nous rejoindrons le guide-chauffeur engagé pour nous mener à Ijen. Il nous attendra et nous conduira ensuite jusqu'à la jolie ville de Malang, où nous reprendrons l'avion pour Jakarta. Le trajet est magnifique, les paysages devenant de plus en plus sauvages alors que nous approchons de Gilimanuk. La traversée est très courte, mais Aimée et moi restons fascinées par la transparence de l'eau et enchantées par les couleurs vives des bâtisses légères près de l'embarcadère d'arrivée. Edward tire la gueule dès que nous montons dans la voiture ; il n'a pas aimé que je lui aie imposé ma volonté. Je serre Aimée très fort dans mes bras au pied du Kawah Ijen, quand nous les y déposons, Edward et elle ; je lui ai expliqué mon projet en route, elle a très bien compris, et m'a promis de prendre de super photos pour compenser le fait que je vais rater Ijen.

La petite ville où enseigne Clive n'est qu'à trente minutes de Ijen, mais la route est en très mauvais état et nous avançons au ralenti, ballotés dans tous les sens au gré des nids de poule et autres pierrailles qui jonchent la route. Je regarde mon téléphone toutes les trois minutes pour vérifier l'heure, et bientôt je suis en retard pour la visite de l'école de Clive. Tiens, un mail d'Estrella :
« Vous devez être retenue, nous commençons la visite sans vous…faites-nous signe quand vous serez là, ou si vous préférez retrouvez-nous à cette autre école qui va me recevoir ensuite à treize heures, encore une visite arrangée par notre ami Clive qui est décidément plein de ressources ! »
Elle inclut le nom de l'autre école, qui est un *pesantren* (école-pension islamique), et bien que cela me peine de faire une croix sur la visite de l'école de Clive, je demande au chauffeur d'aller directement au *pesantren*, avant d'envoyer un court message à Estrella confirmant le changement de plan.

Pour y arriver, il faut quitter la grande rue et tourner dans une ruelle qui descend, tortueusement, parmi les vendeurs de fruits et de *pulsa* (crédits téléphoniques). Nous avançons très doucement, non seulement à cause de l'étroitesse de la rue, mais aussi parce que, comme à l'accoutumée, les enfants et les motocyclettes y évoluent sans souci des voitures. Il y a aussi un certain nombre de poulets qui se baladent en zigzag devant nos roues, et le chauffeur conduit sur le bout des fesses, le torse sur le volant, pour voir plus clairement les volatiles. Finalement, un homme qui semble chargé de diriger la circulation nous fait signe, et sur la gauche la rue s'élargit : c'est l'entrée de l'école.

Je ris à gorge déployée en voyant la grande bannière plastifiée surmontant le portail d'entrée. Comme c'est la coutume ici, chaque visiteur un tant soit peu renommé se voit honoré d'une énorme bannière. Ce coup-ci, la bannière déclame en anglais : « Bienvenue à notre distinguée invitée, Estrella Domingo, » le message étant écrit en lettres de trente centimètres de haut, agrémenté par une photo gigantesque en technicolor. Je reste dans la voiture en attendant l'arrivée d'Estrella et de Clive. La chaleur est étouffante dans la voiture, car la climatisation n'est pas de la meilleure qualité. Enfin, un autre véhicule débarque dans un nuage de poussière, et Estrella en descend, accompagnée de Clive. Le chauffeur ouvre obséquieusement la porte du passager avant, d'où émerge un homme corpulent d'une soixantaine d'années, vêtu de la chemise traditionnelle en batik à manches courtes, avec le calot islamique noir sur la tête. Je descends moi aussi de ma voiture et je m'approche. Estrella m'accueille à bras ouverts, et Clive me présente au monsieur rondouillard :

« Madame Cooper, je vous présente Pak Bambang Widyarti, le maire de cette ville. »

Le maire ne me serre pas la main, comme beaucoup d'hommes musulmans traditionalistes. Il s'incline légèrement et touche son cœur du bout des doigts de sa main droite, un geste que j'adore et que j'imite à mon tour. Nous échangeons quelques mots de courtoisie, son anglais est approximatif, comme l'est mon indonésien, mais je pense que l'essentiel du message est compris des deux côtés. Pendant que nous marchons vers la porte d'entrée, Clive m'explique rapidement que c'est le maire, à sa suggestion, qui a organisé cette visite pour Estrella, afin qu'elle puisse voir non seulement une école publique traditionnelle, celle où il enseigne, mais aussi une école islamique. Estrella est ravie et admire tout autour d'elle. Nous sommes reçus sur le pas de la porte par le comité d'accueil : le *kyai*, qui remplit à la fois les fonctions de principal et de guide spirituel de l'école, et trois enseignants qu'on nous décrit comme les plus chevronnés de l'équipe enseignante. Je suis surprise de voir que l'un est très jeune ; il doit avoir le même âge que Clive. Cependant je comprends vite son inclusion dans le groupe, car il nous salue en un anglais tout à fait correct. Il est clair qu'il est là pour traduire, et je remarque une nette familiarité entre lui et Clive, qui contraste fortement avec la grande formalité des échanges que j'observe entre les profs, Estrella, et le *kyai*. Il y a soudain une pause dans la conversation ; le *kyai* et les profs discutent entre eux pour décider si tout est prêt pour commencer les festivités, me semble-t-il, et Estrella rit avec le maire. Clive se tourne vers moi. J'ai le cœur qui tressaille un peu, quand nos yeux se rencontrent.

« Je suis content que vous soyez venue. »

« Tout le plaisir est pour moi. Enfin, sauf la route... »

Il rit et l'éventail de petites rides autour de ses yeux se déploie. Je me rends compte à quel point j'aime le voir rire.

« J'apprécie le sacrifice ! C'est juste dommage que vous ayez raté la visite de mon école. J'aurais aimé que vous voyiez où je travaille. »

J'ai envie de lui dire que moi aussi j'aurais aimé connaître son univers, mais une timidité me retient. Du coup, je me sens bête et ne trouve rien à dire. C'est lui qui rompt le silence.

« J'ai fait un bon boulot avec Heru, non ? »

« Heru ? Qui est-ce ? »

« Le jeune prof qui nous sert de traducteur. Depuis mon arrivée au village, je lui donne des leçons d'anglais toutes les semaines. »

Ceci explique leur familiarité, et l'aisance d'Heru en anglais.

« Vous devez être un excellent professeur. »

Je ne sais pas pourquoi, mais je sens que je rougis en disant ces mots. Son sourire s'élargit. Heureusement, Estrella me harponne à ce moment, et le groupe s'ébranle.

Nous passons dans un couloir entre deux rangées d'élèves en uniforme - garçons d'un côté, filles de l'autre – qui nous font une haie d'honneur menant à une cour dallée au cœur du bâtiment. Un vaste tapis marque l'emplacement où serait normalement l'estrade, et on nous signifie que nous devons nous asseoir par terre après avoir ôté nos chaussures. Estrella et moi nous nous asseyons seules d'un côté, tandis que les hommes s'asseyent de l'autre. Le reste des enfants, filles d'un côté et garçons de l'autre, sont déjà assis sur les dalles faisant face au tapis. D'aucuns sourient largement, et presque tous nous regardent avec une intense curiosité. Pour certains d'entre eux, c'est sans doute la première fois qu'ils voient des Américains, et je suis persuadée que c'est pour tous une première que de rencontrer une Américaine à la peau noire. J'adore les visages des enfants indonésiens, la lumière de leur regard, la joie pure de leurs sourires, la rondeur de leurs joues. Le *kyai* fait un discours un peu longuet, traduit consécutivement par Heru, et le maire y va de son discours ensuite. Une fois la bienvenue ainsi officiellement souhaitée, les festivités commencent. Les musiciens *marawis* (musique inspirée de l'Islam) arrivent ; c'est un groupe de jeunes garçons vêtus de longues tuniques noires sur des pantalons bouffants dorés, chapeautés de bonnets musulmans finement décorés. Ils ont tous une sorte de bongo à la main et s'asseyent en face de nous sur le côté gauche de l'estrade. Ils commencent à frapper rythmiquement sur les instruments de percussion ; l'énergie de la musique est phénoménale. J'explique à Estrella en lui criant à l'oreille qu'il s'agit d'un type de musique fusionnant des influences du Moyen-Orient et de la culture traditionnelle de Java dite *betawi*. La tonalité en est principalement religieuse, les paroles reflétant essentiellement les enseignements du Coran. Nous sommes vite sous le charme hypnotique de la mélodie et des chants à la sonorité étrange.

Quand la musique s'arrête, une dizaine de minutes plus tard, une file de jeunes filles vient s'installer devant les musiciens, face à nous. Elles portent le costume traditionnel des danseuses de *saman* (danse originaire d'Aceh, sur l'île de Sumatra, et devenue populaire dans la plupart des établissements d'enseignement islamiques). Sur des pantalons noirs, les jeunes filles ont revêtu de riches blouses en soie brodée, certaines portant du rouge, les autres du bleu. Un large sarong doré est enroulé de manière serrée autour de la taille, du ventre et des jambes, couvrant le corps jusqu'aux genoux. Elles portent toutes un hijab noir très simple, sur lequel est posé une couronne tressée de satin doré. Elles se positionnent de manière à alterner les couleurs - une danseuse en bleu, une en rouge - toutes sur la même ligne, et s'agenouillent. Accompagnées d'un seul tambour, elles commencent à chanter sur un rythme assez lent, et en même temps effectuent des gestes simples avec les mains ; d'abord croisées sur la poitrine, puis posées sur les genoux, puis frappées l'une contre l'autre une seule fois, tout en tournant la tête vers la droite, puis vers la gauche. La série de gestes est répétée plusieurs fois, le rythme s'accélère, d'autres mouvements sont ajoutés, qui rendent la chorégraphie de plus en plus complexe: en alternance, une jeune fille sur deux se penche en avant, alors que leurs voisines mettent leurs bras en croix, certaines se dressent sur leurs genoux, alors que les autres restent sur leurs talons, les gestes sont parfaitement coordonnés et la danse accélère encore, si vite que je m'attends à ce qu'une des jeunes filles perde le rythme et finisse par recevoir une main dans la figure. Mais elles ont dû beaucoup répéter, car tout se passe parfaitement et, alors que l'énergie, presque orgasmique, semble à son apogée, la musique et le chant s'arrêtent d'un seul coup. Le tout a duré au moins quinze minutes. J'ai déjà assisté à plusieurs spectacles de ce genre, mais la qualité de celui-ci dépasse ce que j'ai vu jusqu'à présent.

Je me promets de montrer à Aimée les quelques minutes que j'ai enregistrées sur mon Ipad et, à la pensée de ma fille, le regret soudain me serre le cœur. Ces cadeaux que m'offre l'Indonésie, comme d'assister à cette danse rythmée et colorée, Aimée ne les a pas. Pour elle, l'Indonésie se limite à l'École Internationale, des heures passées dans la circulation monstre de Jakarta, les centres commerciaux démesurés grouillant de monde et saturés de musique jouée au maximum du volume des amplis géants, les odeurs de poubelle brûlée et les moustiques. Je suis injuste, elle a déjà en trois mois pu visiter Bali et aussi, avec son école, le temple bouddhiste de Borobudur, mais je crains que son quotidien ne lui pèse de trop et qu'elle ait du mal à gérer la difficulté de vivre dans un pays si étranger, où la chaleur écrase sans relâche, autant que l'attention des locaux sur soi, parce que l'on est des *bule* (étranger, généralement Caucasien). Je me demande si tout cela est la cause de son mal-être, et je m'en veux tout d'un coup de l'avoir déracinée.

Des applaudissements nourris me tirent de ma rêverie et de mes remords. Les danseuses et les musiciens se retirent, et Estrella est invitée par le *kyai* à prendre la parole. On a placé un micro au centre du tapis. Elle explique qui elle est, pose quelques questions sur les États-Unis aux enfants pour tester leurs connaissances en géographie. Les petits, enchantés, crient des réponses en une joyeuse cacophonie, mais Heru, en riant, rétablit le calme. Estrella annonce qu'elle va lire une nouvelle qu'elle a écrite – Heru va traduire, et Clive mimer. Estrella commence en chantant de sa voix chaude et profonde les premières notes de *Summertime*, et l'auditoire est immédiatement captivé. Elle se lance ensuite dans la lecture de sa nouvelle, une histoire d'espoir brisé et rebâti, de fortitude qui se passe sur une plage en Afrique du Sud. Clive fait rire toute l'assemblée, quand il mime un personnage de la nouvelle, une jeune femme arrogante qui marche sur la plage en tortillant de la croupe et en ignorant les mendiants.

Je me rends compte que le temps a passé à toute vitesse, et que je dois partir dès que j'en aurai l'occasion, si je ne veux pas qu'Edward et Aimée m'attendent trop longtemps. Dès la performance d'Estrella terminée, je fais signe à Clive de la tête et des yeux que je dois partir. Il opine du chef, et je sais que je peux compter sur lui pour expliquer mon départ abrupt. J'écrirai à Estrella pour lui faire mes adieux. Je me glisse le plus discrètement possible hors de la cour, mais je ne peux m'empêcher, avant de partir, de jeter un coup d'œil en arrière pour regarder Clive une dernière fois. Je l'ai studieusement évité du regard pendant toute la visite, car ce n'était vraiment ni l'heure, ni l'endroit pour fantasmer. Mon regard est bref mais suffisant pour me permettre de voir qu'il est assailli par les enfants surexcités qui s'accrochent à ses bras, mais juste à ce moment, il lève la tête dans ma direction, comme s'il me cherchait des yeux, et quand il voit que je le regarde et que je mime le départ avec un mouvement de mon pouce levé comme si je faisais du stop, il opine de la tête avec un sourire, indiquant qu'il comprend et arrondira les angles avec nos hôtes.

Vite, vite, je sors du bâtiment et saute dans la voiture qui m'attend, le chauffeur plus qu'à moitié endormi, affalé sur le volant. Le retour à Ijen est un peu plus rapide qu'à l'aller, mais je suis quand même en retard. Edward et Aimée attendent depuis plus de trois quarts d'heure, et je sais qu'il n'est même pas la peine que j'adresse la parole à mon mari, qui ressemble à une boule de nerfs. Aimée, en revanche, déborde d'enthousiasme : la descente était dure, mais les couleurs incroyables ! Et les porteurs de soufre sont tout menus mais incroyablement costauds ! Je l'écoute me raconter son aventure, un sourire au coin des lèvres, et j'admire les photos qu'elle fait défiler sur son téléphone. En réponse à sa question sur ce que j'ai fait et vu, je lui montre mes photos à moi et lui joue la vidéo que j'ai prise au *pesantren*. Edward, lui, ne me pose aucune question sur ma visite, mais je m'en fiche. J'ai dans le cœur le regard ébloui d'un jeune homme blond entouré d'enfants rieurs.

CHAPITRE III

Jakarta, novembre 2016

« Vous prenez un cocktail pour commencer ? »

Le serveur, plein de sollicitude, s'empresse de nous déposer la carte des boissons entre les mains, et reste là, tout sourire, attendant notre décision. La nappe est noire, d'un lourd tissu mat, les assiettes blanches très simples y paraissent des objets précieux et rares.

Edward parcourt la liste, les sourcils froncés.

« Il n'y a pas de mojitos ? C'est barré sur le menu. »

Le serveur répond sans perdre son sourire :

« Non, monsieur, nous n'avons pas reçu la menthe fraîche aujourd'hui. »

Edward secoue la tête, l'air irrité. Il grommelle entre ses dents.

« Bien la peine de venir dans un restaurant quatre étoiles... »

Cela m'énerve quand il fait des remarques désobligeantes dans sa barbe, et je ne peux pas m'empêcher de l'asticoter :

« Qu'est-ce que tu dis ? »

Il jette un regard de côté au serveur qui continue à se tenir là, un grand sourire vissé sur le visage.

« Rien, c'est jusque que quand on vient dîner au Mandarin Oriental, on s'attend à ce que tous les choix du menu de boissons soient disponibles, c'est tout. »

« Ah. Tu n'as qu'à prendre autre chose, alors. »

Il jette un autre regard coulissant au serveur, qui se tient toujours là, toujours aux anges.

« Je n'arrive pas à me concentrer avec l'autre juste là », dit-il à voix basse, les yeux fixés sur le menu.

J'attends, juste pour voir si, pour une fois, il va prendre la situation en main comme j'aimerais qu'il le fasse. Je l'imagine levant la tête de son menu, avec un sourire sincère et demandant avec simplicité et gentillesse :

« Vous revenez dans quelques minutes ? Nous avons besoin d'un peu de temps pour décider. Vous comprenez, c'est notre anniversaire de mariage, le vingtième, et nous voulons prendre notre temps... »

Au lieu de ça, il s'agite sur la banquette en velours et soupire, clairement exaspéré par la présence continue du serveur. Il a beaucoup de mal à gérer l'incompétence, c'est un défaut qu'ont beaucoup d'hommes qui ont mené leur carrière énergiquement, comme on mène un âne à la baguette.

Finalement, je n'en peux plus. Je souris au serveur :

« Nous allons avoir besoin de temps pour décider. Apportez-nous une bouteille de San Pellegrino pour commencer, s'il vous plaît. »

L'homme s'incline, ravi.

« Mais bien entendu, Madame, tout de suite. »

Et de tourner illico les talons, prêt à sprinter vers le bar.

J'essaie de le ralentir.

« Prenez votre temps, nous ne mourons pas de soif. »

Il ne m'a pas entendue, il est déjà en train de décapsuler la bouteille. Ma parole, il se déplace comme une fusée.

Je touche la main d'Edward qui a son visage des mauvais jours.

« Décide-toi vite, tu as exactement douze secondes. »

Il ne rit pas, garde les dents serrées.

« Ça commence mal, qu'est-ce que ça va être quand on va vouloir commander le dîner ? »

Je dis sans conviction :

« Relaxe, c'est fête ce soir. »

Je sais bien que s'il y a une chose que mon époux de vingt ans est incapable de faire, c'est se détendre. La vie bouillonne en lui, explose souvent, en joie ou en colère, parfois en chagrin, mais jamais il n'a de sérénité, jamais de calme, et certainement jamais de restreinte dans ses opinions. C'est épuisant. Je sais déjà que, parti comme cela, il va rester sombre jusqu'à ce que le pain et la boisson arrivent. A partir de ce moment, son humeur va s'éclaircir, et aller en s'améliorant au fur et à mesure que la nourriture arrive, du moins si la cuisine est bonne. Il va alors pétiller de plaisir, parler fort, avec moult gestes. Après le troisième verre de vin, il va s'émouvoir de notre longue histoire ensemble, et ses yeux s'humecteront. Il me prendra la main au travers de la table, et je ne sentirai rien, juste le regret de ne rien éprouver. Puis la fatigue d'un repas trop riche, trop arrosé se fera sentir, et il tombera dans une espèce de torpeur silencieuse, jusqu'à ce que nous nous levions de table. Je regarde cet homme avec qui j'ai passé tant d'années de ma vie, le père de mon enfant, et j'ai l'impression à la fois de le connaître à fond et de ne pas savoir du tout qui il est. Il faut dire qu'avec le temps, nous nous sommes éloignés émotionnellement l'un de l'autre et, qu'en vérité, nous menons quasiment des vies parallèles, comme deux camarades partageant le même toit, mais chacun seul dans sa bulle mentale. Je me dis parfois que mon détachement est tel qu'il ne m'étonnerait pas de découvrir que mon mari a une vie cachée, le genre de choses dont les gens parlent en secouant la tête : « Mais comment pouvait-elle ne pas le savoir, ne pas s'en rendre compte ? » Oh, c'est bien facile. Il suffit de se déconnecter, de ne pas poser de questions, en un mot : de s'en foutre.

Et c'est vrai que je m'en fous, comme je me fous de tout, vu l'état de désintérêt grandissant dans lequel je me trouve. C'est dommage, parce qu'Edward est un homme plein de qualités, d'une intelligence féroce, généreux et sensible quand il se sent aimé, et qui mériterait une femme plus douce, plus attentive, moins introspective.

Le restaurant n'est guère animé, il faut dire que nous sortons en milieu de semaine. Un groupe d'hommes d'affaires, un autre couple, une femme seule, c'est tout. L'éclairage est doux, par les grandes baies vitrées on aperçoit, se découpant sur le ciel de velours noir, les jets d'eau illuminés du *Bundaran Hotel Indonesia*, rond-point central de Jakarta. En son centre, sur un gigantesque piédestal, trône la statue de deux enfants souhaitant, les bras levés vers le ciel, la bienvenue aux visiteurs. La ronde incessante des voitures autour du monument est d'ici invisible et silencieuse, mais nous savons qu'elle est là et cette idée, bizarrement, me réconforte.

Le serveur apporte à présent le menu présenté sur une énorme ardoise posée sur un chevalet de bois, qu'il plante à côté de notre table. Le restaurant s'appelle « Lyon » et propose des spécialités rhodaniennes que je nomme, soudain ravie, de leur nom lyonnais en reconnaissant les ingrédients : cervelle de canuts (sur le menu décrit comme « fromage blanc aux herbes »), tablier de sapeur (« fraise de boeuf panée »), truffes en barboton (« pommes de terre à l'étuvée »). Edward et moi plaçons enfin notre commande d'apéritif, et le serveur nous laisse continuer à étudier le menu et nous souvenir, d'une manière assez gauche d'abord, puis de plus en plus animée, des repas mémorables que nous avons partagés à Lyon.

C'est là que nous nous sommes rencontrés, dans cette ville à la réputation de froideur, mais où je me suis tout de suite sentie à l'aise, comme chez une grand-tante en apparence distante mais au grand cœur généreux, qui plaisante sans rire et vous serre dans ses bras à la sauvette. J'ai passé trois ans à Lyon, m'appropriant la ville au gré des heures dédiées à arpenter la ville, à grimper du Vieux Lyon à Fourvière, à descendre des pentes de la Croix-Rousse jusqu'aux quais, m'arrêtant rarement, arrivant chez moi hors d'haleine et les pieds en feu, mais le cœur et l'esprit apaisés.

Quand Edward et moi avons fait connaissance, j'avais déjà l'impression d'avoir beaucoup vécu, avec ma vie familiale tumultueuse et mon année aux États-Unis. J'étais revenue en France gonflée d'espoir et pleine d'énergie pour attaquer une année de prépa que j'ai en réalité dédiée davantage à ma vie sociale qu'à mes études. Puis ce fut l'entrée à Sciences-Po Lyon, après avoir essuyé un échec cuisant pour l'entrée à Sciences-Po Paris. J'avais déjà vécu deux ans à Lyon, quand Edward est entré dans ma vie, et j'étais retombée de mon exaltation post-Amérique, car les études à Sciences-Po ne me convenaient pas. Le DEUG d'anglais que je continuais en même temps me maintenait à flot, mais j'avais sombré dans une dépression non verbalisée, ponctuée de crises d'angoisse que j'essayais de calmer en faisant furieusement de l'exercice. Edward m'a rouvert les portes de l'Amérique, m'a rendu ce qui me manquait de l'Amérique. L'oxygène, l'espace, la liberté, l'odeur fraîche du savon Dove et du shampoing Pert, la naïveté, l'innocence. Face à lui, je me sentais, du haut de mes vingt-deux ans, très femme, très européenne, toute de sophistication et de sensualité, éblouissant ce jeune homme ingénu à la mâchoire carrée, au rire tonitruant, à la vitalité contagieuse. Comme tous les jeunes amoureux, nous avions l'impression d'être seuls au monde, tout nous était permis, et nous nous embrassions passionnément au milieu de la rue, parmi les passants qui ne prêtaient pas attention à nous. Nous marchions enlacés pendant des heures le long des quais illuminés. Nous parlions des nuits entières après l'amour, en dévorant des sandwiches au poulet et descendant des litres de vin rosé obligeamment livrés par la compagnie Noctambule qui doit encore rêver de ces quelques mois en 1995, où son chiffre d'affaires a mystérieusement triplé.

C'est à cela que je pense, alors que nous rentrons à la maison après le dîner célébrant nos vingt ans d'anniversaire de mariage. Nous n'avons pas fait beaucoup d'efforts après les dix premières années, c'est vrai, mais c'est vrai aussi que la vie nous a balancé pas mal d'obstacles. Dès notre mariage et notre installation aux États-Unis, nous avons été testés: de graves problèmes de santé pour moi, des difficultés financières sans fin, un mal-être grandissant dans notre couple masqué par des changements incessants de domiciles et de jobs, des départs, des retours, des réussites et des échecs, nous laissant tous les deux épuisés. C'est un miracle que nous soyons toujours ensemble, et que notre fille soit si équilibrée. Parfois, nous nous haïssons, et le sentiment surgit et frappe comme l'éclair, comme un cobra qui siffle. La plupart du temps, nous nous agaçons mutuellement. En même temps, nous sommes de bons partenaires pour tout ce qui concerne l'avenir de notre fille. Pourtant, de plus en plus souvent, j'aspire au calme, à une vie où je ne serais plus secouée en permanence par ce maelstrom qu'est Edward, ses hauts et ses bas, toute cette place qu'il prend. Il regorge de vie, c'est vrai, mais il sape aussi ma force vitale, car je dois sans cesse être là, l'écouter, le conseiller, lui répondre, alors qu'il me reste si peu d'énergie!

Rentrés à la maison, nous y trouvons Aimée encore debout qui nous accueille, les yeux brillants d'espoir.

« Vous vous êtes bien amusés ? »

Nous mentons en cœur, comme un duo bien rodé.

« Oui, oui, c'était très bien, bonne bouffe, ambiance joyeuse... »

Elle nous serre tour à tour dans ses bras, soulagée. Je pense qu'elle sait que nous mentons, mais tant que nous sommes prêts à maintenir les apparences, cela lui va. Les enfants sont comme ça, enfin, certains enfants. Moi, j'aurais donné tout ce que je possédais pour que mes parents se séparent dans mon adolescence, pour stopper le fiel des remarques de Maman, les atmosphères lourdes qui empoisonnaient les repas, les disputes, la violence, la terreur.

Aimée baille un grand coup. Ses yeux sont vitreux, elle a dû passer toute sa soirée sur Facebook.

« Dis donc ma belle, si tu allais te coucher ? »

Je ne peux pas m'empêcher de caresser ses cheveux si doux. Automatiquement, elle vient se coller contre moi. Heureusement qu'elle est affectueuse, ma fille ! Edward et moi ne nous sommes pas touchés depuis près d'un an. Je caresse son bras, et elle sursaute, comme si je lui avais fait mal.

« Qu'est-ce que tu as ? »

Elle se dégage, baille ostensiblement.

« Rien. Bon, je vais au lit, moi. Je suis crevée ! »

Je l'attrape par la manche avant qu'elle ne file, saisis son poignet, remonte la manche en dépit de ses protestations, et m'exclame :

« Mais qu'est-ce que c'est que ça ? »

Sur son avant-bras, juste avant le coude, elle a trois méchantes estafilades rouges horizontales parallèles, boursouflées. Elle m'arrache son bras, rabaisse sa manche.

« C'est le chat de Maeva, elle a un nouveau chat, je t'ai dit que nous sommes allées avec Sofi chez elle il y a deux jours après la classe et que nous avons joué avec le chat, il s'est un peu énervé et il m'a griffée. »

« Tu as mis quelque chose dessus ? Ça n'a pas l'air de bien cicatriser. »

« Oui, bien sûr, j'ai désinfecté tout de suite chez Maeva. C'est rien, ça va partir. »

Elle se penche, m'embrasse.

« T'en fais pas, maman, c'est juste une griffure. »

Elle attrape son ordi et commence à grimper l'escalier, se retournant à mi-chemin pour m'envoyer un baiser. Je le lui renvoie en souriant, mais j'ai comme un sentiment de malaise. Quelque chose ne va pas.

Edward est sous la douche. Il va probablement comme d'habitude se coucher ensuite sans me dire bonsoir. Quand je le rejoindrai, je me glisserai entre les draps discrètement, et m'endormirai après quelques instants, sans le toucher, ni l'embrasser. La sécheresse de notre relation va s'empirant, pernicieuse comme un cancer ; il arrivera fatalement un moment où il ne sera plus possible de s'en débarrasser, elle aura tout envahi, et nos cœurs s'effriteront au moindre contact, comme ce nid d'oiseau que j'ai trouvé juste avant de quitter notre maison de Californie pour notre nouvelle vie en Indonésie. J'avais placé sous les poutres du porche un panier pour servir de refuge à une paire de tourterelles grises qui souhaitaient de toute évidence fonder une famille, mais semblaient assez ineptes du point de vue de l'édification des nids. Le panier contenait un nid si sec qu'il en avait rétréci de moitié, et qu'il s'était désintégré quand je l'avais touché. Je me souviens avoir alors pensé, alors que je mettais tristement l'ensemble à la poubelle, que notre amour à Edward et à moi était comme ce nid desséché.

Une fois Aimée au lit et Edward couché, je me mets à l'ordinateur. Il faut que je saute dessus quand il est libre (l'ordi, pas Edward) et c'est une occurrence rare, car mon époux semble passer la majorité de son temps en ligne ces jours-ci. Je vérifie mes messages électroniques. Mon cœur bat toujours un peu quand j'ouvre ma boite aux lettres – et si un ancien soupirant avait retrouvé ma trace et cherchait à me contacter pour me dire que finalement, j'étais la femme de sa vie ? Cela ferait du bien, pour une fois, de sentir que je compte pour quelqu'un d'autre que ma fille, que je ne passe pas mon existence dans une espèce de brouillard blanchâtre, sans aventure, sans espoir, sans sexe, sans joie. Tiens ! Un message de ma sœur Agathe. Elle me souhaite un bon anniversaire de mariage et donne quelques nouvelles des enfants, avant de me régaler d'un incident récent symptomatique de sa relation avec son mari Fabrice.

"Alors j'arrive à la maison après une journée d'enfer au cabinet, neuf heures du soir, et je le trouve affalé devant la télé. Voilà ce qu'il me dit :
- J'ai mal partout. J'ai fait plus d'une heure de cardio et trente minutes d'haltères ce soir. Ça me tire dans l'épaule droite, tu ne pourrais pas regarder ?
Je lui réponds :
- Tu permets que je bouffe d'abord ? J'ai juste avalé une barre nutritionnelle vers deux heures cet après-midi.
Tu sais ce qu'il me dit ?

- C'est toi qui m'as piqué ma dernière barre ? Je l'ai cherchée partout ce matin.

Il y a vraiment des fois où j'ai envie de le baffer à tour de bras.

- Ouais, ben, tu m'excuses, mais moi je n'ai pas de restau d'entreprise à midi, pas de distributeur de cochonneries non plus, et je bosse non-stop, alors tu peux m'épargner tes jérémiades, hein.

Tu sais ce qu'il me répond ?

- Qu'est-ce que tu peux être désagréable des fois. En tout cas, je me suis arrêté au magasin en sortant du boulot et j'ai refait provision de barres, mais je vais les planquer, comme ça tu me les piqueras plus.

Et pour finir, le plus beau. Je lui demande :

- Puisque tu es allé au magasin, t'as pensé à acheter du PQ ?

- Du PQ ?

Il me regarde avec l'air de tomber des nues. Il me tue.

- C'est blanc et doux, on s'en sert dans les chiottes, et là on n'en a plus.

- Ah ben moi j'ai été au magasin de sport, pas à Carrefour. Je ne savais pas qu'on n'en avait plus, du PQ.

Qu'est-ce que tu veux que je dise ? Ça ne vaut pas la peine de poursuivre la conversation, on va continuer à utiliser des Kleenex et du Sopalin dans les toilettes jusqu'à demain, quand j'aurai eu le temps, après ma demi-journée de travail qui va aller jusqu'à trois heures et demie, d'aller faire les courses pour la semaine, pendant que Fabrice sera au gymnase. Et voilà, c'est ma vie, alors j'espère que ton mariage t'offre plus d'occasions de rigoler que le mien, je t'embrasse fort, petite sœurette."

Je ris et je pleure en même temps en lisant ça, c'est une bonne chose qu'Edward soit couché, car il penserait que je suis devenue folle.

Agathe et moi, nous avons vraiment su mettre dans le mille avec nos conjoints, et égoïstement cela me fait du bien de savoir que je ne suis pas la seule à sentir parfois s'effriter mon cœur desséché comme un nid abandonné.

Le lendemain, je me sens particulièrement vidée au boulot, sans doute d'avoir remué tous ces souvenirs. Désœuvrée, je regarde par la fenêtre de mon bureau qui se trouve au vingtième étage d'un grand immeuble sur la grande avenue Sudirman, je vois les gratte-ciels de Jakarta sur l'horizon, un imposant groupe de tours d'habitations vers le nord de la ville. Il y a peu, cet ensemble me semblait bénin, et j'aimais même à la tombée du soir, dix-sept heures trente sous les tropiques, voir s'allumer l'immense panneau lumineux marquant l'entrée du centre commercial jouxtant les tours. Au début, quand j'ai commencé à travailler ici, cela me faisait du bien de regarder le clignotement joyeux de ce panneau et d'imaginer les promeneurs et les curieux flânant dans le centre commercial, s'amusant de la musique assourdissante, rêvant devant les devantures rutilantes, dégustant des petits pains tièdes et sucrés tout juste sortis de la case chauffante plantée au milieu de l'allée centrale. Puis j'ai appris que nombre de personnes se sont suicidées dans ces tours, sautant du vingt-neuvième ou trentième étage pour être sûrs de ne pas en réchapper. Est-ce que ces pauvres gens avaient emménagé dans les tours avec l'idée que l'endroit serait idéal pour le grand saut ? Et combien d'entre eux se sont penchés jour après jour au balcon, en attendant de se décider, mesurant la distance jusqu'au sol avec les yeux, imaginant, les mains crispées sur la balustrade, la longue chute et l'explosion finale ? Du coup, maintenant, que le soleil brille ou que le ciel soit gris, ces tours m'apparaissent noires, comme plongées dans l'ombre, et le panneau lumineux semble un rictus cruel accompagné d'un clignement d'yeux méchants. Heureusement, il y a aussi, plus près de moi, juste au centre de la vue que j'ai sur la ville, un foisonnant bouquet d'arbres ; je ne saurais dire de quel type d'arbres il s'agit, mais leurs canopées s'épanouissent largement, tels des parasols vert sombre où mes yeux s'enfoncent et se posent, comme un oiseau dans le feuillage, et en ressortent apaisés, rafraîchis. Entre les tours et les arbres, s'agglutinent des toits de tuiles orange ou de tôle ondulée grise, des parois en ciment revêches, un bloc de métal et de verre lisse où se reflète le dôme blanc d'une mosquée, deux ou trois grues immobiles, et toujours le bourdonnement de la circulation, comme celui d'une abeille obstinée.

Je retourne à mon ordinateur. Il reste un certain nombre de détails à régler pour le programme de responsabilité sociale que nous allons lancer très bientôt sur l'île de Kalimantan, où nous faisons beaucoup de notre commerce. Pendant une bonne heure, je multiplie mails, courses effrénées jusqu'au bureau de mon assistante au bout du couloir pour vérifier certaines informations, prises de notes au vol, et je suis justement en train de mettre la dernière touche au programme quand le téléphone sonne. C'est ma collègue Rebecca, assistante auprès du Directeur, qui depuis une semaine m'appelle tous les jours pour me demander des détails sur ce fameux nouveau projet de Kalimantan, ou pour l'aider à écrire le discours que le patron va lire lors de la réception de Thanksgiving chez l'Ambassadeur des États-Unis. La réception se fera sur le thème de la compassion et de l'entre-aide, apparemment, et c'est pour cela que notre directeur a été invité, afin d'expliquer la façon dont nos actions sociales contribuent au développement durable en Indonésie. La réception a lieu ce soir et il doit y avoir une crise grave, à en juger par la voix de Rebecca, qui semble près de l'hystérie.

« Ève, je suis dans un merdier énorme ! »

« Calme-toi, ça ne doit pas être si grave, qu'est-ce qu'il y a ? »

« Le patron ne peut pas y aller ce soir ! »

Zut. C'est une vraie tuile.

« Mais pourquoi ? »

« Il a trouvé le moyen d'attraper la grippe ! Le médecin de la boîte vient de le renvoyer chez lui. »

Je regarde ma montre. Il est quinze heures, la réception commence à dix-huit heures trente.

« Et alors ? C'est un cas de force majeure, qu'est-ce qu'on peut y faire? »

Rebecca parle encore plus fort.

« Mais ça veut dire qu'il n'y a personne pour représenter la boîte ! Aucun des vice-présidents n'est disponible, ils sont soit en déplacement, soit en congé. J'appelle toutes les assistantes depuis une heure. »

J'essaie de la calmer.

« Bon, tant pis, on ne sera pas représentés, ce n'est pas si grave, non ? »

Sa voix monte encore, elle est en train de vraiment péter les plombs.

« Mais si, c'est grave ! En plus c'est un dîner assis, ce soir, ce n'est pas un buffet ! On ne peut pas avoir une place vide, ça fout tout le plan de table en l'air ! Les gens de l'Ambassade n'arrêtent pas de m'appeler, ils disent qu'on doit absolument trouver un remplacement. Et le grand patron a suggéré que je t'appelle. »

Je commence à voir où elle veut en venir.

« Et pourquoi donc ? »

Sa voix se fait suppliante.

« Je t'en prie, je n'ai plus personne à qui demander, le patron dit que tout ce que tu as à faire, c'est de dire quelques mots... s'il te plait, aide-moi ! »

Je suis soudain terrifiée. Je suis l'administratrice principale du département de stratégie responsabilité sociale, d'accord, mais je n'y connais encore presque rien ! Quelle autorité est-ce que j'ai ? J'entends Rebecca qui respire avec anxiété au bout du fil, je sens presque les ondes d'espoir désespéré qu'elle envoie. C'est une bonne collègue, un peu geignarde mais généreuse, toujours prête à rendre service. Si les rôles étaient inversés, elle aurait dit oui sans hésitation.

« D'accord, mais je ne suis pas vraiment habillée pour un dîner, vu que je n'avais pas prévu de sortir ce soir. »

« Ça ne fait rien, un rien t'habille ! Oh, merci, merci, merci... »

Et voilà comment je me retrouve dans une voiture de fonction trois heures plus tard, roulant à travers des vapeurs de pluie le long des rues où s'agglutinent les piétons tassés comme ils le peuvent sous les auvents et les protections variées pour se protéger des gouttes. Les Indonésiens accordent beaucoup de respect à la pluie, un respect mêlé de crainte : il est communément admis que se trouver pris sous une averse résulte le jour suivant en des symptômes grippaux désagréables. De même, il est considéré dangereux de se baigner, même dans une piscine couverte, lorsqu'il pleut dehors. Quelque chose comme un affront aux dieux de la pluie naturelle. Indah passe sa vie à annuler et reprogrammer les leçons de natation de ses fils à la saison des pluies, apparemment.

De penser à Indah et à ses enfants me fait penser à Aimée. Depuis le retour de Bali, j'ai le sentiment qu'elle me cache quelque chose. Je repense à cette histoire d'estafilade sur son bras, qui me gêne ; en essayant de me souvenir si j'ai vu ces griffures avant, je me rends compte que cela fait plusieurs semaines qu'Aimée garde les bras couverts. Certes, nous avons la climatisation en permanence à la maison et aussi dans la voiture, et la température est souvent suffisamment fraiche pour m'inciter moi aussi à mettre des manches longues, mais tout de même, il y a un changement par rapport au passé où Aimée descendait souvent de sa chambre en divers états de semi-nudité, les bras pleins de vêtements et s'habillant petit à petit au rythme de ses préparations matinales : en soutien-gorge pour se sécher les cheveux dans la salle de bain du bas, après quoi elle passait un tee-shirt, mangeait une tartine de Nutella, enfilait un short, vérifiait Facebook, glissait ses pieds dans ses tongs, et descendait un verre de jus d'orange avant d'attraper un gilet et son sac à la volée pour courir après le bus. Ces derniers temps, elle apparaît le matin tout habillée et les bras couverts, et file directement se sécher les cheveux. S'agirait-il d'une pudeur soudaine d'adolescente ? Après tout, elle vient d'avoir seize ans. Il suffit qu'elle ait lu un article en ligne sur le besoin de protéger son image de soi, et elle a très bien pu sauter sur l'idée de se garder davantage. N'empêche, je reste mal à l'aise, et je me promets d'aborder le sujet sinon ce soir, du moins ce weekend, quand nous aurons le temps d'en parler à tête reposée.

  La circulation est atroce, et j'ai déjà plus de trente minutes de retard. Le dîner ne va pas tarder à être servi, je vais rater le moment crucial de l'apéritif, où se nouent les contacts et s'échangent les cartes de visite. La voiture s'arrête devant la haute grille qui bloque l'entrée de la résidence ambassadoriale. Quartier chic, grandes résidences blanches datant du temps de la colonisation par les Pays-Bas, protégées par de hauts murs en métal noir surmontés de rouleaux de fils de fer barbelés. Les gardes n'ont pas l'air très intimidants, engoncés dans leurs grands cirés beiges. L'un d'eux m'ouvre la porte du véhicule et présente un parapluie pour me protéger des gouttes. Je montre l'invitation que Rebecca m'a faxée, m'engouffre par la porte métallique cadenassée qui s'est ouverte comme par magie, et une employée du service protocolaire, à l'abri dans une guérite, barre mon nom sur la liste des invités, après avoir vérifié mon invitation et ma pièce d'identité. Puis elle invite une autre employée à m'accompagner, munie d'un parapluie, jusqu'à la résidence. L'allée qui sinue de l'entrée à la maison est longue ; une série d'auvents est installée pour la couvrir, mais il semble qu'il y ait nombre de fuites, et le parapluie n'est pas du luxe. Une fois arrivée sous le porche couvert de la résidence, je remercie mon ange protecteur et passe une main dans mes cheveux. J'ai fait ce que j'ai pu dans les toilettes de la boite avant de partir, mais n'ayant pas prévu cette soirée, j'ai dû faire sans ma trousse de maquillage et ma brosse à cheveux, laissés à la maison. J'ai mis du rouge à lèvres sur ma bouche et un peu sur mes pommettes en guise de blush, et une toute petite touche estompée juste sous mon menton, parce qu'il paraît que cela donne bonne mine. Je n'ai pas lavé mes cheveux depuis deux jours, mais la pluie a aidé et ils ondulent de manière plaisante. Quant à la tenue, c'est une tenue de travail correcte, mais sans doute trop décontractée pour un dîner chez l'Ambassadeur. Je possède plusieurs tailleurs, mais aujourd'hui, je suis allée au bureau avec la robe un peu courte à propos de laquelle tout le monde dit qu'elle me va si bien. J'espère que l'on ne va pas me juger sur les apparences...Une fois entrée, mon sac déposé dans le coin désigné, j'ai à peine le temps d'admirer l'intérieur avant qu'un jeune homme, qui se présente comme travaillant à l'Ambassade, ne vienne me saluer et m'escorter jusqu'au bar. Je m'excuse de mon retard, il me rassure.

« Le dîner n'est pas encore servi, prenez donc un verre pour vous détendre… »

J'accepte un verre de vin blanc et le sirote en regardant partout autour de moi. Je ne suis jamais allée à une réception ou un dîner dans une résidence diplomatique, et l'élégance et le raffinement du lieu m'épatent. D'épais tapis orientaux couvrent le sol, un grand piano Steinway noir occupe le salon de musique sur la gauche. Dans le foyer trône un grand guéridon impeccablement ciré, où s'épanouit un superbe bouquet d'anthurium. Des batiks rares dans des cadres sobres ornent les murs, et partout sont exposés des objets d'artisanat traditionnel indonésien, sculptures en bois de Papouasie, gong en bronze de Bogor dans un support laqué rouge sombre, grande marionnette Wayang de Jogjakarta finement découpée et décorée.

M'accrochant à mon verre et me sentant très peu à ma place, j'observe les autres invités. Je suis ravie de voir qu'il y a là l'étudiant d'échange américain que j'ai rencontré il y a deux mois, Marc. Il écoute poliment la conversation entre un vieux monsieur indonésien très bien habillé et le jeune diplomate qui m'a accueillie, mais lorsqu'il m'aperçoit, il me fait un grand sourire et vient vite me rejoindre.

« Marc, ça fait plaisir de te revoir ! Comment ça va ? »

Il me serre vigoureusement la main.

« Super ! Et vous ? C'est une sacrée baraque, hein ? »

« Oui, si on me la donnait, je la prendrais… »

Il rit.

« Je ne savais pas que vous alliez venir ce soir ! »

« Moi non plus, c'est une opération sauvetage de dernière minute. C'est mon patron qui devait venir, mais il est malade, alors me voilà ! »

« Vous avez déjà dit bonjour à l'Ambassadeur ? »

« Non, pas encore, je viens juste d'arriver. D'abord un verre de blanc pour me donner du courage, après, l'Ambassadeur ! »

Marc se penche vers moi comme un conspirateur.

« C'est le grand type mince là-bas près du piano. Il est super sympa. »

L'Ambassadeur est grand, effectivement, mince, l'air sympathique et affable, très souriant.

« Tu lui as déjà parlé ? »

Marc prend un air blasé.

« J'ai parlé à tout le monde. Je suis là depuis trois quarts d'heure- j'étais quasiment le premier arrivé ! »

Je pose ma main sur son avant-bras.

« Bon, alors tu vas me dire qui est qui, parce que moi je ne connais personne. »

Mon guide me murmure des informations à l'oreille, pendant que je hoche la tête d'un air entendu. Apparemment, il y a ce soir le directeur du département des Études Américaines de la plus prestigieuse université de Jakarta, le directeur de la Chambre de Commerce Indo-Américaine, plusieurs politiciens, des hommes et des femmes d'affaires importants, quelques artistes de renom et, surgissant à mes côtés comme s'il avait été téléporté, Clive. Je suis tellement surprise de le voir que j'en perds la parole. Lui, non. Il me serre la main avec chaleur. Son sourire est familier, mais il a coupé court ses cheveux depuis que je l'ai vu le mois dernier à Ubud. Cela lui va plutôt bien.

« Madame Cooper ! Quel plaisir de vous revoir. Décidément, l'univers conspire pour que nos chemins se croisent... ou peut-être que mes prières ont été entendues ? »

Comme la première fois où nous nous sommes rencontrés, je ne suis pas sûre, comme on dit chez moi en Lorraine, si c'est du lard ou du cochon. Flirte-t-il ? Se moque-t-il de moi ? J'opte pour une réponse polie.

« Moi aussi, je suis contente de vous voir. »

Ce n'est pas un mensonge. Est-ce une coïncidence s'il est là partout où je vais ? Si ça se trouve, j'ai conjuré sa présence par mes fantasmes de femme mariée sexuellement frustrée.

« Comment se passe votre séjour ? Tout va toujours bien ? »

« Mieux que bien, formidable ! Les jeunes sont adorables, les adultes sont ravis de ma présence, le chef du K*ampung Adat* est un copain, les anciens me traitent comme un invité de marque...c'est presque trop ! »

« Mais qu'est-ce que vous faites ici ? Vous n'êtes pas normalement à Jakarta. »

« Non, mais j'ai commencé une campagne de sensibilisation dans ma ville pour lutter contre le harassement à l'école, les échos en sont arrivés aux oreilles de l'Ambassade, et du coup, me voilà invité pour partager ce repas dédié à l'esprit de compassion... »

Soudain, une femme que je n'ai pas vu arriver attrape mon bras.

« Ma chère Ève-Lise, bonsoir ! Quelle surprise ! Qui est ce charmant jeune homme ? »

Pendant un terrifiant instant, j'oublie le nom de famille de mon envahissante connaissance. Puis il me revient.

« Luisa, je vous présente Clive Richardson, qui est un volontaire avec le *Peace Corps.* Clive, voici Luisa Supriadi, éditeur en chef du journal *Jakarta Times.* Luisa a travaillé pendant plusieurs années aux États-Unis en tant que correspondante pour divers journaux indonésiens. »

J'ai rencontré Luisa récemment, alors qu'elle venait faire un reportage sur nos activités de responsabilité sociale. Je ne peux pas dire que nous ayons sympathisé, mais elle se comporte comme si nous étions les meilleures amies du monde, me claquant une bise sonore et commentant sur ma bonne mine.

Elle serre la main de Clive et ils échangent quelques banalités. Je les observe, et le langage du corps ne trompe pas : Luisa s'intéresse à lui. Elle ondule en parlant, secoue ses cheveux, touche légèrement le bras de Clive et rit en rejetant la tête en arrière pour exposer son cou lisse et soyeux. J'essaie de juger de l'intérêt de Clive pour elle. Difficile à dire, car il est généralement ouvert, aimable et un peu charmeur. Pourtant, il ne semble pas indifférent à la beauté de Luisa. Il faut dire qu'elle est magnifique, avec sa peau sombre et veloutée, ses yeux très noirs et très maquillés, ses cheveux couleur de nuit, longs, souples et brillants. Elle est petite, très fine, sinueuse, perchée sur des talons vertigineux. Elle n'a sans doute pas loin de mon âge, mais le temps est clément pour les femmes indonésiennes, qui n'affichent ni rides, ni peau flétrie, jusqu'à un âge avancé.

Le jeune diplomate qui m'a accueillie vient me chercher pour me présenter à l'Ambassadeur. Je suis un peu nerveuse, mais l'Ambassadeur me met gentiment à l'aise, et le moment des discours arrive. L'ambassadeur s'approche du micro, rassemble les invités autour de lui, et fait son petit discours vantant les valeurs de générosité et de gratitude associées à Thanksgiving. Pendant qu'il parle, je cherche furtivement Clive du regard, et je me rends compte que lui aussi est dans la ligne de ceux qui vont parler. Quand vient mon tour, je dis mes quelques phrases, le cœur battant tellement dans mes oreilles que je ne m'entends pas. Puis le directeur d'une organisation non gouvernementale évoque un grand projet sur lequel ils travaillent pour lutter contre les ravages du SIDA en Papouasie, et enfin Clive parle avec chaleur de sa campagne d'inclusion pour tous.

Ses mots sur les conséquences désastreuses du harassement dont certains enfants ont à souffrir font remonter en moi des souvenirs douloureux. Au lycée, deux filles m'avaient prise en grippe et tourmentée sans relâche pendant trois ans. Même si j'avais des amis, et l'assurance que mes tortionnaires étaient juste bêtes et méchantes, cela ne rendait pas ma vie plus facile, et j'allais tous les jours au lycée l'estomac noué par la peur de les rencontrer sur mon chemin. Comme j'avais aussi l'estomac serré à la maison à cause de l'ambiance familiale volatile et parfois violente, j'ai passé toute mon adolescence dans un état d'anxiété proche de l'angoisse, dont il m'a fallu des années pour me remettre. Mon visage doit montrer malgré moi l'émotion qui me saisit alors que ces souvenirs remontent, car Clive me jette un regard concerné, alors qu'il remercie l'auditoire pour leur attention et s'écarte du micro.

Après les applaudissements de rigueur, nous sommes invités à prendre place à la grande table décorée comme dans un film, assiettes à fil doré, trois verres en cristal taillé pour chaque convive, couverts en vermeil, splendides arrangements de fleurs jaunes et gourdes orange ponctuant la longue table et, au centre, une énorme corne d'abondance

regorgeant de fruits et de grains. Le plan de table est affiché sur un grand chevalet près de la porte, et alors que je l'étudie pour trouver ma place, Clive se plante à côté de moi et cherche son nom lui aussi. Je l'entends murmurer un gros mot, et tout de suite après, il me souffle :
« Au secours, je suis placé à côté de Luisa. »
Je lui glisse du coin des lèvres :
« Méfiez-vous, c'est une mangeuse d'hommes. Elle en a croqué bien d'autres avant vous. »
Nous échangeons un bref regard et un sourire complice. Il semble hésiter à dire quelque chose, mais un invité s'excuse, car nous lui bloquons le chemin, et nous nous séparons pour rejoindre nos places respectives sans plus de conversation. Il est en face de moi, légèrement décalé sur la gauche, entre Luisa et un homme d'affaires spécialisé dans les télécommunications. Mes voisins de table sont Mark et une écrivaine connue. Je demande à Mark, alors qu'on nous sert des demi-tasses de soupe au potiron, si la nourriture américaine lui manque.
« Ah là, oui, s'enthousiasme-t-il, qu'est-ce que je donnerais pour un bon hamburger ! »
« Mais tu sais qu'il y a un *Carl's Junior* au centre commercial *Grand Indonesia*? »
« Oui, c'est ce qu'on m'a dit, mais vous savez que moi j'habite dans la banlieue Ouest, et je ne viens pas souvent au centre-ville. Alors des hamburgers, je n'en ai pas mangé depuis que je suis arrivé ! Par contre, j'ai mangé tant de *nasi goreng* que j'ai l'impression de sentir la friture en permanence ! »

En papotant avec ce jeune homme si heureux et plein d'anecdotes amusantes sur son expérience chez ses hôtes indonésiens et au lycée

(« Vous savez que les élèves regardent des films d'horreur pendant les cours ? Souvent les profs sont absents et il n'y a pas de remplaçant, alors on regarde des films sur YouTube »), je me sens à la fois très jeune et très vieille. J'essaie deux ou trois fois d'attirer l'écrivaine dans la conversation, mais elle reste poliment distante, et semble plus intéressée par sa dinde sauce aux airelles que par mes efforts d'inclusion. Je regarde Clive de temps en temps. Il est accaparé par Luisa et fait de louables tentatives pour échapper à ses griffes en se tournant souvent vers son autre voisin. A un moment, il me lance un regard si drôlement pathétique que je ne peux m'empêcher de rire. L'écrivaine s'intéresse alors à moi.

« Pourquoi riez-vous ? Partagez, je vous prie, ce dîner est mortel. »

Impossible de lui parler de l'entreprise de séduction de Luisa, elles se connaissent sans doute. Luisa connaît tout le monde. Je désigne l'énorme dinde au centre de la table et balance un lamentable mais pieux mensonge :

« Je venais de me souvenir d'un épisode très connu de la série télévisée *Friends*. Vous connaissez cette série ? »

« Bien sûr. J'ai passé un an en résidence artistique à Boston, et la série n'arrêtait pas de repasser. »

« Alors vous vous souvenez peut-être de l'épisode de Thanksgiving où Monica se retrouve la tête coincée dans la cavité d'une dinde gigantesque ? C'est stupide, mais assez drôle, et j'y ai pensé en regardant la carcasse de la dinde que nous venons de démolir ce soir. »

L'écrivaine me regarde avec un sourire narquois.

« Vous mentez mal. Je vous ai vue observer Luisa et ce charmant jeune homme, avec qui vous venez d'échanger un regard de connivence... »

J'en reste sans voix, et un peu vexée de me voir si vite devinée. Je tente toutefois, sans conviction, de me défendre.

« C'est juste un ami. »

Elle boit une gorgée d'eau, hausse les épaules.

« Cela ne me regarde pas. En tout cas, Luisa devrait arrêter de se conduire comme une chatte en chaleur. » Je lève les sourcils, nous nous regardons, et après un bref sourire qui en dit long, elle se tourne vers son autre voisin pour lui poser une question.

Le dîner se termine avec café, thé et une sélection de tartes, tartes aux pommes, au potiron ou aux noix de pécan, et je continue à discuter gaiement avec Mark, qui se révèle être un garçon très fin, intelligent, et d'une grande sensibilité culturelle. Clive me regarde de plus en plus souvent, et il est clair qu'il préférerait nettement se joindre à notre conversation que de subir les confidences appuyées de Luisa. Je me demande ce qu'elle peut bien lui raconter.

L'Ambassadeur se lève pour remercier tout le monde et nous donner notre congé. Je serre nombre de mains et je me retrouve dehors où Clive m'attend. Luisa fait ses adieux à l'Ambassadeur en minaudant. Il me prend par le coude :

« Elle est occupée, c'est le moment, filons ! »

« Si elle vous rattrape, vous aurez des explications à donner. »

« Je prends le risque. Allons-y ! »

Nous marchons vivement le long de l'allée, passons la grande grille. La pluie a cessé, mais l'air est chaud et lourd d'humidité. Le chauffeur de ma voiture est garé un peu plus loin et me fait de grands gestes pour signaler sa présence.

« C'est ma voiture. Vous rentrez en taxi ? »

« Oui, mais je n'en vois pas. Vous croyez qu'il faudra attendre longtemps pour en avoir un ? »

« Ça dépend, à cette heure ça risque de prendre un certain temps. »

Il jette un coup d'œil derrière lui, puis me regarde avec espoir :

« J'aimerais avoir disparu avant que Luisa ne sorte. Vous pouvez me déposer à une station de taxi un peu plus loin ? »

« Bien sûr. Venez ! »

Nous montons dans la voiture, j'explique au chauffeur que nous déposerons Clive à la première station de taxi, et nous démarrons. Il y a quelque chose de vraiment intime à être assis si près l'un de l'autre dans le noir. Je tente de désamorcer la tension en plaisantant :

« Vous avez passé une bonne soirée ? »

Il me frappe légèrement du poing sur l'épaule, d'un geste joueur.

« Ne vous moquez pas. C'était l'enfer. J'en sais beaucoup plus qu'il n'est nécessaire sur la vie privée de Luisa maintenant. »

Je ris.

« Voilà ce que c'est que d'être un beau jeune homme séduisant. »

Il rit aussi, mais je le sens flatté. Les mots m'ont échappé, je les regrette un peu à présent. Je regarde par la fenêtre, car je n'ose rencontrer son regard. C'est lui qui reprend la conversation après un moment de silence.

« Nous aurions dû changer les cartons avec les noms et lui sacrifier ce tout jeune homme qui était assis à côté de vous. »

Cette fois-ci, je le regarde, faussement choquée.

« Vous êtes cruel. Il est trop jeune et naïf pour être donné en pâture à une tigresse pareille. »

« En tout cas, il avait l'air d'apprécier votre compagnie. »

Je hausse les épaules, ne sachant que répondre. Après une pause et une hésitation, Clive change de sujet.

« Il m'a semblé que vous étiez perdue dans des souvenirs peu agréables pendant que je parlais de ma campagne d'inclusion. Je me trompe ? »

D'un seul coup, j'ai envie de tout livrer. Je n'ai jamais vraiment parlé à personne de ces épisodes.

« C'est vrai. J'ai subi pas mal de harassement au lycée, et ça faisait longtemps que je n'y avais pas pensé. »

« Racontez-moi…à moins que ça ne soit trop douloureux. »

« Non, non, ça va, je peux en parler. Il n'y a pas grand-chose à raconter, c'était deux filles assez vilaines et pleines de fiel qui avaient décidé qu'elles ne m'aimaient pas. »

« Qu'est-ce qu'elles vous faisaient ? »

« Oh, les misères habituelles que les méchants font à leurs victimes…des quolibets, des mauvaises blagues…j'avais toujours de bonnes notes, elles se moquaient de mes performances scolaires, jouaient sur le registre de la connerie des premiers de la classe, essayaient de m'intimider physiquement, en me bloquant dans les couloirs… »

« Ce ne devait pas être facile à vivre. »

Je secoue la tête avec un petit rire amer.

« Ce ne l'était pas. J'essayais de me persuader qu'elles étaient juste jalouses, cela me faisant mal de me sentir haïe par des filles à qui je n'avais rien fait. Le sentiment d'injustice était très fort. J'essayais d'être une bonne élève, une bonne personne en général, et en récompense, je recevais des insultes… »

Il ne dit rien, me laissant de l'espace pour continuer à explorer les zones douloureuses de mon adolescence. Du coup j'ai envie de me livrer davantage.

« Ce n'aurait pas été si horrible si j'avais eu une vie familiale paisible et aimante. Mais mes parents mettaient en scène sans cesse leur drame marital, avec leurs enfants pour spectateurs, et j'ai passé toute ma jeunesse là aussi à essayer de ne pas donner prise ou raison à la critique, pour ne pas générer plus de conflit entre eux. J'étais la bonne fille, j'essayais d'arrondir les angles, mais j'étais souvent la victime collatérale de leur violence. Tu parles d'injustice … »

Il attend quelques secondes avant de reprendre la parole, afin d'être sûr que j'aie bien fini.

« Donc vous aviez l'impression d'être une victime impuissante, c'est ça ? Et ça continue de vous miner, si j'en crois votre réaction ce soir. »

« Oui…c'était il y a longtemps, mais cela me fait toujours mal d'y penser.»

« Vous savez, il est toujours possible de réécrire le scénario, en mettant l'accent sur tout ce qui faisait de vous non pas une victime, mais une survivante… »

Je ne comprends pas tout à fait ce qu'il essaie de dire, mais alors que je m'apprête à le questionner, le chauffeur annonce :

« Nous arrivons à une station de taxi, Madame. Je m'arrête ? »

« Oui, merci. »

Une minute plus tard, Clive sort de la voiture, se penche par la porte encore ouverte, dit :

"Happy Thanksgiving, Ève," et me tend la main. Je la serre en répondant:

« À vous aussi, Clive. À une autre fois ! »

Alors que je commence à retirer ma main, il la retient, serre un plus fort, puis la lâche doucement en laissant ses doigts glisser contre l'intérieur des miens. Porte qui claque, démarrage, en un instant nous sommes repartis, et je m'enfonce dans le siège, un peu abasourdie. J'ai toujours tendance à trop lire dans le comportement des gens, et je me mets en garde contre moi-même immédiatement : il n'a rien voulu signifier avec ce geste, ou alors il est encore remonté à bloc par l'attention que Luisa lui a prêtée toute la soirée.

Je repense à nos rencontres et à nos conversations précédentes, et je me rends compte que je lui ai fait des confidences profondes et intimes, partageant avec lui des choses que je n'ai jamais partagées avec Edward. Nous n'avons jamais eu le type de relation où l'on se dit tout, où l'un veut comprendre tout ce qui rend l'autre triste ou heureux. Même après que nous avons tenté de relancer la machine intime de notre relation, avec des sessions de thérapie de couple et des séminaires pour « la renaissance du bonheur marital » ($1,200 pour le weekend !), nous nous sommes retrouvés encore plus distants, car conscients du fait qu'il n'y avait rien à faire renaître.

Alors, cette fois-ci, est-ce que ça vaut la peine de rêver à ce qui pourrait être avec quelqu'un comme Clive ? Je suis arrivée à un point de ma vie, où le rêve n'est plus suffisant. Je vais continuer dans l'inertie et l'insatisfaction, laisser ma relation avec Edward continuer à décliner, et maintenir ma relation avec Clive dans un stade embryonnaire. C'est aussi pour cela que je décide d'attendre de voir comment la situation évolue avec Aimée, au lieu de la confronter directement, comme je voulais le faire hier. Je me dis une fois de plus que je suis lâche et paresseuse, et je rentre sérieusement déprimée à la maison.

CHAPITRE IV

Jakarta, décembre 2016

Aujourd'hui, j'ai appris quelque chose qui me fait réaliser une fois encore qu'il est possible de passer beaucoup de temps avec quelqu'un sans vraiment avancer dans la connaissance de leur vie. Alors que nous parlions du projet qu'a notre compagnie de soutenir les femmes de la tribu Dayak sur l'île de Kalimantan, pour qu'elles puissent créer une coopérative où vendre leurs tissus et autres artisanats, Indah me dit en secouant la tête :

« Il y aura des problèmes, surtout si les femmes ramènent plus d'argent à la maison que leurs maris. »

Je rétorque :

« Mais si ce revenu supplémentaire arrive à sortir les familles de la pauvreté ? Sûrement les hommes mettront leur orgueil dans leur poche. »

Elle fait la moue.

« Pas forcément. Chez nous, les hommes ne supportent pas de se voir rabaissés comme ça. »

Elle ouvre la bouche comme pour continuer, puis se ravise. Il est clair qu'elle a quelque chose sur le cœur. Depuis quelques semaines, elle a souvent l'air absent, un peu distraite, quelquefois remontée à bloc, et quelquefois très abattue. Quelque chose la tracasse, c'est clair.

Je la pousse dans ses retranchements. « Quoi ? Dis-moi ! »

Elle lève les yeux, me regarde une seconde, puis dit en détournant le regard :

« Mon mari et moi sommes séparés depuis un an à cause de ça. »

Je reste silencieuse. Je ne sais pas quoi dire. Je ne savais pas ! Mon silence l'encourage, et elle continue.

« Quand j'ai commencé ce travail, je gagnais moins que lui. Et puis j'ai eu une promotion, et maintenant je ramène beaucoup plus. Il voulait que je quitte ce travail, mais en même temps, il voulait que les garçons continuent d'aller dans cette école privée qui coûte si cher. Tu vois que la nécessité n'est pas toujours un argument. »

Je hoche la tête. Je me sens triste pour elle.

« C'est pour ça que vous vous êtes séparés ? »

Elle a un rire triste.

« Non, c'est pour une raison encore plus bête. Comme c'est avec mon argent que nous avons acheté la nouvelle voiture l'année dernière, j'ai fait mettre les documents à mon nom, par défi, parce que nous nous étions disputés la veille et que je voulais marquer un point. C'est ce qui a fait déborder le vase...Nous avons eu une dispute terrible, et il est parti. J'ai dit bon débarras. »

Je lui pose la main sur l'épaule.

« Comment ça se passe avec les enfants ? »

Elle tapote ma main, et se dégage souplement.

« Il les voit tous les weekends et aussi pendant les vacances. C'est aussi un peu pour ça que j'ai voulu qu'Emmanuel reste chez nous. Emmanuel est gentil, il participe aux tâches ménagères, il s'intéresse à ma vie. C'est un bon exemple pour les garçons ; ils ont besoin de voir ce que c'est qu'un homme qui respecte les femmes. »

Le soir au dîner, je raconte cet incident à Edward. Aimée passe la nuit chez Maeva ce soir. Edward écoute, l'air distrait pendant une seconde, hoche la tête, évite mon regard, puis interrompt.

« Tu sais ce qui m'est arrivé aujourd'hui ? »

Il revient tous les jours avec toutes sortes de raisons de se plaindre. Généralement, je l'écoute sans m'impliquer, essayant de donner l'impression d'un intérêt poli. Cela n'a pas d'importance, car tout ce qu'il veut, c'est avoir quelqu'un sur qui déverser son mécontentement. Ce soir, pourtant, je ne peux pas. Ma voix est hargneuse.

« Dis donc, je n'avais pas fini de parler. »

Il lève la tête de son assiette, surpris.

« Comment ? »

« Je te parlais d'Indah et de son mari. »

« Oui, et alors ? »

Le ton est si hostile que je décide d'un coup de ne pas partager mon histoire.

« Rien, c'est clair que ça ne t'intéresse pas. »

« Pourquoi tu dis ça ? »

« Parce que c'est vrai. Si ça t'intéressait, tu ne m'aurais pas interrompue. »

« Je t'ai interrompue ? Je croyais que tu avais fini. »

« Alors c'est vraiment que tu n'écoutais pas. »

Je me lève, saisis mon assiette, et vais la déposer avec colère dans l'évier. Edward repousse sa chaise et me suit.

« Mais qu'est-ce que tu as ce soir ? »

Je m'appuie contre la cuisinière. Le frigo en face est couvert de magnets collectionnés au cours de nos voyages. Il paraît que plus il y a de magnets sur un frigo, plus le chaos règne dans une maisonnée. Je suis à cet instant toute prête à le croire.

« C'est juste que je n'ai jamais l'impression que tu t'intéresses à ce que je dis. Ou tu ne me regardes pas quand je te parle, ou tu changes de conversation, ou tu m'interromps. »

Il me fixe, l'air blessé.

« Mais ce n'est pas vrai du tout ! Bon, parfois je suis distrait, c'est sûr, mais j'écoute quand même. »

Je vais remettre droit le magnet de la Nouvelle-Orléans qui est de travers.

« Mais tu as l'air de t'en foutre de ce que je raconte. Tu ne t'intéresses qu'à ce qui te concerne. »

Il lève les bras en l'air.

« Et voilà ! C'est reparti avec mon égoïsme, etc, etc. Tu veux bien changer de disque un peu ? »

La rage monte d'un coup dans ma poitrine, me suffoquant presque. Du coup, je retourne à l'évier, saisis une lourde casserole posée à côté, et la jette au fond de la cuvette en inox, où elle écrase l'assiette que j'y avais placé une minute avant, la faisant exploser avec un bruit d'os brisé. Ce bruit, ce poids sur mon cœur me ramène trente ans en arrière, à l'heure des dîners familiaux où, rien qu'en m'asseyant à ma place à la table de la cuisine, je sentais que l'atmosphère était chargée. Papa s'asseyait, généralement de bonne humeur, content de pouvoir enfin se reposer après une journée difficile à l'usine. Maman s'affairait au fourneau et finissait par s'asseoir après avoir posé les plats sur la table, le visage mauvais, mécontente de sa vie, et hargneuse de voir le bonheur simple de son mari. Elle lui cherchait noise vicieusement, et après avoir ignoré de multiples provocations, papa finissait par pousser une gueulante qui me paralysait sur place. Il accompagnait généralement son éclat d'un coup de poing sur la table, renversait sa chaise en se levant et descendait tout droit au sous-sol, claquant la porte derrière lui. Ses pas résonnaient lourdement sur chaque marche de l'escalier, et on l'entendait qui continuait à pester tout du long, ses jurons assourdis nous parvenant par vagues. Maman jurait entre ses dents en nettoyant avec colère les restes du repas, se remontant suffisamment pour finir par descendre elle aussi au sous-sol pour vider la dispute. Cris et bruits d'objets projetés contre les murs ou au sol ponctuaient généralement l'heure suivante, pendant laquelle je tentais de m'isoler de la tempête en écoutant la radio ou en écrivant des poèmes soit rageurs, soit désespérés. Souvent, après que les vociférations avaient cessé, j'entendais maman remonter du sous-sol, faire du bruit dans la cuisine, tourner en rond. La maison étant modeste et les murs peu épais, il n'était pas besoin de tendre l'oreille pour capter non seulement les sons, mais aussi les mouvements. Inévitablement, la porte de ma chambre s'ouvrait. Maman ne frappait jamais. Elle venait se poster contre le radiateur sous la fenêtre et se mettait à vider son cœur, décrivant tous ses sacrifices, et énumérant tous les défauts de mon père qu'elle appelait toujours « ton père », jamais « papa » ou « Maurice ». Je n'avais rien à dire, mon rôle se limitait à écouter et à hocher de la tête. Maman monologuait pendant ce qui semblait une éternité, crachant ses regrets, ses ressentiments, sa colère, son désespoir, dont j'étais l'indispensable témoin. J'absorbais, encaissais, disant parfois « mais non, mais non » sans conviction, alors qu'en moi montaient des cris de révolte. J'avais envie de me planter devant elle, de la secouer, de lui jeter au visage son incompétence de mère, son égoïsme.

« Et moi ? Est-ce que tu t'inquiètes de moi ? De mes envies, de mes joies, de mes peurs ? Tu ne t'intéresses qu'à tes problèmes de couple. C'est toi l'adulte, démerde-toi ! Je n'ai rien à voir dans vos embrouilles à papa et à toi. Moi je suis là, je voudrais qu'on m'écoute, qu'on me voie, qu'on m'aime ! »

Mais je ne disais rien, et les bouillons de haine qui me soulevaient pendant ces minutes de torture me laissaient épuisée, dégoûtée, une fois que maman avait quitté ma chambre. Je savais que je haïssais ma mère et qu'en même temps je l'aimais, et je me haïssais pour avoir un tel besoin désespéré de son amour, de son attention. Tout cela faisait un mélange trop intense, trop complexe pour ma psyché troublée d'adolescente, et je finissais par cadenasser mon cœur, séquestrant ces émotions dont je ne savais que faire, et par tomber assommée sur mon lit, où je dormais d'un sommeil agité. Lorsque la dispute avait été particulièrement violente, quand maman s'était collée au lit de bonne heure, quand papa avait hurlé « Je n'en peux plus, ça doit finir », je ne pouvais pas dormir ; du fond de mon lit, je guettais tous les bruits et, alors qu'il ne s'agissait que de papa ouvrant le tiroir des couverts pour en sortir une petite cuillère afin de déguster une mousse au chocolat, dans mon esprit le cliquetis était celui d'une arme qu'on chargeait ; j'écoutais, terrifiée, dans le noir, les pas de loup qui l'emmenaient jusqu'à la porte de ce que j'imaginais être celle de la chambre parentale, et je me recroquevillais en attendant le coup de feu qui allait faire exploser la tête de ma mère ou peut-être la mienne ! Et je ne me détendais que lorsque le bruit de la chasse d'eau me faisait réaliser que mon père avait tout simplement utilisé les cabinets en prenant mille précautions pour ne réveiller personne.

Le bruit d'Edward qui peste dans le salon me fait revenir à ma réalité d'adulte, et je reporte mon ancienne rancune envers des parents égoïstes sur mon conjoint. Je quitte la cuisine à grands pas et une fois dans le salon, je retrouve Edward en train d'essayer de mettre en marche le magnétoscope, sans grand succès depuis que la télécommande ne fonctionne plus. Je me plante devant lui, et je lui balance sans fioriture à la figure :

« Tu sais ce que je voulais te raconter ? Qu'Indah a trouvé son équilibre dans la solitude. Et que je l'envie, et aussi qu'il y a des jours où je pense sérieusement à faire comme elle. Voilà ce que je voulais te dire. »

Je tourne les talons, grimpe l'escalier, et claque la porte de la chambre derrière moi. Quelques minutes plus tard, Edward débarque, furibond.

« Tu sais quoi ? Si tu veux te barrer, vas-y, je ne te retiens pas. Mais tu devrais peut-être t'intéresser un peu à ta fille plutôt qu'à tes projets de femme libre. Tu sais qu'elle a écopé d'un cinq en maths récemment ? »

Je laisse tomber le livre que j'avais attrapé et que je tenais ouvert devant mes yeux sans en lire une ligne.

« Tu es sûr ? Comment tu le sais ? »

« Tu dis toujours que je passe trop de temps sur l'ordinateur, c'est un peu vrai, d'accord, mais ça me permet aussi de vérifier ses notes sur le site ouvert aux parents, et j'ai vu ce soir qu'elle avait eu un cinq en maths, et un huit en histoire-géo, et un autre en biologie. »

Je reste incrédule.

« Alors là, je n'en reviens pas. Elle étudie tout le temps ! »

Edward s'assied sur le lit. Il adore sa fille, il n'y a pas de question là-dessus, et c'est vrai que je me sens si peu moi-même ces derniers temps qu'il s'est rapproché d'elle.

« Et j'ai l'impression qu'elle ne parle plus beaucoup à Lauren. Tu n'as pas remarqué ? »

Lauren est la meilleure amie d'Aimée, qui est restée sur la côte Est des États-Unis quand nous avons déménagé. Depuis, les deux copines se parlent sur FaceTime toutes les semaines, et discutent sur Facebook tous les jours. Aimée nous donne souvent des nouvelles de Lauren, mais Edward a raison : cela fait bien un mois qu'elles ne se sont pas parlées, que je sache.

Je décide de mentionner l'histoire des griffures et des bras toujours couverts. Edward se lève, très agité.

« Mais elle fait du cutting! Je suis sûr que ce n'étaient pas des griffures de chat, elle s'est fait ça elle-même. Qu'est-ce qu'on doit faire ? »

D'un seul coup, il a l'air désemparé, et cela me fait de la peine. J'essaie de le rassurer.

« Écoute, nous ne sommes sûrs de rien, nous allons déjà essayer de savoir ce qu'il en est, ça te va ? Je vais lui demander de me montrer ses bras, et puis on lui parlera ensemble de ses notes, et... »

Edward a repris du poil de la bête, et il explose.

« Et tu crois vraiment qu'elle va se livrer, d'un seul coup ? 'Ma petite maman, oui, je me mutile avec des lames de rasoir, je m'en fous de mes notes, j'ai envoyé chier ma meilleure copine'... »

La rage m'envahit. Il va tout de suite au côté négatif des choses, n'a jamais rien de constructif à offrir.

« Et c'est quoi, ta solution ? À part dire des conneries ? »

Nous nous regardons comme des ennemis. Il se dégonfle comme une baudruche et souffle :

« Je n'en sais rien. Ce que je sais, c'est qu'il y a un problème, et que ça risque d'empirer si on n'agit pas, et vite. »

J'attrape mon portable sur la table de nuit.

« Je vais déjà voir ce qu'elle fait en ce moment. Va savoir si elle est vraiment chez une copine... »

Edward fait les cent pas pendant que je fais le numéro et que j'attends. Au bout de six sonneries, Aimée répond. Elle a la voix fatiguée.

« Qu'est-ce qu'il y a ? Vous avez un problème ? »

J'essaie d'avoir l'air normal.

« Non, tout va bien, je voulais juste savoir si tout allait bien pour toi. Qu'est-ce que tu fais ? »

« Maeva et moi nous travaillons sur un projet pour la classe d'anglais. C'est à rendre demain, alors nous allons sûrement rester debout tard pour finir. »

Je ne sais pas vraiment quoi dire, et je lance la première chose qui me passe par la tête :

« Fais attention de ne pas encore te faire griffer par son chat ! »

« Quoi ? Quel chat ? Ah oui. Ne t'en fais pas, je fais gaffe. Allez, je retourne au boulot. A demain ! »

Je repose le téléphone. Je me sens exténuée d'un seul coup. Edward, qui piétine devant moi, ne peut pas attendre :

« Alors ? Qu'est-ce qu'elle a dit ? »

« Elle travaille sur un projet d'école. Mais je crois que tu as raison. Je suis à peu près sûre qu'elle a menti sur cette histoire de griffures de chat. »

Nous restons côte à côte, silencieux. Notre dispute n'importe plus guère en ce moment.

Edward remet ça. Il insiste, ne peut pas supporter devant l'adversité de rester inactif.

« Qu'est-ce qu'on va faire ? On ne peut pas rester les bras ballants. »

J'essaye de garder la tête froide.

« Comme j'ai dit avant, on va lui parler, entamer le dialogue. Je l'emmènerai faire des courses ce weekend, je tâterai le terrain. »

Ce plan qui n'en est pas vraiment un nous donne l'impression d'avoir pris les choses en main, et nous finissons la soirée sans reparler de la bombe que j'ai lancée en mentionnant mon désir de copier Indah et sortir du mariage. Mais en dépit de l'inquiétude commune pour notre fille qui nous lie, le fossé entre nous continue de s'élargir, et je commence à me dire que c'est vraiment foutu pour nous deux.

Deux jours plus tard, samedi matin, je suis seule à l'intérieur de la maison. Edward joue au basket avec Aimée devant le garage. Soudain, le téléphone sonne : c'est Agathe ! Je suis si heureuse de parler à ma sœur qu'il me faut quelques minutes avant de me rendre compte que la voix d'Agathe n'a pas son entrain habituel, et surtout qu'elle semble hésiter à dire quelque chose. Je dis joyeusement :

« Qu'est-ce qu'il y a, ma grosse, crache un peu ta Valda ! Tu en fais des mystères... »

« Écoute, c'est que j'ai quelque chose de désagréable à te dire, et ce n'est pas facile. »

« Il ne s'agit pas de maman ou papa au moins ? Ils vont bien ? »

« Non, non, ce n'est pas ça du tout, ils sont en pleine forme, enfin comme on peut aller à leur âge. »

« Bon alors, quoi ? Tu as le cancer du sein ? Fabrice te quitte ? Ton fils se fait tabasser par des petits cons à l'école ? Quoi ? »

Je commence à en avoir assez des précautions d'Agathe. Qu'elle me dise ce qu'elle a à me dire, bon sang !

« Bon, alors, ce que j'ai appris, il ne faut pas me demander comment je l'ai appris, d'accord ? »

« D'accord. Dis-moi ce que c'est. »

« Eh bien, tu sais qu'Aimée et Jehanne (ma nièce, la fille d'Agathe, trois ans de plus qu'Aimée) s'écrivent assez souvent ? »

« Oui, c'est d'ailleurs grâce à leurs conversations sur Facebook que je sais un peu ce qui se passe dans votre vie, parce que si j'attends que tu appelles pour me donner des nouvelles ... »

Agathe ne mord pas à l'hameçon. Elle n'a vraiment pas envie de rigoler, aujourd'hui.

« Bon, apparemment, elles ne s'écrivent pas juste sur Facebook, mais sur leur mail perso aussi, et j'ai vu certains échanges de messages. »

« Ah bon ? Comment tu as vu ça, toi ? »

« Je croyais que tu avais dit que tu ne poserais pas de questions sur comment j'ai obtenu l'information que je vais te donner… »

« Ah, tu as espionné ! Laisse-moi deviner : Jehanne a laissé son ordi ouvert quand elle était sur Gmail, tu es passée par là, tu as 'accidentellement' vu ses messages... »

Encore une fois, elle ne mord pas, et pire, elle me morigène.

« Arrête de faire l'andouille et écoute, plutôt. »

D'un seul coup, j'ai peur.

« Quoi ? Qu'est-ce qu'elles se disaient ? »

Agathe hésite une seconde, puis se lance.

« Bon, pour résumer, Aimée confiait à Jehanne qu'elle fait du cutting. »

Je m'assieds, les jambes coupées. J'avais beau m'en douter, c'est un choc de l'entendre confirmer. Agathe attend, et comme je ne dis rien, elle me pousse gentiment.

« Tu le savais ? »

Les mots reviennent.

« Je n'étais pas sûre. Elle dit quand elle a commencé à le faire ?"

« Il y a avait une série de messages, le premier datait d'il y a à peu plus d'un mois. En fait, j'ai imprimé les messages. Si tu veux, je peux te les lire. »

D'un seul coup, j'hésite. J'ai peur de savoir. Puis, je me raisonne.

« Vas-y. J'écoute. »

Un bruissement de pages, et Agathe commence.

« Voilà le premier message. Elle écrit : ' *Il y a tellement de sentiments en moi que je n'arrive pas à réprimer complètement : j'ai de la haine, de la colère, de la rage, ça me ronge. Je pleure souvent en cachette, et un jour, je me suis fait du mal, parce que j'en avais trop marre d'être si merdique, si faible et si incapable d'exprimer mes sentiments. Mes parents ne le savent pas, mais ce n'était pas facile de cacher les petites marques juste au-dessus de mon poignet (t'inquiète pas, ce sont juste des petites traces pas profondes, maintenant on ne les voit plus). Je sais que tu dois être choquée, et inutile de me dire que je ne dois pas faire ça ! Je le sais bien, mais je n'arrive pas à m'empêcher de le faire. Je n'en peux plus d'être complétement renfermée sur moi ! Des fois, j'ai envie de tout arrêter ! Je souffre beaucoup dans ma tête, et quand je me coupe, ça me fait du bien de souffrir pour de vrai dans mon corps.*"

Je ne sais pas quoi dire. Je n'ai rien vu de cette détresse, quel genre de mère est-ce que je suis ?

Agathe parle doucement.

« Ève, tu es là ? »

« Oui, excuse-moi, tu comprends, c'est dur pour moi d'entendre ça. Elle ne m'a rien dit, elle m'a toujours montré un visage courageux...Je suis une vraie merde. »

« Mais non, tu sais, les parents sont toujours les derniers à savoir ce qui se passe avec les enfants, je te le promets. »

« Mais qu'est-ce qui la déprime comme ça ? Bon, tout n'est pas tout rose ici, mais je n'avais pas l'impression que ça allait si mal... »

Agathe remue encore les papiers.

« Il y a un autre mail qui explique un peu. Elle parle de toi. Tu veux que je te le lise ? »

« Évidemment. Lis-moi tout, je veux savoir. »

« Celui-là est daté d'il y a deux semaines. *'En ce moment, ma mère en a marre d'être mère, elle est déprimée, fatiguée, etc ...et mon père s'en fout. J'ai vraiment l'impression qu'ils n'ont plus rien en commun. Du coup, je n'ai pas envie de leur parler de mes problèmes, car je ne veux pas leur rajouter des soucis...Je sais que ça n'a pas été facile le déménagement de Californie, et maman a du mal avec son nouveau boulot ... J'ai trop peur de leur dire que je ne vais pas bien non plus, tout va s'écrouler complètement ; ma mère va sûrement tomber à mort dans la dépression, mon père je ne sais pas trop quoi dire... Ils vont sûrement se dire que c'est de leur "faute" (c'est vrai que c'est un peu leur faute mais pas totalement !). Enfin, en ce moment, c'est trop dur à gérer ! Et on m'oublie, car ma mère est complètement centrée sur elle et son mal-être en ce moment, et mon père, lui, il est complètement ailleurs.'*

Je frissonne, car c'est vrai que pendant que je me regardais le nombril, j'oubliais de voir la souffrance de ma fille. J'ai honte. Je le dis à Agathe.

« J'ai honte, je suis nulle comme maman... J'ai laissé Aimée se démerder toute seule alors qu'elle avait besoin de moi. Qu'est-ce que je dois faire ? »

Agathe a pris la voix qu'elle utilise quand elle parle à ses patients, calme et rassurante.

« D'abord, ne te mets pas toute la responsabilité sur les épaules. Ce n'est pas ta faute. Ensuite, tu sauras quoi faire. Parle-lui ! Il est clair qu'elle a besoin de toi. Elle se confiera, si elle sent que tu veux vraiment l'aider. »

Agathe a raison. Je dois prendre sur moi. Cela me révolte de penser que je suis en train de devenir comme ma propre mère, émotionnellement indisponible, toujours empêtrée dans mes états d'âme et mon insatisfaction chronique. Aimée a sans doute senti mon inaccessibilité et s'est fermée davantage. Pauvre puce ! Je la revois toute petite, avec ce visage hilare qui était toujours le sien. C'était la petite fille la plus joyeuse du monde, avec des rires venus du ventre, des accès d'excitation devant la couleur inhabituelle d'une fleur, les mille pattes d'un insecte. Et je l'ai laissée se débattre toute seule dans son désespoir, sans même me rendre compte qu'elle me tendait les bras, comme on jette une bouée à la mer.

J'ai à peine eu le temps de me remettre un peu de cette conversation avec Agathe qu'Aimée revient, rouge et en sueur, de sa partie de basket. Mon premier instinct est d'aller tout raconter à Edward pendant qu'elle est sous la douche. Mais il a l'air si distant, si froid, si impatient d'aller s'enfermer avec sa tablette dans la petite pièce qui lui sert de bureau que quelque chose me retient. Après tout, lui qui critique toujours ma famille trouverait sûrement à redire du fait que c'est par le biais d'une indiscrétion qu'Agathe a découvert le secret d'Aimée. Il déteste quand les autres s'immiscent dans notre vie familiale. Je me dis qu'il vaut mieux que je confronte Aimée seule, et ensuite je dirai à Edward qu'elle a avoué faire du cutting. De cette manière je pourrai passer le rôle d'Agathe complètement sous silence. Cela m'irrite de devoir faire ces subterfuges, j'aimerais tellement avoir un conjoint avec qui il serait simple de partager les choses !

Enfin, pendant le déjeuner de midi, j'invite Aimée à aller au centre commercial acheter quelques fringues et prendre un frappucino à Starbucks en fin d'après-midi. Dans la voiture pour aller au centre commercial, elle parle peu. Elle a l'air fatiguée, un peu triste. Elle s'est emmitouflée dans un long gilet noir. Une fois dans l'atrium luxueux du centre, je désigne le grand panneau d'orientation d'un air animé.

« On commence par où ? Chaussures ou robes ? »

Elle hausse les épaules sans répondre.

« Aimée ? Ça ne va pas ? »

Elle souffle et fait la moue.

« Je n'ai pas envie de faire du shopping… »

« Ah bon ? Je croyais que ça te disait. Mais on peut faire autre chose si tu veux. Tu veux voir un film plutôt ? Regardons ce qui passe. »

Elle secoue la tête.

« Non, ça ne me dit rien non plus. Je voudrais rentrer à la maison. »

J'ai un moment d'indécision. Quoi faire ? Je veux absolument lui parler. J'avais compté sur l'expérience partagée du shopping pour créer une atmosphère de connivence qui puisse prêter aux confidences, mais tant pis. On discutera à froid s'il le faut.

« Écoute, nous sommes venues, nous allons donc quand même prendre un café et un truc à grignoter. J'ai un petit creux… »

Je l'entraîne vers Starbucks, et elle résiste à peine. Installées sur les banquettes en tissu strié multicolore, la commande passée à un jeune serveur qui fait tout pour se faire remarquer de ma fille, nous parlons, mais la conversation a du mal à décoller. Pourtant, Aimée s'anime un peu quand je lui demande de me raconter les derniers ragots de l'école, et elle rit de bon cœur en se souvenant de la réaction d'un de ses camarades de classe, lorsqu'il a appris qu'à la dernière fête où il avait tellement bu qu'il ne se souvenait de rien, il avait roulé des pelles non seulement à toutes les filles autour de lui, mais aussi au clown de la classe, Gerald, qui était venu pour rire déguisé en drag queen.

« Et il y a au moins cinq vidéos sur YouTube pour le prouver ! » rigole Aimée. « Tu aurais vu sa tête quand on lui a montré : il était horrifié ! »

Je résiste sagement à la tentation de faire un petit sermon sur la nécessité de bien se tenir dans les situations sociales comme les sorties en club, car on ne sait jamais qui tourne des vidéos sur son smartphone, et je ris avec elle. Je profite de sa soudaine bonne humeur pour lui demander des nouvelles de Lauren. Elle s'assombrit immédiatement.

« Je ne sais pas trop, ça fait un bout de temps que nous ne nous sommes pas parlées. »

« Je sais, mais même sur Facebook vous ne communiquez plus ? »

« Non, sur Facebook on discute un peu ici et là, mais j'ai l'impression que je n'ai pas grand-chose à lui dire en ce moment. »

« Pourquoi, elle est préoccupée ? Elle a des soucis à l'école ? Un petit copain ? »

Aimée hausse les épaules.

« Non, rien de tout ça, c'est juste que je n'ai pas très envie de partager des choses avec elle, ou avec qui que ce soit, d'ailleurs. »

Il faut y aller avec délicatesse.

« Pourquoi tu ne veux pas partager les choses ? Quelquefois ça aide, tu sais, de se décharger sur quelqu'un quand ça ne va pas. »

Elle déchiquette son donut.

« Ouais…J'ai plutôt envie d'être toute seule, tranquille. Tu sais, parler de ses problèmes, ça ne suffit pas toujours à les résoudre. »

Elle a raison. Sans conviction, j'argumente quand même :

« Oui, mais ce n'est pas sain de tout garder à l'intérieur non plus. »

Elle me regarde avec reproche.

« C'est toi qui me dis ça ? Tu n'es pas particulièrement bavarde non plus, que je sache. »

Elle a encore raison. Il est temps de changer de sujet.

« Bon tu sais, moi quand j'ai le blues, je me jette dans le travail. Ça me distrait, et j'en tire de la satisfaction quand je complète un projet. Si tu essayais avec ton boulot d'école ? Il semble que ça tire un peu de l'aile en ce moment. »

Elle lève les yeux au ciel.

« Et voilà, ça c'est papa qui est encore allé fouiner sur le site internet. Il a vu quelques mauvaises notes, et vous paniquez ? Si vous me faisiez un peu confiance ? »

Je pose ma main sur la sienne.

« Aimée, nous te faisons confiance, il faut me croire. Simplement, on s'inquiète. S'il y a un problème, il faut nous le dire, OK ? »

Je n'aime pas comme ma voix s'est faite suppliante. D'ailleurs, Aimée fait une moue presque de dédain.

« Vous avez trop de problèmes vous-mêmes pour vous inquiéter de moi en plus. Je me débrouillerai toute seule. »

Le ton qu'elle a pris me met soudain en colère.

« Quoi, en te mutilant ? Tu crois que je n'ai pas remarqué ? »

Elle reste figée. Je pousse mon avantage :

« Et je sais aussi que tu m'as raconté des bobards. C'est toi qui t'es faite ces coupures, c'est pour ça que tu te couvres toujours les bras en ce moment. Tu me prends pour une mère complètement inattentive ou quoi ? »

Ses yeux se remplissent de larmes. Je me mets à pleurer aussi. Nous restons toutes les deux à renifler, observées discrètement par le serveur qui nous fait face. Puis, je viens me mettre à côté d'elle sur la banquette et je la serre dans mes bras, sans savoir quoi dire d'autre que « Je t'aime, ça va aller, ne t'en fais pas. » Elle renifle, pousse sa tête dans mon cou, et nous restons là un bon moment, perdues toutes les deux dans nos pensées et notre chagrin, mais réconfortées chacune par la présence de l'autre. Je suis insatisfaite de notre conversation qui n'a vraiment rien révélé ni résolu, mais je me cache derrière le sentiment d'avoir au moins essayé, et j'essaie de réprimer ma terreur, à savoir que quelque chose de vraiment grave lui arrive.

Quand nous rentrons du centre commercial, Edward est parti, selon le petit mot qu'il a laissé sur la table du salon, boire une bière avec un copain. Aimée monte dans sa chambre, j'ouvre l'ordi pour vérifier mes mails. Il y a un message d'Agathe, qui prend des nouvelles.

« J'espère que tu vas bien ma belle. Je sais que c'est dur, mais le plus important c'est de commencer à parler honnêtement avec Aimée. Après, tout ira mieux...Au fait, tu as demandé ce qu'on allait faire pour Noël, si on allait louer un chalet à Morzine avec Fabrice et les enfants, faire notre fondue au fromage monstrueuse habituelle...En fait, on est un peu juste du point de vue sous, alors on va chez Clarisse qui a invité tout le monde. Tu sais comme elle aime avoir toute une tribu chez elle, notre grande sœur ! (Heureusement qu'Antoine – [le mari de Clarisse] – est cool là-dessus !) Il y aura ses enfants, ses petits-enfants (nos petits-neveux ! Ça ne nous rajeunit pas...) et pour une fois tout le monde peut venir ; il y aura les frangins, Yves vient avec Solange, Alain amènera peut-être sa dernière copine, il y aura aussi leurs gamins, une trentaine de personnes quoi. Ça va être la grande java, comme dans le bon vieux temps ! "

Je referme l'ordi et soudain le désespoir me submerge. La dernière fois que la famille tout entière a passé Noël ensemble, j'avais quinze ans. Ce dernier Noël familial avait tout pour donner matière à souvenirs : salle à manger décorée magnifiquement avec branches de sapin givrées au mur et guirlandes entrecroisées au plafond, repas pantagruélique préparé tous ensemble, grosses blagues idiotes de mes frères et fous-rires à la table, tournées de liqueur de citron ramenée d'Italie par notre grand frère Yves qui nous avait tous enivrés à une vitesse record. Du coup, ce Noël reste au panthéon de mes meilleurs souvenirs, une image de livre d'enfant, émettant des rayons de chaleur filiale, un « avant » où tout était possible et réel : l'amour des uns pour les autres, la chaleur d'une famille unie dans ses idiosyncrasies, son folklore unique. Bien sûr c'était une illusion, car notre famille a toujours nagé dans la dysfonction, avec le conflit permanent entre notre mère tyrannique et notre père, faible et co-dépendant, sans parler de toutes les machinations maternelles pour monter ses enfants les uns contre les autres, jouant de son favoritisme et de son talent à toujours trouver la petite remarque qui tue.

Pourtant, j'ai la nostalgie de ces rares moments, où nous parvenions à nous convaincre que nous étions une famille normale. C'était un rêve que nous, les cinq enfants délaissés par des parents pris dans une dynamique de couple toxique, avions bâti pour nous protéger de la réalité inacceptable : nous ne comptions pas pour nos parents. Si chaleur, si amour il y avait, cela venait de nous, les enfants, la fratrie unie par des liens douloureux, qu'on masquait sous des bêtises énormes et des rires à n'en plus finir. Ce que nos parents nous avaient refusé, leur attention, leur soutien, nous nous le donnions à nous-mêmes, et c'est seulement maintenant, la quarantaine passée, que j'y vois enfin clair. Et d'un seul coup, un frémissement me parcourt : je me rends compte que contrairement à Aimée, fille unique, au moins pouvions-nous nous épauler entre nous quand ça n'allait pas. Elle n'a personne, que sa cousine, sa meilleure amie, pas de sœur ou de frère qui puisse partager son quotidien et comprendre ce qu'elle vit.

Cette pensée de la solitude de ma fille me percute comme un boulet. Je me lève et monte directement à sa chambre. Elle lit, allongée par terre sur l'épais tapis en fausse laine de mouton que je lui ai acheté l'année dernière. Elle me regarde d'un air las, un sourcil en l'air. Je me couche près d'elle et je la prends dans mes bras. Elle se raidit un peu, mais je la serre encore plus fort. Alors, elle se blottit contre mon épaule, comme si elle voulait rentrer en moi, et elle pleure à gros sanglots qui la soulèvent comme des vagues. Je la serre farouchement, lui caresse les cheveux, sans rien dire, car il me semble essentiel de la laisser continuer à purger son chagrin jusqu'à ce qu'elle se sente mieux. Les mots viendront après.

CHAPITRE V

Jakarta et Bali, janvier 2017

Mon collège Terrence fait irruption dans mon bureau. Je suis en train de travailler sur un aspect délicat de mon projet à Kalimantan, et j'ai du mal à masquer mon irritation d'être interrompue.
« Ève, viens voir deux minutes ! »

Je réprime un mouvement d'humeur, car ce n'est pas sa faute si je suis énervée. Il est sympa, nous blaguons souvent ensemble ; sa femme est une petite Indonésienne toute menue et timide, adorable à côté de lui, plutôt ours bourru, ils forment un drôle de couple. Cela fait dix ans qu'ils sont mariés, ils ont deux jumeaux de six ans, dont ils sont fous. Je le suis dans le couloir et je tombe sur un petit groupe volubile et animé. Terence fait les présentations :
« Voilà ma sœur Naomi, son mari John et ses deux enfants, Dana et Hunter. »
Naomi est une grande femme très mince un peu plus jeune que moi. Son mari, rondelet et jovial, n'arrête pas d'asticoter Hunter, un adolescent timide mais plaisant, lui frottant les cheveux et lui frappant l'épaule du poing. Dana est très jolie et toute fine, avec des cheveux couleur sable coupés au ras de la mâchoire. Au cours de notre conversation, j'apprends que la famille ne fait que passer à Jakarta, en route pour Bali, où ils vont rester pour une quinzaine de jours. Terrence sait que je dois me rendre à Bali demain moi aussi pour une conférence, et il me les présente, en pensant que nous pourrions nous retrouver là-bas et passer un peu de temps ensemble. Ils seront certes dans un hôtel différent, à Seminyak alors que je serai à Legian, mais il sera facile de se retrouver

au moins pour dîner une fois ensemble. L'idée en soi n'est pas désagréable, la famille est sympathique et j'apprécierais d'avoir un peu de compagnie pendant un déplacement d'affaires qui s'annonçait bien solitaire. Déjà que je ne suis pas enthousiasmée à l'idée de ce voyage qui va laisser Aimée et Edward en tête à tête…Edward et moi avions décidé d'attendre après les fêtes pour parler à Aimée afin de ne pas gâcher Noël, et quand la conversation a finalement eu lieu, Aimée est restée fermée. Elle a reconnu se couper, mais a minimisé la gravité de l'affaire, et affirmé aller déjà mieux. Elle nous a dit avoir rejoint un groupe de volontaires qui enseignent l'anglais à des enfants d'un bidonville, et être très motivée à la perspective de sortir d'elle-même et aider d'autres moins privilégiés. Nous n'avons pas insisté, nous réservant le droit d'intervenir plus tard si la situation persistait. Mais depuis cette conversation, Edward marche sur des œufs, et je me demande comment il va gérer trois jours seuls avec Aimée, qui semble maintenant lui faire peur.

Deux jours plus tard, je suis à Bali. J'étais juste en train de me dire qu'il serait bien que je me mette en contact avec la famille de Terence pour organiser un dîner, quand je reçois vers midi un appel de mon collègue en détresse partageant une nouvelle terrible : sa nièce Dana s'est noyée ce matin de bonne heure à la plage de leur hôtel. Il arrive par l'avion de quatre heures et promet de m'appeler pour me donner des nouvelles ce soir. Mon cerveau a du mal à traiter l'information. Je n'arrive pas à croire que cette jeune fille aimable, rieuse, ouverte à l'aventure et si pleine d'énergie, est à présent allongée sans vie dans un tiroir à la morgue de l'hôpital de Denpasar. J'apprends aussi que la mère de Dana, submergée par le chagrin, a été mise sous sédation.

Sous le choc, je passe l'après-midi à tout voir à travers le regard de Dana, celui qu'elle venait tout juste de porter sur ce monde nouveau. Je regarde les étals, les affiches colorées sur les murs, je l'imagine, buvant l'ensemble des yeux, bavardant joyeusement avec son frère, ses parents. Le soir en rentrant à l'hôtel, Terrence m'appelle. Sa voix est sombre quand il m'explique ce qui s'est passé, la joyeuse baignade matinale qui a tourné au drame. Il est en train de prendre en main les démarches administratives pour soulager sa sœur et son beau-frère, qui sont hébétés de douleur. J'offre de les rencontrer pour leur présenter mes condoléances. Terrence me remercie et me dit qu'il me tiendra au courant. Après avoir raccroché, je regarde autour de moi et tout semble différent. L'espace ouvert et désert de la réception me semble vaguement menaçant. Les allées menant au pavillon, où se trouve ma chambre, fourmillent d'ombres, et la nuit ne paraît pas désireuse de m'accueillir. N'ayant pas mangé depuis le matin, je vais au restaurant, où là aussi règne une sorte de mélancolie. Le danger de la mort semble rôder partout, collant aux objets, à ma peau. De retour dans ma chambre après le dîner, je remarque que le volet de bois fermant ma porte-fenêtre n'est pas bien fixé, et qu'il serait facile pour un intrus de l'écarter pour pénétrer dans la pièce. Je dors mal, d'un sommeil agité, peuplé de rêves violents, de couteaux acérés dégoulinants de sang et de draps enroulés autour de mon corps sans vie.

Debout tôt le lendemain matin, je me rends à la plage avant d'aller à la conférence. Dana est allée se baigner sur une plage similaire à celle-ci, à cette heure précise, hier. Il fait déjà chaud et humide et l'océan, paisible et frais, n'offre aux regards que la sérénité de ses nonchalantes vagues et sa terrible beauté. Mon esprit semble fonctionner sur deux modes incompatibles : d'un côté, je baigne dans un calme hypnotique inspiré par l'étendue immense et le ressac infini de la nappe d'eau. De l'autre, une panique frénétique me fait repasser par éclair et en boucle des images insupportables de lutte contre un courant sournois, de terreur face à la mort imminente, de désespoir devant un corps inerte rejeté sur le sable. Totalement déstabilisée, je tourne les talons et m'enfuis. Toute la journée, je me sens mal, et la perspective discutée hier soir avec Terence de venir présenter mes condoléances aux parents de Dana après la conférence me remplit d'appréhension et de tristesse. Je me sens coupable, même si c'est bête, d'avoir une fille qui est bien en vie, elle, et en même temps, je ne peux m'empêcher de me projeter dans leur malheur et d'imaginer l'effondrement qui m'accablerait si c'était Aimée que l'on devait enterrer. Finalement, Terrence m'appelle pour me dire qu'il est préférable de faire l'impasse sur la rencontre, car sa sœur est encore très fragile. Il pense aux innombrables condoléances que la famille va recevoir à leur retour aux États-Unis, et estime qu'il est préférable de leur éviter d'avoir à faire face à cette épreuve pendant qu'ils sont à Bali. Égoïstement, je suis soulagée de n'avoir pas à voir la détresse des parents et du frère de Dana. Je prends leur adresse pour leur envoyer une carte un peu plus tard.

En revenant vers l'aéroport en taxi après la conférence, j'observe ce qui ne manque jamais de subjuguer les touristes et les nouveaux venus à Bali : partout, des temples, des autels, des offrandes, des statues ou des troncs d'arbre enveloppés du tissu sacré à carreaux noirs, gris, et blancs, *le saput poleng*, désignant la présence d'un esprit. Alors que je médite sur le symbolisme du tissu, il me semble que je commence à en comprendre la sagesse. D'aucuns ne perçoivent que le contraste entre le noir et le blanc. D'autres remarquent aussi le gris qui indique l'interconnexion du bien et du mal, de la joie et de la tristesse, de la vie et de la mort. Nulle part ailleurs que dans cette île des Dieux cette réalité n'est plus sensible, et je sens sourdre en moi, à la fin de cette visite, et en dépit - ou à cause - de l'aura morbide générée par la tragédie de la mort de Dana, un trouble spirituel étrange : peut-être est-il possible d'aller au-delà des divisions nettes, de se retrouver soudainement dans le gris de l'espace interstitiel ? La mort elle-même n'est peut-être qu'un état temporaire, un entre-deux dans la ronde infinie des vies recommencées ?

C'est au décollage du vol de retour à Jakarta que je réalise que quelque chose me choque. Pendant des années, j'ai été terrifiée de prendre l'avion et surtout épouvantée au décollage, la peur de mourir vrillée au corps. Pourtant, cette fois-ci, aucune pointe d'angoisse ne vient se planter dans mon cœur, et c'est alors que me frappe, transparente comme le cristal, une certitude : l'idée de cesser d'exister ne me glace plus d'horreur. Mon malaise identitaire, mon mariage moribond, les inquiétudes au sujet d'Aimée, tout cela me fatigue et me blesse tellement que la mort, à côté, ressemble à un océan calme.

La nuit de mon retour, j'ai rêvé que j'allais à l'enterrement de Dana. Les parents avaient choisi de laisser le cercueil ouvert pendant la messe, et quand je me suis approchée pour bénir le corps dans mon rêve, j'ai vu que c'était Aimée qui gisait dans le satin des coussins. Je me suis réveillée avec un cri étouffé, le cœur battant la chamade, couverte de sueur. Edward dormait près de moi en ronflant régulièrement, comme d'habitude. Je me suis levée sans bruit et je suis allée vérifier la chambre d'Aimée. Elle dormait elle aussi, au-dessus de sa couverture, bien que la climatisation soit à fond dans la maison. C'est vrai qu'il faisait chaud. Je me suis penchée sur elle, ai posé un baiser léger comme une aile de papillon sur son front. Sa peau était moite et fraîche, son souffle régulier. Quand elle dort, elle ressemble au petit bébé qu'elle était il y a si peu de temps encore ! Je la scrute longtemps. Ce rêve m'a fait si peur. Je veux être sûre qu'elle est bien en vie et que rien ne va lui arriver. Je ne peux même pas imaginer l'existence sans elle. Mon cœur se serre, les larmes me montent aux yeux, alors que je visualise de la perdre. J'ai soudain besoin d'air. Sans bruit, je passe mes tongs et j'ouvre la porte d'entrée. La nuit est chaude, accueillante. Tout est sombre, hormis les lampadaires, qui ponctuent la rue circulaire tous les vingt mètres. Pourtant, on sent la nuit habitée. Pour me le prouver, une chauve-souris décolle d'un arbre près de la piscine et me frôle les cheveux en chemin vers le grand palmier qui jouxte la guérite d'entrée de notre petite communauté. Je m'arrête de marcher. Le silence est pesant. Une grenouille croasse tout près. Il y a comme une sorte de halo autour des lampadaires. Je remarque soudain, alors que je reprends ma ronde, qu'une lumière brille encore à la fenêtre de la maison de Byron. Celui-ci travaille à l'ambassade de France, nous nous sommes rencontrés plusieurs fois à la piscine. Il a les cheveux blonds et longs, un style léonin. Sa mère était une hippie américaine, et il a passé pas mal de temps dans sa jeunesse en Californie du Nord, où il a vécu dans des communautés qui favorisaient le nudisme, l'éducation de groupe et la consommation de champignons hallucinogènes. Il a gardé de cette expérience de jeunesse un amour de l'anticonformisme et une façon très personnelle d'aborder la vie. Il écrit, principalement des poèmes, passant tout au travers du prisme de sa vision poétique. Les quelques fois où nous nous sommes parlés, je l'ai trouvé quelquefois cynique, quelquefois exalté, toujours en souffrance. Il m'intrigue et m'attire, et aussi m'intimide. Il est marié et père d'un enfant, mais sa famille vit la plupart du temps en France. Ainsi son fils peut-il maintenir une scolarité ininterrompue et sa femme faire ce que bon lui semble. Il semble très amoureux d'elle, mais leur mode de vie me laisse perplexe.

Ce soir, je ne sais pourquoi quelque chose me pousse à sonner à sa porte. J'ai l'impression étrange que dans l'état où je suis, il sera le seul à même de me comprendre. J'ai envie de m'enfuir, mais je reste plantée là, et quand il ouvre la porte, en pyjama, après un temps qui me semble interminable, il ne semble pas surpris de me voir. C'est ce que j'aime en lui, son calme en toutes circonstances.

« Ève ! Tout va bien ? »

« Ça va…moyennement. Je me promenais, j'ai vu de la lumière, je me suis dit qu'on pourrait peut-être parler ? »

Je fais un effort pour sourire, mais j'ai l'impression très claire que mon sourire ressemble davantage à un rictus torturé qu'à une expression de joie. Il m'observe sans se cacher, ouvre plus grand sa porte.

« Mais bien sûr, entrez, j'étais en train d'écrire. »

Je passe le seuil, m'arrête dans l'entrée, prise d'une soudaine timidité. Qu'est-ce que je fais là à une heure du matin ?

Il me mène avec le plus grand naturel dans le salon, où je vois un ordi portable posé sur le sofa, un verre de bourbon en équilibre sur l'accoudoir. Il capte mon regard, propose :

« Vous voulez un whisky ? »

Je déteste le whisky, mais je dis oui. Il me désigne un fauteuil, disparaît dans la cuisine. Une fois posée, je laisse mon regard errer autour de la pièce. L'espace est principalement utilitaire, je vois peu de notes personnelles, hormis quelques posters de films sur les murs : *Le Parrain, Casablanca, Le dernier tango à Paris, A bout de souffle*. Quand il réapparaît, il s'est vêtu d'une robe de chambre et tient un verre à demi-plein de liquide ambré dans ses mains. Il me le tend et s'assied près de moi sur le canapé. Il n'y a pas de musique, juste le son léger d'une fontaine d'intérieur qui coule, imperturbable, sur une console près de l'entrée. Je bois une gorgée de whisky, qui brûle en descendant dans ma gorge, laissant un goût désagréable derrière elle.

« Je suis désolée de vous interrompre. Qu'est-ce que vous écriviez ? »

Il caresse quelques touches sur son ordi, du bout des doigts.

« Un poème sur les embouteillages de Jakarta. Je passe tellement de temps dedans... »

Je bois encore. Il saisit son verre, boit aussi. Il me regarde.

« Qu'est-ce qui vous tient debout à une heure du matin ? »

Je finis mon verre d'un coup. Je sais que ça ne se fait pas, mais j'ai besoin de courage.

« Je ne suis pas très sûre. Tout me fait peur. »

Il fait tourner ses glaçons dans son verre, et parle sans me regarder.

« Quelque chose en particulier ? »

Je porte mon verre vide à mes lèvres. La tête me tourne un peu. Je me rends compte un peu tard qu'il m'offre son verre.

« Buvez. Vous en avez plus besoin que moi. »

Je bois sans broncher. Cela ne brûle plus du tout.

« J'ai peur que ma fille…j'ai peur de ce qui pourrait arriver à ma fille. »

Il ne dit rien. Il me regarde sans expression, laissant le silence s'installer. Je n'en veux pas du silence, alors je continue.

« J'ai peur de ne pas pouvoir la protéger. J'ai peur aussi de ne pas pouvoir garder mon mari. »

La fontaine coule. Le son de l'eau, si paisible il y a quelques minutes, me semble très fort tout d'un coup.

« Comment ça ? » Sa voix est neutre.

Je suce un des glaçons dans ma bouche, en grignote les bords, et ma voix sort tout embrouillée de ce bain de froid.

« Il est distant, bizarre. Il se passe quelque chose et je ne sais pas quoi, mais cela ne présage rien de bon. »

Pendant un instant, je l'observe qui joue avec les nombreux bracelets de fil qu'il porte au poignet gauche. Finalement, il parle.

« Les hommes sont bizarres, vous savez. Peut-être qu'il a juste besoin de mieux se définir. Cela fait longtemps que vous êtes mariés, non ? »

« Oui, plus de vingt ans. »

« Alors il se retrouve aujourd'hui à quarante ans passés dans un pays étranger, avec des femmes qui le regardent différemment…c'est un moment d'intense réflexion. Il se réévalue et essaie de comprendre ce qu'il est devenu. »

Je l'observe par-dessus mon verre. Malgré ses cheveux fous et ses sourcils touffus, c'est un bel homme, avec des traits réguliers, de beaux yeux bleus, un sourire désarmant.

« C'est comme ça que vous vous sentez, vous ? »

Il ne répond pas tout de suite. Ses yeux sont baissés, il semble réfléchir profondément.

« Je ne sais pas. Je suis assez perdu, pour tout vous dire. C'est bien possible que votre mari se sente comme ça aussi. Mais parlez-moi de votre fille. Qu'est-ce qui vous inquiète ? »

J'hésite, car de dire les choses à voix haute, cela les rend réelles, et quand elles sont réelles, il faut s'en occuper. Finalement, les mots sortent.

« Elle est mal dans sa peau, je pense que c'est principalement l'ambiance de la maison qui la détruit. Nous ne sommes pas heureux, Edward et moi, elle le sait et elle en souffre. Et depuis un mois environ, elle fait du cutting. »

Byron ne dit rien, mais je sens qu'il écoute de tout son être. Cela me fait du bien. Du coup, je termine ma pensée.

« Je sais que les cicatrices du cutting partiront, mais elle va rester toute sa vie marquée par la douleur qui l'a poussée à se mutiler. Et c'est ma faute. Depuis que je suis mère j'ai voulu, à tout prix, éviter de rejouer pour ma fille le scénario de ma propre enfance, mais en fin de compte, c'est exactement ce que j'ai fait. Je me déteste pour ça. »

Cette fois, il intervient.

« Vous êtes trop dure avec vous-même. Vous êtes deux dans ce mariage. Et Aimée est sa propre personne. Il y a des solutions. »

« Pour l'instant, je n'en vois pas, de solution... »

« Pourquoi ne feriez-vous pas une thérapie familiale pour mettre tout ça à plat ? »

Je proteste faiblement.

« Mais Edward et moi avons déjà fait de la thérapie de couple, ça n'a rien donné… »

« J'ai dit thérapie familiale, pas thérapie de couple. Le problème vous concerne tous les trois, non ? Pourquoi ne pas inclure Aimée ? »

Je réfléchis.

« Mais si ça lui donnait l'espoir que tout s'arrange ? C'est ce qu'elle espère, je le sais, que son père et moi, nous nous retrouvions comme aux premiers jours. Et moi, je ne pense plus que ce soit possible. Je crains que ses attentes ne soient déçues. Ce serait encore pire, non ? Lui faire miroiter quelque chose qui ne pourrait arriver ? »

« La question n'est pas de sauver votre mariage. C'est, au contraire, d'aider Aimée à comprendre et accepter que ses parents ne s'aiment plus et qu'ils vont probablement finir par se séparer. »

Les mots de Byron, qu'il a prononcés avec une netteté clinique, me secouent et m'apparaissent comme l'expression d'une évidence que j'ai refusé de voir jusqu'à présent. Oui, ce serait plus honnête et plus simple de tout étaler ainsi avec Aimée, guidés par un thérapeute. Mais je me rends compte qu'encore une fois, c'est l'inertie qui me tente le plus. Et caché dessous, une sorte d'espoir. Qu'un miracle s'opère ? Je ne sais lequel exactement, mais je me sens soudain si fatiguée.

Après un long silence, nous échangeons pour finir quelques propos sans conséquence. Je rentre lentement à la maison, songeuse. Je me glisse au lit le plus discrètement possible. Edward gémit sans se réveiller et se retourne en poussant un profond soupir. Je fixe l'arrière de sa tête, en me demandant ce qui se passe à l'intérieur de son crâne. Je me rends compte que je dors près d'un étranger. Je pense le connaître, mais ce n'est qu'un leurre.

Cette semaine-là, j'ai peur pour Aimée, j'ai comme une prémonition que quelque chose de grave va lui arriver. J'essaie de me convaincre que c'est juste le contrecoup de la mort de Dana, mais le sentiment de la tragédie qui plane est puissant. Vendredi, elle part directement chez Maeva après l'école pour y rester jusqu'au lendemain, avec une séance ciné au programme ; elle promet de m'appeler après le film. L'heure arrive et passe, pas d'appel. J'attends encore une trentaine de minutes, puis j'essaie plusieurs fois de la joindre sur son portable - elle ne répond pas. Edward rentre vers vingt-et-une heures d'une réunion de travail tardive, l'air fatigué et étrangement heureux. Il finit par voir que je suis immobile, perchée sur le bord du canapé, les mains serrées, le regard fixe.

Il vient s'asseoir à côté de moi, et me frotte doucement le dos en demandant :
« Mais qu'est-ce tu as ? Ça ne va pas ? Tu as mal quelque part ? »
Sa gentillesse perce mon armure. Je me mets à pleurer, ou plutôt à geindre, en me tordant les mains, et lui explique mes craintes pour Aimée.
« Et maintenant, je ne sais pas pourquoi, j'ai peur...j'ai l'impression qu'il lui est arrivé quelque chose, » dis-je en conclusion, la voix tremblante.
Il se ressaisit, se lève, commence à faire les cent pas.
« Tu te fais des idées, je suis sûr que tout va bien. Tiens, on va l'appeler. »

« J'essaie de la joindre depuis une heure ! Elle ne répond pas. Ce n'est pas normal. »

Nous discutons âprement pendant une dizaine de minutes, puis le téléphone sonne, coupant court à notre échange. Edward marche d'un pas décidé vers le téléphone, en disant :

« C'est elle ! Tu vois bien qu'il n'y pas de raison de s'en faire. »

Il décroche, et à son visage je vois tout de suite que ce n'est pas Aimée.

« Comment ? Oui, c'est moi, mais...quoi ? »

Je me lève, viens près de lui, l'interroge du regard. Il serre fort le combiné, le regard tourné vers le sol.

« Vous l'emmenez où ? Oui, je sais où c'est. Ma femme et moi, nous arrivons tout de suite. »

Il raccroche, et je vois qu'il tremble, mais fidèle à son système de survie, il passe immédiatement à la colère.

« Nom de Dieu ! Elle n'a rien trouvé de mieux que de se cisailler si profondément que les parents de sa copine l'emmènent à l'hôpital pour la faire recoudre. »

Il me regarde d'un air furibond, comme si c'était ma faute.

Je suis effarée, je ne sais pas quoi demander.

« Mais, mais, elle était où quand elle a fait ça ? »

Edward gesticule, criant presque.

« Mais je n'en sais rien ! Et on s'en fout !! Apparemment, ça n'a pas touché d'artère, mais ça ne voulait pas s'arrêter de saigner, alors ils ont décidé de l'emmener à l'hosto. »

Il marche de long en long, les poings fermés, les dents serrées, mais je sais qu'il a aussi peur que moi. Il attrape le téléphone et commande un taxi. Puis il m'agrippe par les épaules, me secoue, et dit :

« Allez, reprends-toi, elle n'est pas morte, on va la voir tout de suite, d'accord ? »

Je hoche la tête, mais je ne peux pas bouger. Il va chercher mes chaussures, me soutient pendant que je les enfile, me pose sur le fauteuil de l'entrée pour attendre le taxi et va chercher son portefeuille. Le taxi est là très vite et nous emmène à travers le crépuscule jusqu'à l'hôpital qui, heureusement, ne se trouve pas très loin, car la circulation est terrible, monstrueuse, faite exprès pour m'empêcher d'arriver près de mon enfant qui m'attend, mon enfant qui a mal, qui a peur sans doute. Nous ne parlons pas pendant le trajet, la tension est à couper au couteau.

Je n'aime pas me souvenir de cette arrivée à l'hôpital, les gens curieux qui nous dévisagent, nous les *bules* à l'air tragique. Les parents de Maeva étaient là, et Maeva aussi. Elle nous a expliqué qu'elles sont bien allées au cinéma comme prévu, que c'était un film sur une famille qui se désintégrait. Aimée était triste après le film d'après Maeva, mais elle avait l'air d'avoir repris du poil de la bête après les glaces qu'elles avaient dégustées ensuite chez Baskin Robbins. De retour chez Maeva, Aimée s'est enfermée dans la salle de bains, et après dix minutes Maeva est allée voir ce qu'elle faisait. Elle l'a trouvée avec une lame de rasoir dans la main et une profonde coupure dans le gras du bras qui pissait le sang. Affolée, elle a appuyé une serviette éponge sur la plaie, tandis qu'Aimée tournait de l'œil. Maeva a ensuite appelé ses parents qui, Dieu merci, étaient là. Ils ont évalué la situation en un clin d'œil et embarqué illico Aimée dans leur voiture pour l'emmener à l'hôpital, en continuant à presser sur la plaie pour contenir l'hémorragie. Edward leur parle, les remercie avec émotion, mais je suis incapable de sortir une parole, et la mère de Maeva vient mettre ses bras autour de moi. Je m'appuie contre elle, cela me fait du bien, et finalement je réussis à lui dire :

« Merci. Vous l'avez sauvée. »

« Elle n'était pas en danger, » dit une voix grave derrière nous. Nous nous retournons et voyons le médecin, un petit homme rondelet asiatique à l'anglais parfait. Il se présente, et nous entraîne Edward et moi à l'écart pour nous parler devant un chariot chargé de matériel médical empilé en dépit du bon sens.

« Sa blessure est profonde, mais ne présente aucun risque. Elle n'a pas sectionné de tendon ni d'artère, il suffit de la recoudre et de surveiller l'évolution de la guérison. »

Edward et moi sommes tellement soulagés que nous ne trouvons pas les mots pour exprimer notre joie. Le médecin continue :

« Pourtant, il y a d'autres cicatrices sur son bras et il est clair que ce n'est pas la première fois qu'elle s'auto-mutile. Je vais donc recommander une évaluation psychiatrique, et vous aurez sûrement à prévoir des séances avec un thérapeute. »

Son ton est neutre, et il est impossible de lire sur son visage s'il juge, compatit, ou s'en fout complètement. Nous demandons à voir Aimée et il nous autorise à lui rendre une courte visite. Elle est au bout de plusieurs couloirs, dans une grande pièce avec sept ou huit autres patients. Elle est très pâle, ses grands yeux "comme ceux des princesses de Disney" comme dit toujours Agathe, ce soir comme des trous sombres dans son visage. Son bras est pansé et en écharpe. Quand elle nous voit arriver, de grosses larmes se mettent à couler sur ses joues. C'est cette image là en particulier que je voudrais effacer, ma toute petite fille qui pleure dans un lit d'hôpital. Nous l'avons embrassée, cajolée, assurée de notre amour et de notre soutien, et j'ai été surprise par le calme d'Edward, lui qui a tendance à tout dramatiser d'habitude. Soit il était sous le choc, soit il avait pris sur lui-même de ne pas ajouter au stress d'Aimée. Quant à moi, de la savoir hors de danger m'a rendu mon aplomb. J'ai insulté le médecin qui avait recousu la blessure d'Aimée sans anesthésie "pour lui enlever l'envie de recommencer" et menacé de détruire la réputation de l'hôpital auprès de la communauté expatriée, qui en sont les principaux clients, s'ils persistaient à traiter ma fille comme une délinquante qu'il fallait punir, plutôt qu'une enfant que l'on devait médicalement traiter. J'ai passé la nuit dans la salle d'attente pour être là près d'Aimée ; avec Edward, nous avons signé les papiers de sortie, choisi un psy, pris un premier rendez-vous pour la séance en famille et une série d'autres, individuelles, pour Aimée après l'entretien initial.

Puis nous sommes rentrés à la maison. J'ai pris quelques jours de congé pour rester avec Aimée. Pendant ces "vacances", alors qu'Aimée se remettait, quand je n'étais pas près d'elle je passais mon temps sur le canapé à dormir, roulée en boule, incapable de parler, de réfléchir ou de prendre quelque décision que ce soit. Je me suis rendu compte que j'attendais la visite chez la thérapeute, comme on attend que quelqu'un vous tende une perche de secours. Finalement, nous allions l'avoir, notre thérapie familiale, que nous le voulions ou non. Par son geste, Aimée nous forcerait à nous comporter, enfin, comme des adultes responsables. À cette pensée, je me suis sentie encore plus nulle qu'avant, et je me suis dit que s'il y avait une médaille pour la couardise, elle serait pour moi.

CHAPITRE VI

Jakarta, février 2017

Nous avons aujourd'hui rendez-vous en famille avec la thérapeute recommandée par le psychiatre qui a examiné Aimée lors de son court séjour à l'hôpital. Nous arrivons tous ensemble chez Ellen, qui consulte chez elle. Sa maison est située non loin de notre quartier, ce qui sera pratique pour les visites hebdomadaires d'Aimée. Il s'agit d'une grande bâtisse de style colonial hollandais, blanche, avec beaucoup de petites fenêtres à croisillons et un toit en ardoises grises. Le gardien de la maison ferme la grille derrière nous et nous mène à la porte d'entrée. Des cache-pots à la patine argentée regorgeant d'oiseaux de paradis et de bougainvillées rouges sont alignés le long de la courte allée. Des palmiers trapus entourent la maison. Nous sonnons et attendons une bonne minute, avant d'entendre des pas derrière la porte. Aimée semble fatiguée et nerveuse ; je note qu'elle tient ses poings serrés, le pouce enfoui sous les autres doigts repliés. Edward, qui n'a guère d'estime pour les psys, a accepté de faire bonne mine et m'a promis de se montrer coopératif. Il vérifie sa montre, souffle d'exaspération, mais se garde de tout commentaire. La porte s'ouvre enfin, c'est une lourde porte en bois sculpté avec un heurtoir ancien en bronze. Dans l'embrasure se tient une femme de taille moyenne, la quarantaine bien préservée, un peu ronde, cheveux châtains aux épaules, frange sur le côté, yeux cernés avec des paupières tombantes, qui lui donne l'air un peu triste. Elle porte une robe droite en batik d'un orange riche avec des broderies dorées, des sandales en cuir brun à talons compensés, un gros collier en bois. On sent tout de suite l'amoureuse des matières naturelles, une impression qui se confirme une fois qu'elle nous a fait entrer dans le hall. Des tapis tissés main couvrent le sol dallé noir et blanc, tous les meubles sont en bois sculpté à la mode javanaise, des lampes aux abat-jours en fibres végétales tressés illuminent les coins, et il y a des plantes vertes partout. L'ensemble est accueillant et apaisant, un bon début pour une visite chez un psy.

Ellen nous serre la main à tous, nous appelle par nos prénoms, nous fait passer dans un petit couloir aux murs tapissés de papier peint vert sombre avec des appliques de feuilles vert lumineux, pour enfin arriver dans son bureau. Ici, les couleurs claires dominent, blanc cassé et pastel, et toujours les matières naturelles, fauteuils en cuir de couleur caramel, stores vénitiens en rotin, et une table basse confectionnée à partir d'une racine d'arbre fantastiquement torsadée, couverte d'une plaque de verre ovale sur laquelle trône une somptueuse orchidée mauve.

Après un échange de quelques banalités qui nous permettent d'établir un sens de normalité, nous en venons à ce qui nous amène. Ellen parle d'une voix posée et bien modulée, qui exprime l'intérêt et la compassion, tout en nous regardant tous bien en face l'un après l'autre.
« La raison pour laquelle vous êtes tous ici aujourd'hui est de nous permettre de tirer au clair certaines choses, plus particulièrement quant à vos sentiments touchant à l'épisode récent vécu par Aimée. Vous êtes ici dans un endroit neutre, une zone de sécurité dans laquelle vous n'avez pas à craindre d'être jugés. C'est l'occasion pour moi de vous connaître un peu mieux, de voir comment votre dynamique familiale fonctionne, grâce à quoi je pourrai adapter les séances avec Aimée, au vu des résultats que nous atteindrons aujourd'hui. Vous êtes d'accord? »

Nous hochons tous la tête. Aimée regarde surtout l'orchidée qui a l'air de lui faire du bien. Edward fixe son regard sur Ellen, je sens comme une approbation monter en lui.

Elle continue : « Alors, je vais verbaliser la situation. Il y a quelque temps, Aimée a commencé à utiliser des lames de rasoir pour se faire des coupures sur le bras en réaction à des situations de stress. Ève et Edward, vous êtes au courant de cette activité depuis environ un mois. La veille de Noël, Aimée s'est coupée profondément et a dû être hospitalisée pendant vingt-quatre heures. »

Elle se tourne vers Aimée.

« Depuis cet incident, est-ce que tu t'es fait mal à nouveau ? »

Aimée la regarde brièvement, secoue la tête en dénégation, retourne à sa contemplation de l'orchidée. Ellen l'observe un instant, puis fixe son attention sur Edward et moi.

« Parlons un peu de vos réactions à vous, les parents. D'abord, celle d'il y a un mois, quand vous avez compris qu'Aimée se coupait, puis quand il y a eu cet incident récent. »

Je regarde Edward, qui a maintenant l'air absorbé par la contemplation de ses chaussures. Moi, j'ai envie, non, j'ai besoin de parler. Je me lance, autant pour le bénéfice d'Aimée que pour celui d'Ellen.

« Il y a un mois, quand Edward m'a aidée à comprendre qu'il y avait un problème sérieux, j'ai eu très peur, et je dois avouer que c'est la lâcheté qui m'a empêchée de parler avec Aimée tout de suite. Quand on a fini par aborder le sujet, je me suis mise en colère, et je l'ai regretté tout de suite. Et puis, je n'ai pas vraiment offert beaucoup d'aide à Aimée, je crois que c'est parce que j'étais désemparée, je ne savais pas quoi faire... »

Je ne peux pas dire à Ellen ici devant Aimée que j'ai lu sa correspondance privée avec sa cousine, et que j'en sais plus sur les raisons qui l'ont poussée à se mutiler que je ne le laisse paraître.

« Et c'est vrai que je n'étais pas vraiment très attentive, parce que j'ai eu des difficultés sur le plan personnel le mois passé. Je m'en veux vraiment de n'avoir pas été présente pour Aimée. Et puis, quand on a reçu le coup de téléphone des parents de son amie, le jour où elle s'est profondément blessée, j'étais sous le choc, comme paralysée. »

J'hésite à dire ce qui me vient à l'esprit, mais quelque chose me pousse à continuer. Ellen me regarde calmement, sans impatience, mais Edward me dévisage.

« Pour moi, son geste ce jour-là, c'était comme une tentative de suicide. »

Edward commence à protester, mais Ellen le modère d'un geste, et m'invite à poursuivre. Aimée regarde maintenant ses mains.

« Je sais bien que ce n'est pas comme si elle s'était ouvert les veines, mais il y avait quand même un désir de vraiment se faire mal, de souffrir, et après que je me suis remise de ma première émotion, je lui en ai voulu. »

Il y a un silence dans la pièce. C'est à mon tour de regarder par terre, je ne veux pas voir le visage d'Aimée, pendant que je dis ce que j'ai à dire.

« Je lui en ai voulu, parce qu'elle savait qu'en se blessant comme ça, même si ce n'était pas son intention au départ, elle allait forcément gagner mon attention, et elle savait que je me blâmerais d'avoir été une mauvaise mère. En même temps, je la comprends, je la plains, et je ne peux pas lui donner tort. Tout ça, tous ces sentiments, ça fait un drôle de mélange dans ma tête. »

Ellen parle doucement.

« Merci d'avoir bien voulu partager vos sentiments avec nous. Et vous, Edward, comment avez-vous réagi ? »

Edward se cale dans le fauteuil, et commence à parler à mots choisis, lui qui d'habitude est un vrai moulin à paroles.

« J'étais en colère quand j'ai compris qu'elle se coupait, au début, mais je me sens coupable aussi, parce, que moi non plus, je n'ai rien fait. Je n'ai pas cherché à parler à Aimée, ni à comprendre pourquoi. J'ai laissé faire par paresse, et parce que je me disais qu'Ève pourrait résoudre la situation toute seule. Aimée se confie plus à elle, c'est normal, c'est sa mère. »

« Et quand il y a eu l'incident récent ? »

« Là, j'ai été pris de court, je ne m'y attendais pas. J'ai eu peur aussi, bien sûr, mais j'étais soulagé que ça ne soit pas trop grave physiquement. Mais je me suis remis en question, après. Qu'est-ce que j'avais fait de mal ? J'ai vraiment eu l'impression de ne pas bien connaître ma fille, et j'ai toujours maintenant peur de ce que je dis ou ce que je fais, parce que je me demande quel en sera l'impact sur elle. »

Nous nous regardons tous, et sans savoir pourquoi, je souris à Edward. Aimée nous voit sourire. Ellen le note dans son carnet, puis se tourne vers Aimée.

« Aimée, toi et moi, nous allons beaucoup parler dans les mois à venir, mais aujourd'hui, maintenant que nous sommes ici tous ensemble, est-ce qu'il y a quelque chose que tu voudrais dire à tes parents ? »

Aimée tend la main vers l'orchidée, touche un pétale velouté. Elle parle sans lever la tête. Sa voix coule comme un filet.

« D'abord, je voudrais leur demander pardon. Je me rends compte que ça leur a fait vraiment de la peine. Mais ce n'était pas délibéré. Après le film, ce jour-là, j'étais vraiment mal, parce que je pensais à notre famille et comment elle est en train de partir en morceaux. Et il me semblait que la seule façon de me sentir mieux, c'était de me couper, parce que ça avait marché avant. Donc, j'ai commencé à me couper, mais je me suis vue dans la glace et j'ai eu honte de moi, alors j'ai voulu me punir et je me suis coupée plus fort, et à un moment ça ne faisait plus mal, et même je me sentais bien. »

Elle s'arrête de parler. Edward et moi n'osons pas bouger, comme si elle était un oiseau posé à terre que nous craindrions d'effrayer et de voir s'envoler.

« Au lieu de communiquer, de leur dire ce qui n'allait pas, j'ai choisi la solution de facilité, et il y a eu des conséquences que je n'attendais pas. Je suis désolée, mais en même temps non, parce que ça nous donne enfin l'occasion de parler. »

Elle nous regarde finalement, il y a à la fois de la tristesse et une espèce de paix dans ses yeux. Je tends la main à travers la table, elle tend la sienne. Nous nous agrippons très fort l'une à l'autre. Ellen prend la parole, sa voix remplissant calmement l'espace autour de nous.

« Je suis contente, moi aussi, que la conversation commence. Vous devrez la continuer à la maison, et je donnerai des instructions à Aimée pour le faire dans de bonnes conditions. Le protocole que je compte suivre dans mes sessions avec Aimée comporte deux étapes : d'abord, l'aider à identifier les raisons qui l'ont poussée à se couper et à verbaliser ses émotions et ses sentiments. Ensuite, l'inciter à mieux gérer son stress, en lui suggérant certains comportements alternatifs. Ce que je voudrais faire d'abord, c'est vous expliquer les bases psychologiques de l'auto-mutilation, et certaines spécificités du traitement. Ensuite, vous pourrez me poser toutes les questions que vous voudrez, c'est bon comme ça ? »

Quand nous rentrons à la maison après cette séance, nous sommes tous soulagés. Cela nous a fait du bien d'exprimer le plus urgent, et aussi de pouvoir nous projeter dans le futur grâce au plan pour le traitement qu'Ellen a clairement décrit. Pourtant, il persiste comme une gêne en moi, car nous n'avons pas abordé le sujet le plus crucial, qui est celui de la situation de notre couple et l'impact que cela a sur Aimée. Du coup, je pense à Edward. Depuis l'incident d'Aimée, il est plus pondéré, moins exubérant, ce qui me plaît. Il a aussi l'air d'avoir un peu vieilli. Il a dit qu'il se remettait en cause - peut-être repense-t-il ses actions en tant que mari ? Peut-être comprend-il que j'ai besoin d'une épaule solide, mais aussi de plus d'espace pour exister ? Rien ne permet d'affirmer que notre relation va sortir régénérée de tout cela et, en vérité, je n'ose pas vraiment y croire, car je ne veux pas être encore une fois déçue. Nous sommes peut-être à l'aube d'un nouveau départ, mais l'espoir est si ténu que je crains de le voir disparaître à trop y penser...

Effectivement, il ne dure pas. Moins de deux semaines plus tard, je perçois quelque chose dans l'air qui me déstabilise, je ne saurais dire quoi exactement, mais mon intuition me dit qu'un événement néfaste se prépare. Des fois, on pressent ce qui va arriver, c'est sans doute ce que l'on appelle l'instinct. Par exemple, la première fois que nous avons tous en famille rencontré Ellen, la psy d'Aimée, j'ai senti de manière confuse que le courant passait bien entre Edward et elle. Oh, rien de spécial, je ne pourrais même pas mettre le doigt dessus, mais j'ai eu une sourde impression, vaguement gênante. Edward, qui a tendance à toujours critiquer tout le monde, n'avait rien de mal à dire sur Ellen après cette première rencontre, et au cours des deux dernières semaines, à chaque fois qu'Aimée est rentrée de ses séances de thérapie, il lui a posé beaucoup de questions. Il y a deux jours, en allant me coucher, j'ai trouvé la carte de visite qu'elle nous avait donnée lors de la première séance sur la table de nuit d'Edward. Il avait passé toute la soirée dans la chambre avec son iPad, descendant comme je montais. Après avoir trouvé la carte, je me suis demandé pendant un instant s'il avait un compte mail personnel que j'ignorais et par le biais duquel il aurait communiqué avec Ellen.

Puis, Aimée rentre gonflée à bloc d'une après-midi passée au bidonville où elle fait du bénévolat. C'est à la suite d'une suggestion d'Ellen qu'elle s'est inscrite à cette activité dont elle nous avait déjà parlé auparavant, sans parvenir à se décider à en faire partie. Selon la psy, cela va lui permettre de voir plus loin que ses propres problèmes. Cet après-midi, avant de rentrer à la maison, elle me raconte avoir fait un arrêt au Starbucks au centre commercial du coin, le Lippo Shopping Mall.

« Maman ! Est-ce que tu as déjà été dans un bidonville ? C'est dingue ! » dit-elle en se débarrassant de son sac. Son bras n'est plus en écharpe, elle fait beaucoup d'exercices de kiné pour aider les muscles à reprendre du poil de la bête. Mais elle porte toujours des manches longues pour masquer les cicatrices. Tous les soirs, je les lui fais lever pour inspecter sa peau. Jusqu'ici, tout va bien.

Je suis en train de taper un mail pour le boulot sur mon Iphone, et je pratique ce talent bien connu des mères qui travaillent : écouter ce que racontent les enfants avec la plus grande attention, tout en restant complètement absorbée par la tâche à accomplir. Pourtant, la voix d'Aimée vibre de tant d'enthousiasme que je lève les yeux, abandonnant mon téléphone pour un instant.

« Comment ça, c'est dingue ? »

Je vois sur le visage animé de ma fille que ce moment passé avec les enfants de la communauté qui vit sur les rives de la rivière Ciliwung l'a profondément et positivement remuée. Elle me regarde avec intensité, alors qu'elle se penche vers moi :

« Les gens là-bas vivent dans une pauvreté incroyable ! Il faut le voir pour le croire. La rivière est absolument dégoûtante. Ils habitent dans des espèces de cahutes en ferraille et en bois montées n'importe comment, dans lesquelles il fait une chaleur d'enfer. Et pourtant, ils font de la musique, ils nous ont reçus avec une hospitalité formidable, et les gamins sont super mignons ! Ils étaient tout excités d'avoir de la visite et super contents d'apprendre deux trois mots d'anglais. »

« Et qu'est-ce que tu leur as appris ? »

Le visage d'Aimée rayonne.

« J'ai chanté avec eux *"If you're happy and you know it, clap your hands"*, mais avant je leur ai montré des dessins pour expliquer *'happy'* et aussi les mots de la chanson *'hands'* et *'face'*. »

« Ça leur a plu alors ? »

Elle rit de plaisir et sort son téléphone.

« Ils ont adoré ! Regarde cette vidéo. »

Elle me montre une vidéo tournée dans une pièce assez sombre, à peine meublée, où l'on voit des petits garçons et des petites filles vêtus de t-shirts troués et de shorts soit trop grands, soit trop petits, chantant à tue-tête l'air que je reconnais. Ils sont accompagnés à la guitare par un adulte qui, m'explique Aimée, est l'individu avec qui l'école internationale collabore pour cette activité.

« Il est super ! Il s'appelle Karim, c'est un musicien vraiment doué – tu sais, il a formé un groupe parmi les habitants de la communauté, et ils font des chansons pour que les autres gens de Jakarta comprennent qu'ils sont comme tout le monde. »

Aimée éteint son téléphone, le fourre dans sa poche arrière, et va dans la cuisine où je l'entends qui ouvre le frigo, pendant qu'elle continue à parler.

« On est en train de voir si on peut monter un spectacle avec ce groupe, et aussi avec les petits, pour générer des sous et soutenir la communauté. »

« C'est une bonne idée ! J'espère que ça marchera. Vous y retournez quand ? »

Elle revient de la cuisine avec un pot de yaourt à la pêche.

« Normalement, dans deux semaines, mais si on obtient l'autorisation de faire le spectacle, il faudra y aller toutes les semaines pour préparer. »

Elle se laisse tomber sur le canapé à côté de moi et lape la cuillère avec gourmandise tout en allumant la télévision. Après quelques secondes de zapping, elle reprend :

« Ah, tiens, tu ne sais pas qui j'ai vu au Starbucks ? »

« Non, qui ? »

Elle continue à zapper et à manger son yaourt.

« Papa et Ellen ! »

Là, je lève la tête, incrédule.

« Quoi ? »

« Tu ne savais pas qu'ils avaient rendez-vous ? »

Je panique pendant une seconde. Est-ce que je dois raconter un mensonge pour protéger notre enfant de l'idée que son père voit sa psy derrière mon dos ? Aimée sait lire mon visage. Elle voit très bien que je n'étais pas au courant.

« Pourquoi tu crois qu'ils se voient ? Pour parler de moi ? »

Cette fois, le mensonge vient facilement.

« Sûrement. Papa a dû prendre un rendez-vous avec elle et oublier de m'en parler. »

« Mais pourquoi il n'est pas allé à son cabinet, alors ? »

« C'est peut-être plus facile de discuter dans un autre cadre, vu que le cabinet, c'est là où toi tu lui parles, à Ellen. Il doit y avoir des connotations négatives pour papa. »

Elle se mord la lèvre inférieure, l'air peu convaincue, secoue la tête comme pour chasser une idée déplaisante, attrape son ordinateur.

« Quand même, ça m'a fait bizarre de les voir là ensemble. »

« Écoute, ne lui en parle pas, s'il ne te l'a pas dit, c'est qu'il a une bonne raison. »

Elle ne répond pas, éteint la télé, et se plonge dans Facebook sur son téléphone. La conversation est terminée. Je suis sous le choc. Les pensées tournent dans ma tête. Il est clair que je dois confronter Edward pour savoir ce qu'il en était de ce rendez-vous, mais je n'ai pas envie de commencer par là. J'ai plutôt le désir impérieux d'aller de ce pas voir Ellen pour obtenir sa version des choses.

Quand Edward rentre à la maison, un peu plus tard, il a l'air fatigué et distrait, parlant peu pendant que je prépare le dîner ; heureusement Aimée ne semble pas s'en rendre compte, tout excitée qu'elle est de lui raconter sa première visite à Ciliwung. J'attends encore un peu en faisant des Sudoku, puis, j'annonce en me levant alors que la nuit tombe :

« Je vais au Club faire un peu de gym avant de manger. »

Nous sommes membres d'un club de sport pour riches Indonésiens et expatriés qui offre une salle de musculation, une piscine et des courts de tennis, située à cinq minutes à pied de chez nous. Le domicile d'Ellen est à dix minutes de là, et une fois changée et en survêtement, je me glisse dehors. Ni Edward ni Aimée n'ont vraiment réagi à mon annonce, il faut dire qu'ils ont l'habitude. Je vais au Club environ trois fois par semaine et cours comme une forcenée sur le tapis d'exercice, suant toutes mes angoisses et mes frustrations. Dehors, la nuit est lourde et humide, comme toujours. Les gardes du kiosque de sécurité à l'entrée de l'enceinte me gratifient d'un hochement respectueux de la tête, et je me retrouve vite dans la rue. Les gens vivent dehors, il y a au coin une petite échoppe formée de trois tôles qui tient debout on ne sait comment, regorgeant de sachets de café vendus individuellement, de paquets de cigarettes, de lacets à la pièce, qui sait quoi d'autre encore. Trois hommes fument, assis devant l'échoppe sur un petit banc de bois vermoulu, et regardent des images brouillées sur une télévision accrochée à l'extérieur de l'échoppe. D'autres hommes sont assis ou accroupis ici et là, en petits groupes qui discutent, fument, rient. Je suis toujours un peu gênée quand je passe devant ces groupes, ne sachant si je dois les saluer ou les ignorer ; j'alterne l'un et l'autre et je marche le plus vite possible.

En quelques minutes j'arrive au Club, et continue le long des charrettes des vendeurs de nourriture, qui sont toujours installés là, offrant une variété de plats, tous à base de friture, préparés sur place. L'intérieur des charrettes est illuminé par une lampe à pétrole, dont la douce luminosité me frappe toujours, car elle crée quelque chose de magique dans cette atmosphère nocturne ; en effet, sous les tropiques, il fait nuit noire une fois le soleil couché, si bien qu'à dix-huit trente, on se croirait à minuit. La rareté de l'éclairage public rend indispensable ces lanternes d'un autre temps qui auréolent de beauté les modestes charrettes et soulignent de leur lueur dorée les contours des visages émaciés penchés sur les woks. L'air est chargé d'odeurs délicieuses, ail grillé, ajouté aux échalotes et à la sauce soja sucrée, dont les Indonésiens sont friands pour faire la base de l'omniprésent *mie goreng*, délectables nouilles sautées avec poulet, chou en lanières et épices. J'arrive finalement dans une rue plus large et plus calme. Le seul bruit qu'on entend est celui du porteur de *bakso*, une soupe aux boulettes de viande. Ce plat est proposé traditionnellement par des vendeurs ambulants qui trottinent à pas glissés et élastiques, une gaule en travers des épaules alourdie à chaque extrémité par une marmite en métal. Dans l'une, le bouillon et la viande, dans l'autre les vermicelles et tout l'assortiment d'aromates et condiments nécessaires à la confection d'un satisfaisant bol de *bakso* : épinards d'eau, échalotes frites, et bien sûr sambal, pâte au poisson et au chili suffisamment épicée pour couper la respiration au *bule* non prévenu. Le vendeur annonce son arrivée en produisant un son reconnaissable entre tous, le son de sa louche qu'il frappe contre une des marmites au rythme de sa course : "clac-clac-clac". Je suis des yeux sa silhouette mince, son avancée si particulière, les genoux pliés pour aider à la marche et, alors qu'il s'éloigne dans l'obscurité et que le bruit qui l'accompagne décroît, j'ai un sentiment d'irréalité intense, comme si j'étais dans un rêve. Qu'est-ce que je fais là, dans la nuit indonésienne, à aller confronter une femme dont je sens confusément qu'elle va jouer un rôle crucial dans ma vie très bientôt ? Pendant un instant, j'hésite, prête à tourner les talons et à rentrer à la maison. Mais déjà, je sens que je glisse vers l'abîme, et qu'il est trop tard. Je veux en finir, je veux savoir. De plus, la maison d'Ellen est littéralement à deux pas.

Je sonne à sa porte après avoir décliné mon identité au garde et, quand elle ouvre, elle a les mêmes yeux tristes qu'avant et l'air d'avoir attendu ma visite.

« Entrez, » dit-elle simplement.

J'entre, mais nous n'allons pas plus loin. Elle referme la porte et nous nous faisons face dans le foyer que j'ai admiré il y a juste quelques semaines. Elle me regarde calmement, attend que je parle. J'ai le cœur qui bat fort, mais curieusement, pas de colère. Le sentiment d'irréalité est toujours là.

« Vous pouvez m'expliquer ce que vous faisiez à Starbucks avec mon mari cet après-midi ? »

Ma voix est étranglée, je la reconnais à peine. Elle attend une seconde avant de répondre.

« Je ne veux pas vous mentir. Votre mari m'a contactée par mail peu de temps après votre visite familiale initiale. Il m'a dit qu'il avait un problème personnel et qu'il souhaitait mon conseil. J'ai accepté de prendre un café avec lui. »

Je me rends compte que mes mains tremblent, et pendant un instant, ma tête est vide. Elle continue, de sa voix paisible, où pointe tout de même un filet d'anxiété.

« Je dois vous dire que je me trouve à présent dans une position délicate. »

Je saute dans la brèche, soulevée de colère.

« Mais…ça va contre tous les codes de morale et de déontologie ! Je pourrais vous dénoncer au Conseil de l'Ordre ! »

Elle me regarde, l'air interloqué.

« Comment ? »

Je suis plus que furieuse à présent, enragée.

« C'est dégueulasse de coucher avec le père d'une jeune patiente ! »

Elle écarquille les yeux, puis secoue la tête. Elle parle lentement.

« Vous vous trompez complètement. Il n'y a rien entre votre mari et moi. Je vous le jure. »

Du coup, j'ai les jambes en coton, et je me laisse tomber sur l'une des chaises qui flanquent un bel arrangement floral. Elle s'assied sur l'autre chaise. Sa voix est basse, calme. On sent la professionnelle de la "*talk therapy.*"

« Je suis désolée que vous ayez cru cela. Croyez-bien que je comprends que cela ait pu vous bouleverser. Cela dit, maintenant, je pense qu'il serait bon que vous ayez une conversation avec Edward. »

Je la regarde sans répondre. Puis soudain, je me souviens de ce qu'elle m'a expliqué un peu plus tôt ; Edward lui a dit avoir un problème personnel et chercher son conseil. De quoi pouvait-il bien s'agir ?

« Est-ce que ça a quelque chose à voir avec Aimée ? »

« Oui, mais c'est plus compliqué que ça. A vrai dire, ça vous concerne tous les trois. »

« Mais...vous ne pouvez pas m'en dire plus ? »

Elle a l'air presque prête à livrer le secret, mais se ravise.

« Ce ne serait pas professionnel. Votre mari m'a parlé en confidence, même si ce n'était pas dans mon cabinet. Vous devez lui parler. »

J'acquiesce sans dire un mot. Elle a raison, bien sûr. Tout d'un coup, je suis convaincue que cette espèce de malaise, cette menace sourde que je sens planer sur mon couple depuis quelque temps, sont liés à ce qu'Edward n'a pas encore eu le courage de me dire.

Je me lève, prête à partir, puis le brouillard commence lentement à se lever dans ma tête. La main sur la clenche, j'ai la présence d'esprit de poser la question :

« Il vous a dit quoi au sujet de notre couple ? »

Elle hésite, et je vois bien qu'elle a tellement l'habitude du secret professionnel qu'il lui est difficile de divulguer une information confidentielle. Finalement, elle choisit la franchise.

« Il m'a dit que vous aviez entamé une procédure de divorce. »

J'en reste sans voix, et pendant un instant, sans jambes. Je me rassieds sans m'en rendre compte sur un tabouret fait d'un rondin de bois qui se trouve justement là, comme si la scène avait été écrite à l'avance et les accessoires placés stratégiquement.

La voix d'Ellen est pleine de compassion.

« D'après votre réaction, j'en déduis que ce n'est pas le cas. »

Je me relève d'un coup. L'indignation est revenue, et cette fois, elle a une autre cible : ce menteur que j'appelle encore naïvement mon époux, alors qu'il prétend déjà être séparé de moi.

« Non, nous n'avons pas encore parlé de divorce, mais maintenant cela ne va plus tarder. Merci de votre conseil, je vais de ce pas régler la situation. »

Je me tourne résolument vers la porte, prête à l'ouvrir, quand elle me touche légèrement le bras.

« Quoi que vous fassiez, pensez à Aimée. Elle est encore très fragile. C'était le souci principal de votre mari et sa raison pour vouloir mon avis. »

Je ne la regarde même pas et je sors. Quel culot ! Me parler d'Aimée. Comme si je ne savais pas le mal qu'un divorce va lui faire. Comme si cela ne faisait pas des années que je repoussais le besoin de sortir de ce mariage toxique, par peur de la souffrance que cela infligerait à ma fille.

En marchant pour rentrer à la maison, je suis portée par la colère. Mes pensées tournent dans ma tête comme de mauvaises guêpes cherchant à blesser, à pénétrer dans la chair tendre de mes émotions. Je suis poussée en avant par une idée fixe, confronter Edward, lui cracher mon mépris. En arrivant dans l'enceinte de la résidence, je ralentis. Je ne veux pas avoir cette conversation devant Aimée, mais je ne peux pas attendre non plus. J'appelle la maison depuis mon portable, cachée dans les feuillages qui entourent la piscine. C'est Edward qui répond, heureusement. J'essaie de garder la voix neutre, mais c'est le timbre frémissant que je m'entends lui dire :

« Viens me rejoindre près de la piscine. J'ai à te parler et je ne veux pas qu'Aimée entende. Trouve un prétexte pour sortir. »

Je raccroche avant qu'il n'ait eu le temps de poser quelque question que ce soit. Je fais les cent pas en tripotant mon portable, l'oreille tendue. Des chauves-souris passent au-dessus de ma tête, presque invisibles dans la nuit, mais trahies par le déplacement d'air de leur vol circulaire. Le son de la porte d'entrée de notre maison me parvient, puis les pas d'Edward se dirigeant vers moi. Je n'ai pas prévu ce que je vais lui dire, mais je compte sur la peine et l'indignation pour me guider dans la bonne direction. Soudain, le voilà devant moi, dans son tee-shirt avec un trou à l'épaule, l'air inquiet.

« Qu'est-ce qui se passe ? Tu ne te sens pas bien ? »

J'ignore ses questions.

« Tu étais où vers quatre heures cet après-midi ? »

Il fronce les sourcils, fait mine de ne pas comprendre.

« Mais, euh, pourquoi tu me demandes ça ? »

Si la vie était comme dans les films, je garderais mon calme et procéderais à une interrogation narquoise pour finir par le mettre échec et mat. Mais je ne veux pas jouer au chat et à la souris. Je veux des réponses, je veux vider l'abcès, et tant pis si c'est fait n'importe comment.

« Parce que ta fille t'a vu au Starbucks à Lippo avec Ellen. »

Il fait un geste théâtral du bras.

« Elle a rêvé ou elle a cru que c'était moi. J'étais au boulot."

Je le fixe et je dois avoir l'air hargneux, parce qu'en réalité je n'ai qu'une envie : le mordre jusqu'au sang.

« Ellen a confirmé qu'elle a pris un café avec toi il n'y a pas trois heures. Elle se trompe, elle aussi ? »

Du coup, il reste figé. Je vois presque les rouages s'arrêter de tourner dans sa tête, puis se remettre presque instantanément en route, à toute vitesse, alors qu'il cherche frénétiquement une explication.

« Tu lui as parlé ? »

« Oui, et figure-toi qu'elle m'a raconté ce que tu lui avais dit sur nous. Que nous sommes en instance de divorce, rien que ça ? Quand est-ce que tu avais l'intention de m'en parler ? »

Je peux voir sur son visage qu'il se trouve pris entre deux envies : celle de s'énerver, pour rediriger la conversation dans un sens qui l'arrange et où il pourrait m'accuser d'avoir causé la situation, et la honte de se trouver pris en flagrant délit de mensonge, de trahison, de duplicité. Pour une fois, il me surprend, car il ne choisit ni l'une, ni l'autre, et me parle d'un ton presque raisonnable.

« Écoute, ça fait longtemps que toi et moi c'est fini, je suis sûre que tu penses souvent au divorce, et moi aussi. Et quand j'ai rencontré Indah, j'ai commencé à avoir des sentiments que je n'avais pas eus depuis des années... »

Ses derniers mots planent encore dans l'air mais je ne les enregistre pas. Je suis à la fois électrifiée et brisée, tout à coup. Indah ? Ma collègue indonésienne ? Tout se bouscule dans ma tête, comme un film qu'on repasse à l'envers : le jour où je la lui ai présentée, deux autres soirées où elle était là et où ils se sont parlés longuement. Puis je comprends d'un coup tout le temps qu'il passe sur son Ipad, les regards gênés d'Indah récemment, ce sentiment de catastrophe imminente qui ne me quitte pas depuis quelques semaines...

Il est lui aussi perdu dans ses pensées et soupire.

« J'ai envie de vivre, tu comprends ? »

Le rideau se déchire alors. Ce que je comprends soudain, c'est que, pendant ces dernières années où je souffrais en silence du manque de tendresse et de communication dans mon couple, il souffrait lui aussi. Nous étions tous les deux desséchés, assoiffés de sentiments, et voilà que lui a trouvé ce qu'il cherchait.

Il continue d'une voix sourde.

« Je veux un divorce le plus vite possible, Ève-Lise. Je veux être libre, et je veux que tu sois libre aussi. Ce n'est plus tenable, cette situation. »

Son ton me semble condescendant, et ses mots me blessent, profondément. Une vague d'indignation me soulève. Au diable la civilité.

« Je le sais bien. Et je ne vais pas me battre contre toi ou refuser le divorce. Mais puisque c'est juste toi et moi, là, je vais te dire ce que je pense vraiment. C'est dégueulasse ce que tu as fait, d'aller trafiquer derrière mon dos, avec Indah en plus ! Tu n'aurais pas pu faire les choses dans l'autre sens? Demander le divorce, et ensuite aller baiser ailleurs? »

Il regarde ses pieds, et pendant une seconde, j'ai l'impression qu'il va me demander pardon. Mais je rêve, car pendant vingt ans de vie commune, jamais il ne s'est excusé, et il n'est pas prêt à commencer ce soir. En effet, il relève la tête, et commence à me chercher querelle.

« Tu n'aurais pas fait la même chose à ma place ? C'est bien joli de jouer les victimes, mais tu t'en foutais pas mal ces dernières années de savoir si j'étais heureux ou pas. »

Il n'a pas tort. Je l'ai ignoré, j'ai ignoré ses émotions et ses besoins, obnubilée que j'étais par les miens.

« Ce n'est pas une excuse. Tu essaies de te justifier, mais tu sais très bien que c'est malhonnête ce que tu as fait. »

Après cela, le silence s'installe. Il n'y a vraiment plus rien à dire. Mais il reprend :

« Il faut que je te dise, les sentiments que j'ai pour Indah, c'est du vrai. Ce n'est pas juste une attirance sexuelle ou quelque chose comme ça. »

Il me faut une seconde pour comprendre ce qu'il veut dire.

« Comment ça, tu es amoureux d'elle ? »

Il hausse les épaules.

« Je ne sais pas, ça se pourrait. »

Je suis assommée, hébétée. Nous ne disons plus rien et rentrons ensemble sans un mot à la maison, traînant derrière nous les restes de notre vie commune, comme un squelette au crâne défoncé par une fracture massive. Je suis rattrapée par ce scénario que j'ai quelquefois joué dans ma tête, quand les choses allaient vraiment mal : Edward venant m'annoncer son amour fou pour quelqu'un d'autre, ce qui me permettait de le quitter sans me sentir coupable. Mais maintenant que nous y sommes, les choses ne se passent pas comme je l'avais auguré. C'est lui qui veut me quitter, et je me sens coupable de n'avoir rien su faire : ni prendre l'initiative du premier pas de la rupture, ni réussi à le garder. Le pire, c'est que je pensais que dans une situation pareille, je ressentirais du soulagement à ne plus être responsable du bonheur d'Edward, et que viendrait s'ajouter à cela un net sentiment de libération. En réalité, je suis jalouse, jalouse du bonheur d'Edward, de cette femme qui a réveillé en lui des émotions enfouies, et j'ai envie de pleurer sur mon sort, tout en me rendant compte de l'absurdité de ma réaction. Ce mélange d'émotions n'est pas stable, et je n'ai absolument aucune idée de la manière dont je vais réagir dans les prochains jours, les prochaines semaines, les mois à venir.

CHAPITRE VII

Jakarta, mars 2017

Les jours qui ont suivi cet échange, Edward et moi n'avons conversé que pour mettre en place notre stratégie de divorce : séparation des finances, papiers à remplir auprès de la Cour Supérieure de Justice du Comté, où nous résidons légalement en Californie. Nous avons évité de parler d'Aimée, mais nous savions que nous ne pouvions pas repousser indéfiniment le moment où il faudrait lui annoncer la nouvelle du divorce à venir. Cette perspective me stressait tellement qu'à un moment donné, samedi, j'ai dû sortir de la maison pour stopper la ronde effrénée de mes pensées tournant comme des mouches autour de ce point de non-retour. L'immobilité de la piscine, où personne ne semble jamais se baigner, m'aide souvent à retrouver mon calme. J'aime m'asseoir sur une chaise longue de plastique bleu brûlant et admirer le gigantesque ficus, dont le tronc épais comme celui d'un chêne disparaît presque derrière ses multiples racines aériennes, tombant du ciel comme les franges d'un balai de coton. Cette fois, pourtant, le ficus ne me procure aucune paix. Ses racines me paraissent soudain torturées, serrées comme les dents d'un supplicié, et le contempler me fait mal. Mon regard est alors attiré par la cascade fuchsia d'un bougainvillier qui dégringole de la pergola en métal rouillé à gauche de la piscine. L'harmonie qui se dégage de cette masse colorée agit comme un tranquillisant immédiat, et je ne peux pas arrêter de regarder le foisonnement des fleurs légères comme du papier de soie, gaies et insouciantes.

En même temps que je ressentais une gratitude immense pour cette nature tropicale et sa pharmacopée visuelle, je m'interrogeais sur les raisons de ce réconfort végétal. Qu'y avait-il là qui répondait si intensément à ma détresse ? Était-ce une question de couleurs, de forme ? Il me semblait plutôt, et c'était vraiment étrange, que le bougainvillier avait *l'intention* de me consoler. Je suis restée fascinée par cet échange silencieux, buvant des yeux la splendeur arrêtée des bractées et leur respiration infime, comme une houle microscopique dont chaque itération était comme la caresse apaisante d'une main tendre sur ma douleur à vif.

Après ça, tout est allé très vite. Les changements se sont enchaînés, mais cependant, le temps que je passais au travail se traînait, s'étirait interminablement, ponctué de longues pauses, lorsque d'un coup je me sentais sans force, le corps comme une écorce vide, avec les membres si lourds que je ne pouvais même plus lever les bras pour continuer à taper sur mon ordinateur. Je restais avachie sur ma chaise, tournée vers la fenêtre, les yeux fixés sur les tours maléfiques, sur le panneau électronique qui semblait me narguer.

Je n'ai parlé à personne, sauf à Agathe, lui envoyant un message-test pour ma nouvelle adresse électronique. Après plus de vingt ans, j'avais enfin ma propre adresse électronique ! Et j'ai eu ainsi l'impression que la déchirure de mon couple était devenue visible. Chaque fois que j'allais aux toilettes, je passais de longues minutes à regarder et à toucher du doigt la cicatrice chéloïde qui marquait le bas de mon cou, là où le chirurgien avait fait une incision il y a plus de vingt ans pour retirer ma thyroïde déformée par le cancer. La maladie était apparue à peine un an après notre mariage, alors que nous formions un couple fusionnel, jalousement exclusif, complètement renfermé sur nous-mêmes. Soudain, je nous ai vus, Edward et moi, comme cette cicatrice. Nous avons entremêlé nos vies pour en faire cette boursouflure inégale, perpétuellement enflammée, agissant l'un envers l'autre comme un irritant. Je relisais sans cesse le message qu'Agathe m'avait écrit après que je lui avais fait part de mon angoisse d'avoir à mettre Aimée face à sa plus terrible peur :

"*Aimée s'en remettra, même si elle risque de garder une nostalgie de ce qui a été, mais songe à ce qu'elle vit depuis que ça va mal entre vous deux, à toujours vouloir sauver la situation; je suis sûre qu'elle va vraiment s'épanouir, quand elle n'aura plus à ménager le couple de ses parents; beaucoup d'enfants et d'ados ont du mal à ne pas s'imaginer qu'ils sont en partie responsables de la mésentente de leurs parents, ou que leur attitude peut aggraver les choses; Aimée va enfin pouvoir faire sa crise d'ado, quand toi et Edward ne serez plus ensemble, et c'est là qu'elle va vraiment se révéler! Et au moins, le jour où elle partira de la maison, elle n'aura pas l'angoisse de laisser un couple qui ne tenait plus que par elle.*"

Finalement, nous ne pouvons plus repousser l'échéance. Nous nous asseyons avec Aimée pour lui parler, elle se raidit, éclate en sanglots, puis une fois calmée, elle nous dit qu'elle avait senti que quelque chose n'allait pas. Nous essayons de présenter la chose de la manière la plus rationnelle possible, mais comment rester rationnel quand le monde autour de soi s'écroule ? Plus tard, Aimée me dit qu'à ce moment, elle s'est sentie comme dans la scène du film *Inception*, où le monde des limbes bâti par le protagoniste s'effondre dans la mer, une scène aux tons gris dominée par un sens de chaos et d'urgence, celle d'une tragédie qui a atteint le point de non-retour. Elle a raison, nous avons échoué à procurer à notre enfant la sécurité d'un couple parental uni, solide, heureux. La seule chose positive qui puisse sortir de cela, c'est que malgré tout, nous survivrons à l'épreuve, et peut-être même en sortirons-nous grandis, meilleurs. Ainsi Aimée verra-t-elle que même quand le pire arrive, quand la tragédie frappe, ce n'est pas la fin de tout.

Cependant, nous n'avons pas tout dit à Aimée. Elle reste encore dans l'ignorance de la liaison de son père avec une autre femme. Je ne sais pas si je dois lui dire, ou s'il est préférable qu'elle croie qu'il s'agit juste de la mort inéluctable d'un couple qui ne s'aime plus. La question est réglée peu après, cependant, car Edward vient me voir, l'air chafouin, et commence maladroitement :

« Bon, tu sais, maintenant qu'on va divorcer, alors comment on va faire pour, enfin, l'arrangement… »

Je n'ai que du froid à l'intérieur de la gorge, et donc aucune surprise quand j'entends ma voix, glaciale :

« Ce que tu vas faire, c'est que tu vas te trouver un gentil petit appartement et aller t'y installer le plus vite possible. Comme ça, tu pourras vivre ta vie comme tu l'entends, parce que moi je ne veux pas assister à ce qui se passe, tu comprends ? »

La glace a fondu sur la fin, en larmes chaudes, et je m'écroule sur le canapé, secouée de vagues violentes, devant Edward qui reste les bras ballants, l'air désolé mais en même temps, avec une mine de celui qui pense à un avenir prometteur. Le mélange sur son visage lui donne une drôle d'expression, et soudain, je le méprise, je le hais, et je le veux hors de ma vue. Du coup, je reprends du poil de la bête.

« Et en attendant d'avoir trouvé un appartement, tu vas à l'hôtel. Je veux que tu quittes cette maison immédiatement. Après avoir expliqué la situation à Aimée, bien sûr. »

C'est un autre coup dur pour Aimée. Après l'annonce de notre séparation, elle doit avaler celle du départ de son père, et la raison derrière cette décision, à savoir la trahison. Trois coups de sabre qui réduisent ma petite fille en une forme accroupie, pelotonnée au haut de son lit, les bras enserrant ses genoux, les yeux dans le vide, écouteurs collés aux oreilles, pendant des heures.

Je pensais à la tristesse d'Aimée quelques jours plus tard, dans la voiture rentrant du travail. Il pleuvait, une pluie fine et tenace, suffisante pour chasser les gens des rues et les pousser sous les auvents. La circulation étant particulièrement mauvaise cet après-midi-là, le chauffeur a pris une route différente de celle que nous prenons d'habitude. La nouvelle route passait par une voie très animée bordée de part et d'autre par des vendeurs de rue installés là de manière permanente sur le trottoir. Ils avaient tous de petites échoppes équipées d'un wok marchant au propane, agrandies d'une ou deux tables de bois protégées d'auvents en plastique arborant fièrement le nom de l'échoppe et un dessin des spécialités offertes. Je regardais distraitement les différents auvents, m'amusant des dessins naïfs représentant des écrevisses géantes, des crabes au grand sourire, quand la voiture qui n'allait déjà pas bien vite s'est immobilisée complètement dans le son des klaxons et le tapotement des gouttelettes de pluie contre les vitres. Derrière un pan de l'auvent pour l'échoppe *Nasi Undang* (riz aux crevettes) se trouvait une table où était assis un couple. A cause de la pluie, je ne pouvais pas très bien les voir, mais la femme semblait très jolie avec ses cheveux sombres, et elle finissait de manger une cuillerée de riz. Soudain, l'homme assis à côté d'elle, dont je ne voyais que le profil, a levé la main pour tamponner tendrement le front de sa compagne avec une serviette en papier. Le riz devait être très épicé, et avoir causé de la transpiration sur le front de la mangeuse. Le geste m'a semblé si doux et tellement inattendu dans ce pays où les hommes montrent rarement leur considération pour les compagnes, que j'ai voulu voir le couple de plus près et que j'ai baissé ma vitre. Sans l'effet brouillardeux de la pluie sur le verre, je les ai vus plus clairement. Il a terminé de lui éponger le front qu'elle lui tendait comme un chat tend sa tête à la caresse, et elle s'est laissée aller contre lui ensuite. Il l'a serrée contre lui et a furtivement embrassé le haut de la tête, puis elle s'est reculée en disant quelque chose, et les deux se sont mis à rire. La voiture a avancé à ce moment, et j'ai laissé la vitre ouverte, mon visage près de l'ouverture, frappée par la pluie comme par autant de fines aiguilles de verre. Comment font-ils, tous ces gens qui semblent heureux? Comment attire-t-on l'amour à soi ? Ou est-ce l'amour qui nous trouve ? Et si cela ne servait à rien d'attendre quelque chose ou quelqu'un qui ne viendra sans doute jamais ? Et s'il valait mieux se lancer, sur une impression, sur une attirance, sur un moment de folie ? Je l'ai fait une seule fois, moi qui suis si peureuse, en me jetant dans l'aventure américaine avec Edward, et ça s'est mal terminé. Aurais-je le courage de me lancer à nouveau ?

Une fois Edward parti, le temps passe, lentement, péniblement. Enfin, vient une distraction, juste à point. Mon collègue Robert et moi prenons un café après le déjeuner, accoudés au haut comptoir Starbucks qui occupe le coin Nord de notre cafétéria. Robert, le cheveu broussailleux comme toujours – y compris sourcils et barbe, l'air préoccupé, touille son café depuis un bon moment sans rien dire. Je l'observe deux minutes ; cela me fait du bien, pour une fois, de penser à autre chose qu'à cette vaste tristesse qui m'habite en permanence, parcourue ici et là de vagues de colère épuisantes. J'avale une gorgée de café et demande, la voix légère :

« Il y a quelque chose qui ne va pas ? Tu as l'air ailleurs. »

Il lève la tête, ses yeux tombants comme ceux d'un cocker redevenant instantanément rieurs. C'est sans doute pour cela que nous avons sympathisé ; sa bonhomie me rassure, et mon instabilité doit le secouer un peu, ce dont il m'a dit une fois avoir besoin, évoquant une vie un peu trop pépère.

« Rien de grave, ne t'en fais pas ! C'est juste que j'ai acheté deux tickets il y des mois pour le JFF, tu sais, le Java Jazz Festival, et puis voilà que pour notre anniversaire de mariage, Deena nous a réservé un voyage en Nouvelle-Zélande ! Elle avait oublié que j'avais des tickets pour le JJF. Alors, j'essaye de les recaser…mais jusqu'à présent, sans succès. »

Je me force à sourire. Il ne l'a pas fait exprès, mais la mention de son anniversaire de mariage me frappe au cœur. Il est marié avec bonheur depuis quinze ans avec une femme délicieuse, ils ont deux jeunes enfants adorables, bref c'est un couple dont la félicité est évidente. D'habitude je me contrôle, mais aujourd'hui, j'ai du mal à cacher ma peine et mon irritation. C'est avec un faux entrain que je m'exclame :

« La Nouvelle-Zélande ! Mais c'est super. Quel beau cadeau ! Vous emmenez les garçons ? »

« Non, ma belle-mère va venir après-demain pour les garder. Deena n'était pas à l'aise à l'idée de les laisser pendant une semaine entière avec la nounou. »

« Ah bon ! »

Je m'efforce de plaisanter.

« Alors c'est la perspective d'avoir ta belle-mère chez toi qui te rend morose ? »

Il a le bon goût de rire, mais je vois bien qu'il a saisi mon désarroi, et qu'il en est gêné. Il ne fait pas toujours attention à ce qu'il dit et, depuis la séparation, une ou deux fois il a ainsi dérapé sur le sujet du mariage et, à chaque fois, il a eu l'expression d'un enfant pris en flagrant délit de vol dans la boite à biscuits.

« Non, bien sûr, tu sais bien que, comme tout le monde, j'adore ma belle-mère ! Non, ce qui m'embête, ce sont ces foutus tickets. Ils m'ont coûté la peau des fesses, et pour tout dire j'avais vraiment envie d'y aller avec Deena ; nous nous sommes embrassés pour la première fois sur une chanson de Natalie Cole, et j'ai vu sur le programme qu'elle va y être, alors ça aurait été parfait pour notre anniversaire de mariage… »

Un peu tard, il réalise sa bourde, et reste la bouche entrouverte. Je vois bien qu'il tente désespérément de rattraper le coup, et tout ce qu'il trouve à dire, c'est :

« Ça ne te dirait pas d'y aller, par hasard ? »

« Quoi, voir Natalie Cole ? »

J'ai un peu envie d'être méchante, pour le punir d'être heureux en ménage. Le bonheur des autres, quand on souffre d'un cœur brisé, est une insulte supplémentaire difficile à supporter.

« Il y a plein d'autres artistes, c'est censé être vraiment un bon festival…Aimée aime le jazz ? »

Je n'ai aucune envie d'aller à un festival, ni de jazz, ni de quoi que ce soit d'autre, mais la mention d'Aimée me fait réfléchir. Depuis qu'Edward est parti, règne à la maison un calme quasi-sidéral. Il prenait tellement de place, juste en étant là, que c'est déconcertant de se trouver d'un coup dans le silence et dans l'immobilité. Nous meublons généralement avec la télé, ou de la musique mise très fort, mais il reste quand même comme une sorte d'inquiétude sourde. Un certain manque, je suppose, car la nature a horreur du vide. Aimée prend sur elle pour être brave, relever le menton, me tenir compagnie en regardant des séries télé débiles mais qui arrivent à nous faire rire comme on pleure. Je crains qu'elle ne se retrouve tentée de se mutiler à nouveau, mais elle semble avoir dépassé ce point. Quand je lui en parle, avec prudence pour ne pas l'effaroucher, elle me rassure. C'est une chose sur laquelle elle travaille en profondeur avec Ellen. Elle affirme avoir trouvé des comportements alternatifs, et que le temps passé à s'investir dans le bénévolat avec la communauté du bord de la rivière la survolte et l'énergise. Elle me demande de lui faire confiance. Par moments, j'arrive à me détendre, à savourer le silence et le calme, et à espérer que le processus de convalescence soit en cours.

Toutes ces pensées m'ont traversé l'esprit en une fraction de seconde, et j'ai proposé soudainement à Bob de lui acheter ses tickets. Ni une ni deux, la transaction a été faite, et quand je suis rentrée à la maison ce soir-là, brandissant les tickets, j'avais un étrange sentiment de triomphe. Et nous voilà ce soir, après une interminable traversée de la ville en voiture, et une attente tout aussi longue pour passer à travers la sécurité pour entrer, dans l'enceinte du festival. Il est dix-neuf heures trente et il fait déjà nuit depuis près de deux heures ; l'espace est immense, parsemé de plusieurs gigantesques tentes qui servent de salles de spectacle. Quelques scènes sont en plein air et ouvertes à tous ; s'y produisent des groupes peu connus, qui cherchent à se faire entendre et voir. Les grands artistes, eux, sont programmés dans les tentes fermées, et il a fallu s'inscrire en ligne pour sélectionner les concerts auxquels on souhaite assister, et imprimer un « bon d'entrée ». Bob n'avait pas lésiné et avait acheté des tickets VIP qui donnaient accès à trois des concerts les plus prisés, dont celui de Natalie Cole. Nous sommes arrivées trop tard pour le premier des trois, qui était prévu à dix-huit heures, mais cela ne nous chagrinait guère, car nous ne connaissions pas l'artiste. Natalie doit, selon le programme, se produire à vingt heures, et nous pouvons normalement assister à un autre concert à vingt-deux heures si nous le souhaitons. Pour l'instant, nous sommes un peu perdues au milieu de la cohue, essayant de trouver la tente où Natalie doit chanter. Nous passons, pour y arriver, à travers l'espace vente et exposition, très brillamment éclairé, avec de la musique rock (c'est un festival de jazz !) poussée au maximum. Les stands mettent en avant des instruments de musique, des stéréos, des écouteurs, et même une Ferrari au milieu trônant sur un piédestal – je comprends qu'il s'agit d'une loterie. Partout, la fumée, le bruit, et des filles très jeunes et maquillées comme des Ferrari volées, vêtues de jupes hyper courtes et de hauts brillants, qui partent en éclats de rire stridents toutes les trois secondes.

Sorties de cet espace complètement abasourdies, nous tombons sur une petite place quasi obscure, mais bordée sur trois côtés par des stands de nourriture. Les odeurs de friture prédominent, et je pousse Aimée du coude.

« On s'offre un petit *lumpia* ? »

Aimée raffole de ces sortes de rouleaux de printemps frits et remplis, c'est selon, de viande ou légumes, servis avec une sauce épicée qu'on appelle ici *sambal.* Elle a un sourire gourmand, qui la fait ressembler au chat Cheshire dans *Alice au Pays des Merveilles*, que je prends pour un assentiment, mais alors que je me dirige vers une échoppe un peu moins prise d'assaut que les autres, elle me tire par le coude, les yeux sur le programme.

« Dis, le concert de Nathalie Cole commence dans vingt minutes, et ils disent qu'il vaut mieux être là au moins un quart d'heure à l'avance... »

J'hésite. Il n'y a que trois personnes dans la file d'attente devant nous, mais les *lumpia* sont frits à la demande, donc cela demande quelques longues minutes. Et ensuite, il faudra les manger à toute vitesse, ce qui gâchera le plaisir et brûlera la langue. A contre-cœur, j'opère un demi-tour. Je voulais tellement faire plaisir à Aimée ! Mais elle a raison. Comme nous arrivons près de la grande tente où se produira Natalie Cole, nous voyons qu'une longue file d'attente est déjà en place. Les portes sont ouvertes, mais comme ils vérifient les tickets à l'entrée pour ce concert, cela prend du temps. Nous nous mettons dans la queue, et presque exactement quinze minutes plus tard, nous pénétrons dans l'immense espace de concert. Il y fait très sombre, car les seules lumières sont de faibles spots tournés vers le plafond ici et là. La scène, elle, est au contraire brillamment illuminée. Nous nous trouvons un peu désorientées dans cette obscurité, et les autres spectateurs nous bousculent pour avancer. Je me ressaisis et attrape Aimée fermement par la main, l'entraînant vers la scène. Il y a déjà beaucoup de monde qui se presse devant, mais nous parvenons quand même à nous glisser dans les dix premiers rangs. Bien qu'il soit maintenant l'heure où le concert est censé commencer, les techniciens n'ont pas l'air d'avoir fini d'arranger le micro, les fils et les amplis qui occupent la scène. Nous les observons pendant un moment, mais cela devient vite fastidieux, car nous ne comprenons pas ce qu'ils font. J'essaie d'entretenir une conversation avec Aimée, mais elle ne me répond que par monosyllabes, clairement peu désireuse de parler. Elle est sombre ce soir ; depuis que nous avons quitté la maison pour venir au festival, elle semble maussade et triste. La thérapeute a conseillé de ne pas insister pour savoir ce qui la tourmente lorsque cela arrive, donc j'ignore et fais de mon mieux pour rester d'égale humeur. Depuis la séparation, tout me demande des efforts démesurés, et de venir ici ce soir s'est avéré épuisant : conjurer l'énergie de se préparer, sortir de la maison, vivre la lente torture de se trouver dans une circulation absolument démente, se battre contre la foule pour entrer dans l'enceinte du festival…Je commence juste maintenant, devant cette scène, à reprendre un peu le dessus. Je relis le programme pour tenter de provoquer en moi un minuscule frisson d'excitation – après tout, nous allons voir et entendre quelqu'un de vraiment célèbre ! Aimée est plongée dans son téléphone. Je la pousse du coude.

« Dis donc, tu te rends compte qu'on va voir la fille de Nat King Cole ! »
Elle lève les yeux de son écran.
« C'est qui déjà ? »
« Tu sais bien, c'est lui qui chante ma chanson de Noël préférée, *The Christmas Song* »

Elle fait la moue, cette information ne l'aidant visiblement pas à se peindre une image mentale de Nat King Cole. Pour l'aider, je fredonne les premières mesures de la chanson :

« *Chestnuts roasting on an open fire, Jack Frost nipping at your nose…"*

Gênée de m'entendre chanter une chanson de Noël à un festival de jazz, elle m'arrête.

« Ah oui, d'accord. Mais elle ? Elle est célèbre pour quelle chanson ? »

« Eh bien, elle a chanté en duo avec son père une chanson super célèbre qui s'appelle *Unforgettable* »

Je suis tentée d'en fredonner les premières mesures, mais je me retiens. Je ne veux pas qu'elle ait honte de moi une fois de plus. Pour continuer la conversation, je lui propose que nous nous testions pour voir combien d'artistes de jazz nous pouvons mentionner. Elle se prête au jeu, de manière un peu réticente au début, puis s'anime alors que nous lançons de noms célèbres tour à tour : « Louis Armstrong ! Duke Ellington! Ella Fitzgerald! Miles Davis! Thelonious Monk! Dave Brubeck! » Elle rit de bon cœur alors que je commence à inventer des noms « jazzy » un peu fous, ayant épuisé tout mon savoir factuel. Autour de nous, la foule se presse de plus en plus. C'est une foule éclectique, faite d'Indonésiens jeunes et moins jeunes, et d'un bon nombre de *bules*. Derrière nous, un couple parle allemand. On sent l'excitation qui monte, alors que les techniciens quittent finalement la scène et que les spots concentrent une lumière bleutée sur le micro. Un annonceur paraît et fait un discours en indonésien rapide que je ne comprends pas ; mais ses mots soulèvent d'enthousiasme les Indonésiens autour de nous qui s'exclament bruyamment, rient et applaudissent. Heureusement, l'annonceur résume son discours en anglais, donnant la version express des grands moments de la carrière de Natalie Cole. Nous applaudissons à notre tour, il s'éclipse et la scène s'assombrit. Quand le spot – rose à présent – se rallume, Natalie Cole se tient au micro. Grande, mince, serrée dans une longue robe étincelante, ses cheveux courts mettant en valeur de hautes pommettes, elle est d'une élégance folle. Les acclamations de la foule sont assourdissantes. Finalement, le silence se fait, et elle commence à chanter. La salle se trouve immédiatement prise dans la magie de sa présence. Je ne connais pas la chanson, mais je suis sous le charme de la mélodie et des riches intonations de sa voix. Je jette un coup d'œil à Aimée et je vois qu'elle aussi ressent une émotion spéciale. Après la première chanson, Natalie s'adresse au public, remerciant les organisateurs du festival, parlant des artistes célèbres avec qui elle a chanté – Ray Charles, son père bien sûr. Quelqu'un dans le public hurle :

« *Unforgettable* ! »

Elle nous rassure : oui, elle va bien interpréter *Unforgettable*, mais à la fin du concert. La salle réagit à cette information avec délice. Le concert nous enchante, Aimée et moi, sauf le fait que presque tout le monde devant nous bloque notre vue en levant au-dessus des têtes téléphones et tablettes pour prendre des photos et vidéos. Je grommelle plusieurs fois et bouscule assez méchamment une femme qui se tient juste devant moi avec sa tablette à hauteur de mes yeux. Il y a juste un moment où cette obsession de documentation s'atténue : c'est quand le spot de scène devient rouge, que Natalie s'assied sur un haut tabouret et que la contrebasse commence à égrener quelques notes chaudes. C'est le début de *Fever*. Je me tourne vers Aimée :

« *Fever* ! Elle est super, cette chanson. Tu la connais ? »

Elle secoue la tête. Je lui souris et lève le pouce.

Natalie commence à claquer des doigts au rythme de la musique, et bientôt tous les spectateurs font de même. C'est sans doute pour avoir les mains et les doigts libres que les gens rangent finalement leurs téléphones… La chanson nous hypnotise tous ; tout le monde reprend le refrain, et la plupart des gens se balancent sensuellement. Je ressens soudain très cruellement la nostalgie de la passion et la déchirure de la séparation d'avec Edward. Les larmes me viennent aux yeux, mais je les réprime, leur ordonnant de se résorber au plus vite, concentrant mon attention sur le pianiste. Je suis assez satisfaite d'arriver au bout de la chanson les yeux secs, même si mon cœur me donne l'impression d'être réduite en poudre.

Enfin, Natalie annonce qu'elle va chanter la dernière chanson du concert. La salle frémit – nous savons à quoi nous allons avoir droit ! Natalie parle de son père, rappelle à l'auditoire qu'elle l'a perdu alors qu'elle avait quinze ans et qu'il lui manque tous les jours. Elle nous offre le duo que nous allons entendre comme cadeau d'amour d'un enfant à un parent. Je regarde Aimée à la dérobée – elle a le visage de quelqu'un pris au piège. Je réalise alors que ce qui va suivre a toutes les chances de constituer une expérience à la fois éprouvante et cathartique pour elle. Elle m'a confié que depuis la séparation, elle ressent une colère puissante vis-à-vis de son père et, en même temps, se trouve dévorée de culpabilité pour avoir ce sentiment. Elle n'arrive pas à réconcilier son amour pour Edward et son ressentiment envers lui. En quelque sorte, elle aussi a perdu son père à quinze ans, du moins est-ce l'image idéalisée de son père qui s'est dissoute. Voir l'expression pure de l'affection que Natalie porte à Nat va probablement remuer en Aimée beaucoup de sentiments contradictoires. Un écran vidéo énorme sur la scène montre soudain l'image de Nat, et la chanson commence. La voix veloutée de la chanteuse s'élève, elle se tourne vers l'image de son père et lui répond en chantant avec tendresse. C'est beau, déchirant et réconfortant à la fois. Je sens Aimée tendue et frémissante, et je passe mon bras autour de ses épaules. Elle niche son visage dans mon cou et je la serre plus fort. Elle se dégage vite, cependant, et quand la chanson est enfin terminée et que Natalie a fini de saluer ses fans, elle a déjà repris sa contenance.

Les lumières de la salle s'allument, et nous suivons la foule paresseuse en direction de la sortie. Je ne sais pas si je dois parler de la dernière chanson ou pas. Je décide finalement d'en rester aux généralités.

« Alors, ça t'a plu ? »

« Ouais ! Super. Elle a vraiment une belle voix. »

« Quelle chanson as-tu préférée ? »

Elle hésite une seconde.

« *Fever,* je crois. Elle avait vraiment un bon rythme ! »

« C'est vrai. Bon, qu'est-ce que tu veux faire maintenant en attendant le prochain concert ? »

À présent sorties de la salle, nous sommes plantées au milieu de l'allée qui court entre la tente de concert principale et celle qui abrite les vendeurs. Aimée vérifie le programme – nous avons au moins quarante-cinq minutes à tirer. Elle suggère :

« On a le temps d'acheter ces *lumpia* finalement ! Et après, peut-être, on pourrait se balader dans l'espace de vente, qu'est-ce que t'en penses ? »

« Bonne idée ! Allons-nous remplir la panse. »

Un quart d'heure plus tard, les doigts encore un peu graisseux mais la gourmandise satisfaite, nous déambulons entre les stands sans but précis. Soudain, au milieu du brouhaha indistinct de la foule et des vendeurs, un riff de guitare net et habile attire notre attention. Nous nous frayons un chemin en direction du son, et arrivons devant un stand où se côtoient guitares acoustiques et électriques, et des instruments traditionnels indonésiens que je ne connais pas. Aimée, elle, s'y connait, car son cours de culture et civilisation indonésienne comprend un module sur la musique. Elle m'explique que l'énorme instrument qui ressemble à un bongo s'appelle *gendang melayu*, et que celui d'apparence vraiment bizarre est un *sasando*. Ce dernier est constitué d'une espèce de coque blanche qui fait caisse de résonance et au milieu de laquelle est fixé un gros tube en bambou richement décoré et muni de chevilles où sont attachées des cordes.

« C'est comme une sorte de harpe, » dit Aimée.

Un petit groupe compact se tient un peu sur le côté du stand, attroupé autour du guitariste dont la musique nous a attiré vers ce stand. Le groupe se disloque, et Aimée me pousse du coude :

« Tiens, c'est le prof de musique de l'école ! »

« Lequel ? »

« Celui avec la petite barbe, là. »

C'est un homme d'une quarantaine d'année, un peu ventru, l'air extrêmement débonnaire. Il aperçoit Aimée, et un grand sourire lui fend le visage. En deux pas il est près de nous.

« Aimée ! Quelle bonne surprise ! »

« Bonjour, Monsieur Harper. Je vous présente ma mère. »

Harper me tend la main, je la serre, il me secoue le bras avec enthousiasme tout en parlant avec chaleur.

« Vous savez que votre fille a beaucoup de talent en musique ! C'est de vous qu'elle tient ça ? »

Je ris. « Ça m'étonnerait, je suis réfractaire au solfège. »

« Ah ! » dit-il en riant aussi et finalement lâchant ma main droite. « Mais la musique ce n'est pas seulement le solfège, vous savez. Le rythme, ça compte énormément. »

Il se tourne vers Aimée.

« Aimée, quels artistes as-tu vus ici à ce festival ? »

Aimée s'anime.

« On vient juste de voir Natalie Cole ! C'était génial. J'ai adoré *Fever*. »

Il lui tape dans le dos, enchanté.

« Je savais qu'elle avait bon goût, cette petite ! »

« Et vous ? Vous avez vu qui ? », interroge Aimée, qui a un peu rougi sous le compliment.

Harper se renverse un peu en arrière, en même temps qu'il désigne du pouce le groupe derrière lui.

« Je suis là pour tenir compagnie à mes protégés de San Francisco, un groupe très prometteur qui fait ici une étape avant de s'envoler pour la Nouvelle-Zélande. Ils ont décroché une bourse du gouvernement pour aller faire une série d'ateliers musicaux là-bas. Et comme ça faisait longtemps qu'ils voulaient venir en Indonésie, c'était le moment ou jamais…Je me suis dit que ça les intéresserait de venir à ce festival, et que ça serait l'occasion pour eux de rencontrer des musiciens locaux sympas. »

Je regarde le petit groupe avec un peu plus d'attention. Les Californiens sont faciles à repérer parmi les Indonésiens qui les entourent. Il y a là deux garçons et une fille – un des garçons est le guitariste que nous avons entendu ; il tient toujours une superbe guitare électrique à la main. Il est mince, presque frêle, comme un elfe. Son visage très fin, et ses yeux en amande lui donnent un air vaguement asiatique. L'autre garçon est grand, imposant, avec une peau olivâtre et les traits sévères révélant un héritage Amérindien, le nez très droit. Ses cheveux noirs sont noués en un chignon à l'arrière de sa tête. La fille est Africaine-Américaine, grande elle aussi, la tête enroulée dans un turban turquoise. Elle est fabuleusement belle, de visage et de corps.

« Venez ! » dit Harper. « Je vais vous présenter. »

Je sens Aimée se raidir un peu. Elle est assez timide et a toujours du mal à aller vers les gens, même si une fois qu'elle a fait connaissance, elle devient très sociable. Cependant, je vois qu'elle glisse des regards intéressés vers le guitariste, et je m'amuse intérieurement de la situation. Harper est une boule d'énergie, il nous entraîne vers le groupe, intervenant au milieu de la conversation.

« Voici *The Sound of Healing*! Matt, guitariste et compositeur ; Rashida, percussionniste et chanteuse ; et Achak, pianiste et parolier. Mes amis, je vous présente Aimée et sa mère... »

Je souffle « Ève-Lise », et Harper reprend :

« Aimée et Ève-Lise, qui sont Américaines et vivent ici, et en plus, elles aiment la bonne musique ! »

Il nous présente aussi les quatre Indonésiens présents. Nous apprenons que le plus âgé, Aryo, vend des instruments modernes et traditionnels – il essaie de remettre ces derniers au goût du jour. Les trois autres sont les musiciens d'un groupe qui justement utilise des instruments traditionnels pour réinterpréter des airs modernes. Ils s'appellent *Rasa Lama*, ce qui veut dire « un goût d'autrefois » en indonésien.

Harper nous explique :

« Je me suis dit que ce serait sympa de présenter *The Sound of Healing* à *Rasa Lama* et voir s'ils aimeraient essayer de collaborer – ça serait une rencontre entre deux mondes, deux types de musique, des instruments anciens et nouveaux...J'aime assez les expérimentations sauvages ! »

Nous leur serrons la main à tous, et je vois Aimée rougir quand c'est au tour de Matt de la saluer. Il la regarde avec intérêt, et je me rends compte qu'il est vraiment jeune – je lui donne vingt-deux ans tout au plus. Rashida et Achak me semblent plus âgés, et tous sont très sympathiques, y compris les Indonésiens. Le leader de *Rasa Lama* s'appelle Irwan et possède une tignasse noire prodigieuse, d'où sortent ici et là quelques nattes ornées de perles de bois colorées. Le visage de Bob Marley s'étale sur son T-shirt noir, et je ne peux pas m'empêcher de remarquer les pectoraux et les bras hyper musclés qui tendent le tissu au maximum. C'est un homme compact qu'on sent rempli d'une énergie étrange, à la fois sereine et pleine d'intensité. Son anglais est approximatif, mais nous nous comprenons. J'ai envie de savoir ce qui l'a motivé à vouloir jouer de ces instruments anciens.

« Expliquez-moi comment vous avez formé *Rasa Lama* ! »

Il transfère le poids de son corps sur sa jambe gauche, une main sur la hanche.

« Il y a deux ans, je suis allé voir mon grand-père qui habite dans un village très isolé au centre de l'île de Java. Il m'a montré un vieil instrument qu'il avait retrouvé au fond de sa maison, et j'ai commencé à en jouer, assis dehors sur le porche. Les voisins sont venus écouter, et puis les gamins qui jouaient dans la rue et, à la fin, la moitié du village était là ! »

Il part d'un grand rire communicatif, qui le secoue de haut en bas, et continue :

« Les anciens m'ont demandé de jouer des airs traditionnels, mais comme je n'en connaissais pas beaucoup, j'ai joué deux-trois airs contemporains, et ça a été comme une révélation…Cela allait parfaitement bien avec cet instrument ancien, et ça plaisait aux plus âgés qui aimaient la sonorité aussi bien qu'aux plus jeunes qui aimaient la chanson ! Et après, mon grand-père et ses amis âgés ont répondu à des tas de questions que la jeunesse avait à propos de cet instrument : d'où il venait, quand et comment on en jouait dans l'ancien temps, et je me suis dit qu'il y avait là sans doute une bonne opportunité de faire redécouvrir les instruments traditionnels… »

Harper nous interrompt de sa voix joviale et tonitruante.

« Dites, les enfants, Aryo vient d'avoir une idée d'enfer. Il invite tout le monde à aller chez lui pour finir la soirée. *Sound of Healing* et *Rasa Lama* peuvent explorer les instruments qu'il a chez lui et faire de la collaboration expérimentale ! »

Les membres des deux groupes exultent et se tapent dans le dos…sauf Matt, qui discute toujours avec Aimée, tiens donc ! Quand il est informé du projet, il s'exclame :

« Trop bien ! » et immédiatement se tourne vers Aimée :

« Tu viens avec nous, bien sûr ? »

Aimée me regarde, l'air suppliant. J'ai plutôt envie de rentrer à la maison, mais pour une fois qu'elle me demande quelque chose ! Je lui fais signe d'attendre une seconde, et j'attrape par le bras Harper qui passe à ce moment à côté de moi :

« Vous croyez que c'est un problème si Aimée et moi, nous vous accompagnons ? »

Il me regarde d'un air interloqué.

« Mais, il était évident pour moi que vous veniez ! Il n'est pas question que vous n'en soyez pas ! »

Les minutes qui suivent sont joyeuses et chaotiques, alors que nous discutons tous de la logistique de l'affaire. Aryo ne peut pas venir tout de suite, car il doit rester jusqu'à la fin de la soirée et remballer toutes ses affaires avec son jeune assistant. Mais sa femme, son frère et ses parents sont chez lui et se feront un devoir de nous accueillir comme il se doit. Les membres de *Rasa Lama* ont leur propre véhicule, assez grand pour cinq, et s'offrent à prendre avec eux Achak et Rashida. Harper nous conduira, Aimée et moi, ainsi que Matt qui semble ravi de l'arrangement. J'appelle mon chauffeur pour lui signifier qu'il peut rentrer à la maison. Harper nous ramènera chez nous, et au pire si ce n'est pas possible, nous prendrons un taxi.

Alors que tout le monde rassemble ses affaires pour se préparer à partir, je prends Aimée à part :

« Dis, tu sais qu'avec nos tickets on pourrait voir un autre concert. Ça ne t'embête pas de rater ça ? »

Elle semble n'y avoir même pas songé.

« Ah ben non, de toutes façons je préfère aller chez Aryo. C'est comme une petite aventure, non ? »

Je sens en elle comme une vibration d'excitation, et cela fait si longtemps que je ne l'ai vue si présente dans sa propre vie que rien d'autre soudain ne compte. Je l'attrape par le cou et l'embrasse impétueusement, alors qu'elle se débat en protestant, mortifiée. Matt regarde de loin la scène avec un petit sourire mi-amusé, mi- tendre.

Un petit quart d'heure plus tard, nous sommes enfin en route. Harper conduit comme il parle, gesticulant et changeant de direction sans prévenir. Nous suivons *Rasa Lama* qui ont reçu d'Aryo des explications détaillées et longuettes sur la manière de se rendre chez lui ; apparemment il habite à l'écart de Jakarta, ce qui m'inquiète un peu, car la ville est immense, et cela peut prendre des heures avant de se trouver en banlieue. Cependant, les dieux de la circulation sont avec nous ce soir, car cela roule relativement bien, avec juste un gros embouteillage, là où l'autoroute que nous empruntons bifurque en direction de l'aéroport. Aimée et Matt discutent à bâtons rompus à l'arrière. Après quarante-cinq minutes de route, nous naviguons des rues mal entretenues et faiblement éclairées, et finissons au bout d'une ruelle truffée de nids de poule qui nous ballottent dans tous les sens. Nous sommes devant une façade en crépi très laid ornée d'une porte en métal d'allure rébarbative, avec juste une petite ouverture au niveau des yeux, comme dans un couvent. Irwan appuie sur la sonnette à gauche de la porte et nous attendons, attroupés dans l'humidité de la nuit javanaise, dans l'obscurité, que la sœur portière veuille bien nous ouvrir…Au bout d'un moment, une voix masculine résonne derrière la porte et un fracas métallique se fait entendre, alors que le lourd panneau s'entrebâille. Nous entrons l'un derrière l'autre, serrant la main de l'homme d'une cinquantaine d'année qui nous accueille, et dont la ressemblance avec Aryo est frappante. Nul doute que c'est là le frère qu'il avait mentionné. Les Indonésiens parlent entre eux rapidement et rient bruyamment. Nous apprenons par Irwan que notre hôte s'appelle

BamBam. Il nous invite à le suivre le long d'une étroite allée sinueuse, où de petites flaques, vestiges de la pluie qui est tombée plus tôt dans la soirée, sont en train de s'évaporer. Je regarde autour de moi et me rends compte que nous sommes au sein d'une véritable propriété de maître, au sens indonésien du terme. Plusieurs bâtisses nous entourent, certaines en ciment solide coiffées de tuiles d'argile, d'autres en bambou et toit de palmes d'apparence temporaire et fragile. De petites allées de terre battue sinuent entre les bâtiments, et de grands palmiers ponctuent l'espace ici et là. Il y a peu de lumière, si bien que je manque de trébucher sur le petit pont bombé en bois, qui apparaît soudain devant moi. Un minuscule ruisseau au gargouillement discret traverse la propriété. Juste après le petit pont, nous arrivons à la maison principale, brillante de petites lumières tendues un peu partout sur le long porche soutenu par des colonnes en bois très simples. L'énorme porte d'entrée, en revanche, est une œuvre d'art, fantastiquement sculptée. Comme nous l'admirons, BamBam nous révèle qu'elle vient de Bali, cadeau d'un ami d'Aryo. Il nous explique aussi que chacun des membres de la famille vit dans une maison séparée sur la propriété, mais qu'ils prennent généralement leurs repas en commun dans la maison principale où habitent Aryo, sa femme et son fils, car la cuisine là est moderne, tandis que les autres bâtisses ont conservé le style ancien de cuisine à ciel ouvert sur un brasier. Ces explications m'intéressent, mais ma vessie me rappelle impérieusement que la priorité n'est pas d'explorer la propriété, mais d'aller répondre à l'appel de la nature.

Je réalise vite qu'il est facile de se perdre dans cette grande maison. Malgré les indications de BamBam traduites par Irwan sur la direction des toilettes, je me retrouve dans la cuisine, qui est effectivement spacieuse et relativement moderne, avec une cuisinière à gaz et un grand réfrigérateur. Des petits couloirs s'ouvrent partout, la maison semble regorger de recoins obscurs rendus plus mystérieux encore par la faible lumière qui émane de petites lampes électriques au mur, imitant les lampes à huile d'autrefois. Je finis quand même par trouver les toilettes, et de retour dans la grande pièce où sont assemblés les autres, je prends enfin le temps de regarder attentivement autour de moi. Partout, par terre, au mur, sur les meubles, suspendus au plafond, se trouvent des instruments de musique de forme bizarre ou insolite. De grands canapés qui ont l'air d'avoir été beaucoup utilisés forment un U confortable dans un coin, tandis qu'un grand piano à queue occupe un autre coin. L'espace est fouillis, les étagères qui couvrent tout le mur du fond débordant de livres, et les deux grandes tables en bois sombre aux pieds torsadés disparaissent sous des piles de papier. Des lampes d'ambiance créent de petits halos chaleureux un peu partout, et des pans de batik qui ont l'air ancien sont drapés aux murs. L'ensemble est disparate, mais extrêmement accueillant, et je me laisse avec plaisir tomber au creux d'un des sofas, où se trouvent déjà Achak et Irwan en grande conversation. Sur un autre sofa, Aimée se tient près de Matt qui s'essaye à jouer d'une espèce de sitar, et j'entrevois dans un couloir la silhouette de Rashida, à qui BamBam semble faire faire le tour du propriétaire. En face de moi, Harper discute en indonésien avec les deux autres membres de *Rasa Lama* qui examinent les vinyles éparpillés par terre près d'un vieux tourne-disque.

J'écoute la conversation entre Achak et Irwan. Achak a une voix profonde et parle posément, semblant peser chaque mot. Les deux hommes se content l'histoire de leur groupe respectif. J'apprends ainsi que Sound of Healing s'est formé il y cinq ans, autour d'Achak qui souhaitait réinterpréter les rythmes et mélodies traditionnelles de sa tribu d'origine, les Chemehuevi, qui est une branche des Paiute du Sud ayant longtemps habité le désert de Mojave.

L'histoire qu'il raconte, de sa voix basse et lente, m'envoûte, même s'il s'agit d'une histoire triste, comme toutes les histoires ayant à voir avec le passé des tribus indiennes aux États-Unis.

« Cela n'a jamais été simple, mais après plusieurs pérégrinations, au début du vingtième siècle, les Nuwus (c'est comme ça qu'on s'appelle nous-même, ça veut dire « Le peuple ») s'installent finalement dans une réserve crée spécialement dans la vallée de Chemehuevi, en bordure du Colorado. Tout va bien jusqu'en 1935... »

Irwan fronce les sourcils.

« Qu'est-ce qui s'est passé ? Je ne me souviens pas qu'il y ait une guerre ou un conflit à cette époque aux États-Unis. »

Achak sourit tristement.

« Non, pas de guerre, mais il y a eu un krach boursier en 1929, et des grands travaux d'intérêt public pour relancer l'économie ensuite...Alors en 1935, le gouvernement américain a commencé la construction du barrage Hoover et du barrage Parker. »

Je connais ces deux barrages, j'ai visité le barrage Hoover il y a plusieurs années et admiré cette merveille d'ingénierie civile. Ce que je ne savais pas, Achak me l'apprend.

« A cause du barrage Hoover, le Colorado a cessé d'inonder les plaines où les Huwus faisaient pousser leurs cultures. Et le barrage Parker a créé le lac Havasu. »

Je connais aussi ce lac, célèbre pour offrir des sports aquatiques dans un décor désertique de toute beauté. Encore une fois, Achak change ma perspective.

« Le lac a recouvert presque tout le territoire des Huwus. Ils ont dû quitter leurs terres et aller vers le Sud, dans la vallée du Colorado. »

J'ai écouté sans rien dire jusque-là, mais je ne peux pas m'empêcher d'intervenir à ce moment.

« Et il n'y a eu aucun dédommagement ? Rien en compensation ? »

Achak me regarde de ses yeux noirs, profonds comme le lac Havasu.

« Au début des années cinquante, il y a eu un procès, et les Huwus ont reçu un peu moins d'un million de dollars de l'époque en compensation. Ce n'était pas assez, mais c'était au moins quelque chose… »

Irwan demande : « Et depuis ce temps-là, ils sont toujours dans la vallée du Colorado ? »

« Oui, ils se sont joints aux Mojaves, ainsi qu'à d'autres petites tribus. Finalement aujourd'hui, ils ne s'en sortent pas si mal ; ce groupement de tribus, qui s'appelle les Tribus Indiennes de la rivière Colorado, est bien organisé. Il y a une coopérative agricole, des stations balnéaires, et plusieurs entreprises qui donnent du boulot aux gens. Le taux de chômage est assez faible pour les Tribus indiennes de la rivière Colorado – ce n'est pas le cas pour les autres tribus, malheureusement. »

J'ai envie d'en savoir plus.

« Et culturellement, les Huwus ont préservé leurs traditions ? »

Achak secoue la tête.

« Quand ils se sont joints aux Mojaves, ils ont adopté certaines de leurs traditions et croyances. Le pouvoir des rêves, en particulier. Il paraît que quand je suis né, un shaman a dit à ma mère que j'aurais le pouvoir du « grand rêve », celui qui donne de la force et qui guérit. Et c'est drôle, parce que toutes les paroles de mes chansons me viennent dans mes rêves... »

Je me souviens alors que c'est lui, le parolier du groupe, et aussi que le nom du groupe signifie « Le son de la guérison. »

Il discute maintenant avec Irwan des droits des populations indigènes en Indonésie. Rashida réapparaît, vient se poser à côté de moi, et met son bras autour de mes épaules, d'un geste très naturel. Je suis d'abord surprise, mais je m'y fais vite, car c'est en fait très agréable. Nous échangeons un sourire. Une femme de l'âge d'Aryo arrive à ce moment, portant un gigantesque plateau chargé d'une théière et de tasses, ainsi que plusieurs assiettes contenant ce que je reconnais comme des *keripik tempe* et *lemper*. Les *keripik tempe* sont des tranches de tempeh, qui est un produit à base de soja fermenté, coupées finement, puis trempées dans une pâte à frire aromatisée à l'ail et à la coriandre. Servies croustillantes, ces tranches sont délicieuses, et une bonne source de protéine ! J'aime les *lemper* parce qu'ils sont présentés comme de petits paquets enveloppés soigneusement dans des feuilles de bananes. C'est amusant de les ouvrir, comme si l'on découvrait un cadeau. A l'intérieur, on trouve toujours un mélange de riz collant avec du bœuf, du poulet ou du poisson. Le riz est généralement aromatisé par le lait de coco dans lequel il a été cuit avec, en plus, quelques épices pour relever le tout.

Des murmures appréciatifs s'élèvent, et BamBam fait un petit discours qui fait rougir la femme d'Aryo. Elle est ronde, la peau très sombre avec des dents très blanches, quand elle sourit de ce sourire à mille watts, qui semble être un attribut de la majorité des femmes indonésiennes. Je comprends que BamBam la décrit comme une cuisinière hors pair. Elle semble apprécier les compliments et en être gênée en même temps. Harper lui offre de s'asseoir avec nous, mais elle refuse avec véhémence et un grand sourire, avant d'expliquer avec force gestes qu'elle a du travail à la cuisine. Elle s'éclipse, et tous prennent place sur les canapés autour de la table basse. Irwan sert le thé à la ronde, et la conversation va bon train, pendant que nous grignotons les snacks délicieux que nous a préparés madame Aryo. C'est un mélange d'anglais et d'indonésien, joyeux et décousu, qui passe rapidement d'un sujet à l'autre : de la circulation insensée à Jakarta et qui ne fait qu'empirer, aux vertus thérapeutiques du thé noir sucré, en passant par le dernier album de hip hop d'un artiste, que j'avoue ne pas connaître.

Il est déjà près de minuit, quand Aryo arrive enfin. Il est salué par des acclamations, s'assure que nous avons assez eu à boire et à manger, et s'offre à nous faire faire le tour des instruments de musique. Nous le suivons, alors qu'il s'arrête devant chacun d'eux, nous en raconte l'origine et comment il en a fait l'acquisition. Certains, nous dit-il, étaient en très mauvais état quand il les a obtenus, et il lui a fallu de longues heures dans son atelier pour les restaurer. Les musiciens ont chacun saisi un instrument et s'essaient à en tirer des sons harmonieux. C'est un peu cacophonique, alors je demande à Aryo s'il serait possible de visiter son atelier. Il semble ravi de ma requête, et m'invite à le suivre. Harper m'emboîte le pas, et nous sortons à l'extérieur par la belle porte d'entrée sculptée. En marchant, Aryo explique :

« J'aime être vraiment tranquille quand je travaille, c'est pour cela que j'ai installé mon atelier et aussi un petit studio d'enregistrement dans un des bâtiments au fond de la propriété. »

Nous le suivons dans l'obscurité, le long d'une petite allée qui serpente entre les palmiers et des bougainvillées géantes. Nous passons devant une petite bâtisse sombre, qu'Aryo nous désigne comme étant la demeure, où résident ses parents. Nous arrivons enfin devant l'atelier, où brille une lumière solitaire à gauche de la porte. A l'intérieur, c'est un fouillis de matériaux, de tas de bois, de feuilles de palmes, et de cordes diverses, qui contraste avec le mur du fond, où sont accrochés dans un ordre irréprochable des outils de toutes formes. Le long établi devant le mur s'agrémente de plusieurs instruments en divers états de réparation, et l'odeur de colle forte et de vernis prédomine. Aryo se pose sur un haut tabouret à siège tournant et nous explique le travail qu'il est en train de faire, pour rendre à une sorte de piano en bois abîmé par l'humidité sa sonorité d'autrefois. Pendant qu'il parle, la pluie recommence à tomber et tambourine sur le toit en tôle. De par les odeurs et le son calme de sa voix qui explique, je me trouve transportée dans le temps et l'espace, dans les ateliers de lutherie de la ville, où j'ai grandi dans l'Est de la France. En dépit de sa taille modeste, Mirecourt était (et est encore à ce jour) la capitale de la lutherie en France, et la seule ville du pays, où existe une école spécialisée. Plusieurs ateliers de maître-luthiers réputés y étaient installés et, au moins une fois par an, les élèves du collège avaient droit à la visite guidée des ateliers et à une démonstration des différentes étapes menant à la fabrication d'un violon. Parfois, on nous montrait un instrument de prix, souvent ancien, endommagé et en cours de restauration, et les maitre luthiers, qui nous expliquaient comment la restauration allait être effectuée, avaient, dans leur façon délicate de tenir l'instrument, la même tendresse et le même respect que je vois à présent chez Aryo, qui caresse l'espèce de piano d'une main légère et apaisante.

« C'est important de préserver les instruments traditionnels, » dit-il.

« Il y a beaucoup de gens en Indonésie qui ne connaissent plus les arts d'autrefois. Pourtant c'est notre culture, notre identité… »

Harper se cale sur son siège, et je sens qu'il s'apprête à se lancer dans un assez long discours.

« En tout cas, c'est un pas en avant pour la protection des arts traditionnels en Indonésie. Savez-vous, Ève-Lise, qu'il y a un rapport publié par *American University* de Washington très intéressant à ce sujet ? Il relate les conclusions d'une étude conduite par la Faculté de Droit de cette université, l'idée étant de voir s'il serait possible d'utiliser les lois sur la propriété intellectuelle et la création artistique pour aider à la préservation des arts traditionnels. C'est une étude fascinante, à laquelle ont contribué des experts indonésiens et étrangers dans des domaines comme la musique, la danse, les droits de l'homme, le droit, l'anthropologie culturelle, le journalisme… »

Je suis intéressée, et Aryo qui doit pourtant bien connaître cette étude, à la façon dont il hoche de la tête d'une façon entendue, écoute avec attention, tout en rabotant délicatement un coin du piano en bois.

Harper continue :

"Pour faire leur étude, les membres de l'équipe ont rendu visite à des communautés qui pratiquent encore les arts traditionnels. Si ma mémoire est bonne – Aryo, corrige-moi si je me trompe- ils sont allés un peu partout, du centre de Java et de Bali aux îles Sulawesi, à Kalimantan, à Sumatra…En gros, principalement, ils cherchaient à déterminer si pour préserver ces arts traditionnels, les artistes locaux et leur communauté avaient besoin d'une protection légale du point de vue de la propriété intellectuelle. Ils ont parlé à tout un tas d'artistes divers, pour avoir une idée des problèmes qu'ils rencontrent à l'heure actuelle et quelles sont leurs difficultés à maintenir les traditions artistiques. »

Je demande :

« Cette étude, elle est récente ? »

C'est Aryo qui répond de sa voix douce.

« Je crois qu'elle a été faite sur un an à peu près de 2005 à 2006, et il y a eu une présentation ouverte au public à Jakarta en 2007, pour partager les conclusions et les recommandations des experts. J'y suis allé, parce que c'est un sujet qui m'intéresse. »

« Et qui d'autre était dans le public ? »

« Des artistes, des gens du gouvernement, des universitaires, des journalistes...c'était une grosse affaire. »

Harper attend qu'Aryo reprenne la parole, mais l'artisan s'est penché à nouveau sur le piano et souffle amoureusement sur une blessure du bois.

Harper reprend donc :

« Les conclusions ne sont pas vraiment surprenantes. Grosso modo, les artistes indonésiens trouvent qu'il y a trois difficultés majeures à surmonter pour préserver les arts traditionnels : documenter systématiquement les techniques anciennes, intéresser les jeunes et savoir s'adapter. »

Je m'anime :

« Ah oui, j'ai parlé pas mal sur ce sujet à un artisan du batik de Jogyakarta que j'ai rencontré récemment. Il me disait que les motifs traditionnels ne sont plus suffisants, et qu'il s'est mis à les moderniser pour attirer la clientèle. Il utilise aussi de nouveaux matériaux et de nouvelles technologies plus efficaces et moins polluantes… »

Harper approuve de la tête.

« C'est la même chose avec le *wayang*, le spectacle de marionnettes en ombres chinoises. Les artistes qui animent les marionnettes et font la narration, les *dalang*, ont dû s'adapter ; il y en a de plus en plus qui font des commentaires satiriques sociaux et culturels plus globalisés, car le public est plus au courant ces jours-ci de ce qui se passe dans le monde, et apprécie ce genre d'ouverture d'esprit de la part du *dalang*. »

Aryo a finalement laissé son piano et est venu s'appuyer à l'établi à côté de nous.

« C'est un peu ça le problème, c'est que la population locale n'a plus les mêmes besoins qu'avant, et les gens ne s'intéressent plus aux mêmes choses ; on voit bien ça au niveau des vêtements ou de l'amusement. Les motifs et les couleurs de batik traditionnels ne suffisent plus, ou alors tout ce qui est fait à la main coûte trop cher, et pour la musique c'est pareil. Par exemple, pour les cérémonies, c'est rare maintenant de voir des musiciens qui jouent « live » avec des instruments traditionnels. Le plus souvent les gens jouent des enregistrements. Et c'est aussi parce qu'il n'y a plus beaucoup de musiciens qui savent jouer des instruments traditionnels. Les jeunes ne s'y intéressent pas… »

Harper frappe du plat de la main sur l'établi :

« C'est pour ça qu'un groupe comme *Rasa Lama* doit se faire connaître ! S'ils arrivent à être reconnus sur le plan national, cela va stimuler l'intérêt des populations locales. Parce qu'ils jouent sur des instruments traditionnels, avec un mélange de rythmes anciens et modernes, ils peuvent plaire à tous, et s'ils peuvent être connus à l'international en faisant la fusion du vieux et du neuf, alors ce sera vraiment une victoire, parce qu'ils rendent hommage aux arts traditionnels sans les dégrader, mais au contraire, en les mettant à la portée des populations non-indonésiennes. »

Aryo conclut : « Et la meilleure façon de se faire connaitre en dehors de l'Indonésie, c'est de s'associer avec un groupe comme *Sound of Healing*... J'espère que leur collaboration va se formaliser... »

Je pense soudain à Aimée, à l'heure tardive, à ce soudain coup de cœur qu'elle semble avoir pour Matt. Je me lève pour donner le signal du départ.

« Merci, Aryo, de nous avoir montré votre atelier. Si on allait voir où en est cette collaboration ? »

Nous ressortons dans la nuit chaude et encore mouillée. En approchant de la bâtisse principale, des sons harmonieux nous parviennent. Tous les musiciens sont dans une jam session intense qui mêle instruments traditionnels et modernes, sonorités classiques et inhabituelles. Je me coule près d'Aimée, qui se balance en mesure. Je lui souffle : « Qu'est-ce qu'on a raté ? »

D'après ce qu'elle me dit, il semble qu'après avoir tâtonné pendant un assez long moment, le déclic s'est enfin produit, et les deux groupes ont fusionné. Pendant qu'ils jouent, je me laisse aller contre le dossier du sofa, et je pense à ces nouveaux programmes, que la compagnie où je travaille, à mis en place cette année sur l'ile de Kalimantan. Il s'agit de former, en collaboration avec les gouvernements locaux, certaines ONGs et établissements scolaires intéressés, des jeunes, des femmes, des populations désavantagées en général, pour leur donner une chance de trouver du travail ou lancer une microentreprise. Pour l'instant les formations restent classiques, centrées sur les professions de mécanicien, électricien, esthéticienne. Cependant la conversation avec Aryo et Harper m'a donné une idée – et si nous essayions de relancer par ce biais l'artisanat du batik et du tissage traditionnel, mais adaptés aux goûts nouveaux ? Cet embryon de projet tourne dans ma tête, mais la fatigue soudain me submerge. Il est très tard. Je m'endors pendant un moment et me réveille pour trouver la tête d'Aimée sur mon épaule. Elle dort profondément. Harper en face de nous dodeline de la tête, luttant contre le sommeil. Aryo a disparu. Les musiciens jouent en sourdine. Il est clair que pour eux la nuit commence à peine, ils sont en pleine exploration musicale. Une camaraderie qui va au-delà des barrières linguistiques les unit, et ils semblent tous se comprendre parfaitement. Alors que l'un d'eux rit un peu fort, Harper sursaute, réveillé un sursaut, et croise mon regard. Toujours homme d'action, il se lève et me tend la main.

« Venez ! Je vous ramène chez vous avec Aimée. Ceux-là – il désigne le groupe de musiciens du menton – pourront rentrer quand il leur plaira, moi je suis vidé. »

Je secoue doucement Aimée, qui proteste un peu, mais finit par se lever. Matt pose immédiatement sa guitare et l'entraine dans un coin pour lui faire ses adieux, je suppose. Harper et moi, nous rassemblons nos affaires, nous disons au revoir et merci à tous, à Aryo en particulier, pour sa géniale hospitalité. Puis nous nous postons près de la porte et attendons qu'Aimée se sorte des bras de Matt qui a l'air de ne pas avoir tellement envie de la lâcher. Enfin, elle s'arrache à son étreinte, nous rejoint, et nous nous engouffrons dans la voiture de Harper. Comme c'est le milieu de la nuit, la circulation est fluide, et Harper nous dépose chez nous en temps record. Aimée rentre dans la maison la première, et je me penche vers la vitre de la voiture que le conducteur d'Harper a baissée pour nous dire au revoir. L'humidité de la nuit crée un halo autour du lampadaire qui illumine notre porte d'entrée.

« Merci pour cette très bonne soirée, Harper. C'était inattendu et vraiment agréable. »

« Tout le plaisir est pour moi ! Si le cœur vous en dit, *Rasa Lama* donne un concert le weekend prochain. Je serais ravi de vous y emmener. »

Je ne promets rien, mais en rentrant dans la maison, je pense aux cadeaux que la vie fait parfois. Avant ce soir, Aimée et moi, nous étions tristes, sans lumière sur l'horizon pour nous projeter vers l'avant et nous donner envie d'être à demain. Et quelques heures plus tard, mon ado a fait une rencontre qui semble lui avoir redonné le goût de la vie, et moi j'ai ressenti un vrai plaisir à passer du temps en compagnie de ces individus talentueux et gentils qui m'ont rappelé qu'il existe toutes sortes de gens extraordinaires et de choses passionnantes à découvrir.

CHAPITRE VIII

Jakarta, avril 2017

Les nuages noirs avancent vite dans le ciel, comprimant l'atmosphère. La pluie ne va pas tarder. J'avais prévu de sortir du bâtiment à midi pour marcher et prendre un peu l'air, mais il semble que cela ne va pas être possible. Pourtant, j'ai vraiment besoin de bouger physiquement, mes jambes fourmillent et, si je reste assise, les mêmes pensées obsédantes vont continuer à tourner dans ma tête et m'empoisonner. Soudain, une idée lumineuse me vient : je vais prendre les escaliers et monter jusqu'en haut de l'immeuble. Il y a dix-sept étages, nous sommes au huitième, ça me fera de l'exercice. Et puis j'ai entendu des collègues dire qu'il était possible de sortir sur une sorte de terrasse là-haut. Mes cuisses commencent à brûler quand j'arrive au douzième, mais je ne m'arrête pas, car c'est trop bon de se vider la tête, avec juste le compte répété des marches à chaque étage : vingt-quatre, avec un petit palier entre les deux volées de marches. En règle générale, quand la panique m'envahit, ou pour empêcher que mes pensées ne m'échappent, je compte. La régularité implacable des chiffres me calme. En avion, au décollage, je compte les cent-vingt premières secondes. Sur le tapis de course, je compte les secondes séparant chaque dixième de mile. Au début de la séparation avec Edward, le soir avant de dormir, je faisais des Sudokus pendant des heures, répétant dans ma tête la série de chiffres, de un à neuf. J'arrive au dix-septième étage et pousse la porte, qui ouvre sur une petite antichambre peinte à la chaux. Un ascenseur à gauche, une porte toute simple à droite. Je tourne le dos à l'ascenseur, et je me retrouve dans un hall marbré, avec des parois en verre donnant sur les terrasses. Je choisis le côté Est et pousse la porte vitrée. Du gravier recouvre la terrasse, des plantes vertes énormes dans des cache-pots couleur bronze y sont éparpillées. Le parapet m'arrive à la poitrine et je m'y appuie pour admirer la vue.

D'ici, je vois le monument national, surnommé MoNas, s'élevant d'après les mauvaises langues comme "la dernière érection de Sukarno". A mes yeux, on dirait plutôt une gigantesque bougie, non seulement parce que l'éminence est coiffée d'une flamme recouverte de feuilles d'or, mais aussi car elle se trouve posée au centre d'un immense piédestal aux parois trapézoïdales, qui m'évoque irrésistiblement un bougeoir de style moderne. Tout autour, une esplanade pavée énorme et quasiment vide à cette heure. Et enfermant le tout, des bosquets et pelouses qui forment une bordure vert sombre carrée monumentale. Un peu sur la gauche, le dôme majestueux de la mosquée Istiqlal semble posé sur l'horizon, sa courbe contredite par le jaillissement aigu de l'étroit minaret principal un peu plus loin. Chaque fois que je regarde ces formes extrêmes, le gonflement absurde du dôme et la pointe acérée du minaret, mon cœur s'emplit d'espoir et mon âme aspire à fuser vers le ciel - je suppose que c'est l'effet recherché. Il y a une pureté dans ces formes ; on ne perçoit aucune mollesse dans la rondeur du dôme, aucune hésitation dans la rectitude du minaret. Et l'espace négatif entre les deux édifices renforce, par sa neutralité, le caractère architectural absolu des structures. Je regarde longtemps la mosquée, perdue dans une contemplation thérapeutique, avant de me rendre compte qu'il commence à pleuvoir. Je retourne dans le hall, mais en dépit de la pluie, je veux voir la vue depuis la terrasse Ouest. Appuyée au parapet, la tête baissée pour éviter de prendre des gouttes dans l'œil, j'observe la rue en contrebas.

C'est une rue passante, bordée par une petite mosquée et un hôpital, formé de deux bâtiments vitrés en forme de L, et devant la longue branche du L, séparé de la rue par un muret surmonté de grilles noires, s'étend un jardin géométrique. Des arbres encore jeunes sont plantés dans des carrés de pelouse régulièrement espacés, de manière à créer ce qui ressemble vu d'ici à une sorte d'échiquier. L'espace vide entre les carrés de verdure sert d'allées, recouvertes de gravier gris foncé. Comme toujours en Indonésie, on a planté au pied des arbres des arbustes au feuillage vert acide, et alors que j'admire le contraste des couleurs et la sévère géométrie de l'espace, mon œil repère une tache vert clair qui se déplace le long de l'allée principale. En regardant plus attentivement, je vois qu'il s'agit d'une femme, une Indienne vêtue d'un sari pantalon de la même exacte teinte que les arbustes. Elle avance à pas réguliers vers la porte coulissante marquant l'entrée de l'hôpital. J'éprouve une satisfaction incompréhensible à suivre la progression de ce point vert clair mouvant parmi les autres points vert clair fixes. J'ai presque l'impression d'observer un écran de jeu vidéo. La femme disparaît, volatilisée au contact de la porte d'entrée. Déçue, je balaie le reste du paysage du regard.

Une autre poche de végétation sur la droite retient mon attention. C'est un pré, un vrai pré, et même plutôt une jungle, vert sombre, enclose dans des murs anciens à moitié éboulés. Deux toits rouge foncé semblent flotter sur la houle serrée des herbes et des feuilles, petites bicoques habitées sans doute. Par qui ? Et comment ce jardin anachronique a-t-il fait pour continuer à exister au cœur de

Jakarta ? Je regarde directement en contrebas d'où je suis. Des toits plats cimentés, modernes, couverts d'excroissances électriques s'offrent au regard. Ils arrivent probablement à la hauteur du quatrième ou cinquième étage de mon immeuble. Si je tombais, je mourrais deux fois. Disloquée par la chute, et empalée sur les antennes. Je reste fascinée par l'idée de mon corps libre dans l'espace, par l'imagination de la brutalité du choc à l'arrivée. Je me souviens de cette célèbre photo publiée dans *Life Magazine* de cette jeune femme qui a sauté de l'Empire State Building en 1947, s'écrasant sur le toit d'une limousine. Paisiblement allongée au creux de la ferraille défoncée par l'impact, les chevilles croisées, elle est belle, étrangement sereine. Je crois que c'est cette sérénité qui m'attire, ce calme absolu de la solution définitive enfin trouvée. Je tourne les talons, effrayée par mes propres pensées. Alors que je croyais lentement sortir de la spirale noire de ma dépression, les sentiments de haine, de désespoir et de rage me tirent de nouveau vers le bas, réveillés par l'incident d'il y a quelques jours.

Edward est venu pour voir Aimée, comme tous les dimanches. Cela va changer pourtant, parce nous avons décidé que nous allons alterner la garde des weekends, à ma demande. C'est vrai, après tout, pourquoi devrais-je me priver d'avoir deux samedis soir par mois pour faire ce que je veux - sortir ou rester à la maison à pleurer et à rêvasser à ma vie future hypothétique ? Quand il est arrivé, j'étais de mauvaise humeur. Impossible de mettre le doigt sur ce qui me dérangeait, mais je sentais qu'il ne me faudrait pas grand-chose pour mettre le feu aux poudres.

J'ai questionné innocemment :

« Alors, on commence la garde alternée le weekend prochain, d'accord ? »

Il a eu l'air soulagé d'un seul coup, et a demandé :

« Donc c'est toi qui commences ? Parce que, bon, c'est possible que je fasse un petit voyage le weekend qui vient... »

Il a vu quelque chose dans mes yeux et s'est empressé de préciser :

« Je n'ai pas prévu d'y aller avec quelqu'un, si c'est ce qui t'inquiète. »

Cela a suffi pour me faire exploser.

« Tu penses vraiment que c'est nécessaire de faire ce genre de remarques ? Abstiens-toi, ça vaudra mieux. Chaque fois que tu dis ce genre de truc, ça me rappelle que je suis la femme trompée, dans tout ça, et je ne peux pas le supporter, TU COMPRENDS ? »

J'ai crié la dernière partie de la phrase, sans m'en rendre compte sur le moment, mais le volume de ma voix m'a surprise moi-même dans le silence stupéfait qui a suivi mon éclat.

Je croyais être bien détachée, mais il a suffi de ce petit mensonge de sa part pour tout faire revenir à la surface : sa trahison, le fait qu'il a une relation amoureuse sur le côté, qu'il essaie d'avoir tout, le beurre et l'argent du beurre...

Dans la dispute violente qui a suivi, je le lui ai dit, qu'il ne pouvait pas tout avoir, et ses petites visites ici avec tout le confort de la maison, et sa vie parallèle. Qu'il fallait qu'il souffre aussi, parce que c'est le lot de tout le monde. Qu'enfin, nous allions entrer dans le monde hyper-réel du divorce, son aspect sordide, ses petitesses, et surtout, que j'avais besoin qu'il sorte de ma vie, une bonne fois pour toutes. Je lui ai jeté que je n'en pouvais plus de le voir, que son visage me rappelait sans cesse l'insulte qu'il continue de me faire, toujours renouvelée, de m'avoir laissée, d'avoir blessé sa fille pour le seul bénéfice de pouvoir vivre sa vie et d'être libre. Après que nous nous sommes criés des horreurs, j'ai commandé un taxi et quitté la maison, je ne pouvais plus rester là. Je suis allée au centre commercial. C'est le seul recours que l'on ait à Jakarta, il n'y a nulle part d'autre où aller. J'ai erré un peu d'un étage à l'autre, mon cœur battait la chamade, j'étais encore gonflée de colère et de chagrin, mes pensées étaient tout en désordre, je n'arrivais pas à contrôler mes émotions. Le barrage avait cédé, et je me suis retrouvée ensevelie sous la douleur de la réalité. Tout était moche, vil, je n'avais en moi que de la haine et de la peine, et je ne savais pas quoi faire. Je me suis retrouvée sans l'avoir décidé au dernier étage, où se trouvait le cinéma ; et j'ai acheté un ticket pour le premier film qui allait commencer. Je n'ai pas fait très attention à l'intrigue, m'accrochant principalement à l'élément qui faisait écho à ma situation : le fait qu'il y avait un homme marié qui trompait sa femme, et un enfant au milieu de tout ça. J'ai compris qu'il s'agissait d'une réflexion sur l'entre-deux entre le blanc et le noir, et j'ai ri parmi mes larmes, parce qu'il n'y pas si longtemps, j'avais donné au gris le bénéfice du doute. Maintenant, c'est dans le gris exclusivement que j'évolue, et ça me tue, ça m'anéantit, le gris. Je veux du blanc ou du noir - je ne veux pas être prise dans cette brume, où l'homme qui est toujours sur le papier mon mari, qui a juré de m'être fidèle, de m'aimer et de rester à mes côtés jusqu'à la mort, cet homme-là maintenant vit une autre vie, dans laquelle je n'ai que le rôle de celle qui souffre et qui joue la mégère, parce que c'est la seule carte qu'il me reste à jouer. Je suis sortie du film dégoûtée, j'avais besoin d'un verre, besoin de me désensibiliser.

En rentrant à la maison, j'ai trouvé un mot d'Aimée m'informant qu'elle et son père étaient sortis dîner, qu'elle rentrerait vers vingt-et-une heures. J'avais trois heures avant son retour. J'ai commencé à boire, verre après verre de vin blanc, en attendant que mon cerveau s'embrume. J'ai regardé un épisode de "*Lost*" sur Itunes. J'ai pleuré quand le raft s'est éloigné. Puis je me suis retrouvée désœuvrée. Que faire maintenant ? J'étais de plus en plus ivre. J'ai enclenché le mode privé et lancé mon site porno préféré, un site français qui n'est pas bloqué par les censeurs indonésiens. Sans passion, j'ai regardé des femmes avaler des sexes géants, présenter leur anus, se contorsionner pour donner à la caméra la meilleure vue de leur visage déformé par un plaisir feint. Comme chaque fois, je me suis demandé si elles prenaient parfois vraiment leur pied. Quelle était la part de vérité là-dedans ? Cela me dérangeait de ne pas savoir. Cette idée m'a empêchée d'atteindre l'orgasme.

Après cette soirée, j'ai traîné un gros mal de tête et une tristesse insondable. Et aujourd'hui, la tentation d'en finir avec les vagues de fiel et de feu me secoue périodiquement. De retour à mon bureau, je fixe sans le voir l'écran de mon ordinateur pendant cinq bonnes minutes. Enfin, un rire dans le couloir me sort de ma torpeur, et je commence à faire le tri dans la liste de mes tâches. Le téléphone sonne à ce moment.
« Ève-Lise ? Comment ça va, c'est Clive à l'appareil ! »
Tiens. Un revenant. Une pointe d'anxiété se fait sentir au creux de ma poitrine, je ne peux en analyser la teneur.
« Clive… Vous vous êtes fait plutôt rare ces temps-ci. »
Son rire me fait du bien.

« Se faire rare, n'est-ce pas se faire désirer ? En réalité, je suis rentré aux States pendant un mois pour les fêtes et, depuis mon retour, j'ai été débordé. Et vous ? Tout va bien ? »

Je suis prise de court. Comment répondre à cette question ? Faut-il simplement mentir ?

« Il y a eu des...changements dans ma vie récemment. C'est assez compliqué. »

Il semble saisir la teneur de ma voix, et la sienne baisse d'un ton.

« Vous voulez en parler ? Je vous invite à prendre un verre ce soir. J'ai une invitation à vous soumettre de toutes façons, c'était pour ça que je vous appelais. »

« Une invitation pour quoi ? »

Son ton se fait joueur.

« Je vous le dirai devant un cocktail. Ou un verre de vin. Comme vous préférez. »

Je cède. Je peux me permettre de passer une demi-heure après le boulot avec lui, Aimée ne rentre pas avant sept heures ce soir.

« Bon, d'accord. On se retrouve à cinq heures à *Eastern Promise* ? »

C'est un pub anglais avec un vrai comptoir et une atmosphère sans prétention.

« A cinq heures, ça marche ! J'aurai un œillet rouge à la boutonnière. »

Je raccroche en souriant, mais je suis soudain déstabilisée. J'avais tiré un trait sur Clive, après le silence qui a suivi notre dernière rencontre. Et puis il y a eu l'incident avec Aimée, et la séparation d'avec Edward. J'ai presque la sensation d'être quelqu'un de différent à présent. C'est peut-être le bon moment, après tout, pour tester la nouvelle Ève-Lise, femme bientôt divorcée. Edward et moi avons rempli les papiers ensemble, le mois dernier, et tout se met doucement en place pour mon retour avec Aimée en Californie pour les six mois de résidence obligatoire afin d'obtenir le divorce. Nous partons normalement début juillet, après la fin de l'année scolaire. Edward ne cesse de demander si nous ne pouvons pas partir plus tôt, il dit qu'il voudrait vraiment que le divorce soit finalisé avant la fin de l'année, pour commencer l'année qui vient sur des bases nouvelles. Ce désir d'en finir au plus vite me blesse— c'est comme s'il n'en pouvait plus d'être mon mari. En même temps, moi non plus, je n'ai pas envie de faire traîner les choses.

A la fin de la journée, je demande à mon chauffeur de me déposer à *Eastern Promise*. Ce n'est pas très loin de mon domicile, c'est à dire dans la partie Sud de Jakarta, et il faut une bonne heure depuis le bureau pour s'y rendre. Pendant le trajet, je tourne toutes sortes d'idées dans ma tête. Je n'ai aucune envie de me lancer dans une aventure romantique, mais une nuit d'étreintes, pourquoi pas ? Cela fait si longtemps que je n'ai pas fait l'amour. Et Clive est loin d'être repoussant. Je me morigène après ces quelques instants de fantasme : c'est aller un peu vite en besogne que d'en arriver là, même en imagination. Quand j'arrive au pub, Clive est déjà là, une bière à la main et son téléphone dans l'autre, absorbé par l'écran. J'avais oublié à quel point il est beau. Il ne me voit pas arriver, et je me pose sur le haut tabouret à ses côtés, faisant en même temps signe au barman de me donner la même chose que Clive. Nous nous serrons la main - le geste semble par trop formel, et nous rions ensemble.

« Alors ! », dit-il, l'air entendu.

« Alors, quoi ? », j'essaie de répondre innocemment.

« Alors, il y a des complications dans votre vie. Votre voix est triste et vos yeux sont cernés. Dites-moi tout de suite ce qu'il en est, ce n'est pas la peine de faire des mondanités. Qu'est-ce qui vous arrive ? »

Le barman, un petit homme joufflu et moustachu comme on n'en rencontre plus guère, pose ma bière devant moi, cligne de l'œil, tourne le dos. Pourquoi le clin d'œil ? Est-ce que Clive et moi avons l'air coupable d'un couple illicite ? Il doit me prendre pour une femme cougar, et son clin d'œil indique sans doute une approbation. Je bois une gorgée - la bière est fraîche et amère, délicieuse. Clive attend patiemment, dans son attitude favorite, la main soutenant son menton, le coude sur le bar.

Je me lance.

« Bon, c'est une histoire classique. Mon mari et moi, nous nous sommes séparés il y a quelque temps. »

Il lève un sourcil, mais le reste de son visage reste neutre, comme sa voix.

« Ah. »

« Comme vous dites. »

Un petit silence s'installe, pendant lequel je pèse ce que je vais lui dire. Je ne suis pas sûre de ce qu'il faut lui révéler. J'ai peur d'en dire trop ou trop peu. Il me tend une bouée de secours.

« C'est arrivé d'un coup, ou vous l'avez vu venir ? »

« Je l'ai vu venir de loin. En fait, notre couple était en crise depuis plusieurs années, et nous avions déjà parlé de divorce il y a plusieurs mois. Mais c'étaient...des mots, un souhait dans l'abstrait. Et tout d'un coup, tout est devenu très concret. Et on a beau être "préparé", c'est quand même un choc quand ça arrive pour de vrai. »

Il me regarde toujours d'un air calme. Il attend que je continue, mais les mots ne viennent pas. Il boit sa bière, repose le verre sur le comptoir. Le groupe à côté de nous commence à parler fort et à rire. Clive se lève, m'invite du geste à le suivre, et nous allons nous asseoir à une table libre au fond de la pièce. Là, nous sommes tranquilles. Je ne sais plus quoi dire, alors je me tais, et je joue avec mon verre. C'est lui qui reprend, doucement :

« Et votre fille, comment est-ce qu'elle a réagi ? »

Je lui suis soudain éperdument reconnaissante de s'être souvenu d'Aimée. J'ai souvent besoin de parler d'elle, comme pour conjurer le malheur, comme si raconter à propos de ma fille pouvait la protéger.

« Elle voyait que nous n'étions pas bien ensemble ces derniers temps, et elle se punissait de ce dont elle n'était pas responsable en se coupant avec des lames de rasoir. Alors, vous pensez, quand il a fallu lui dire que nous allions divorcer, j'ai craint le pire. Mais en fait, elle a dit être soulagée que nous ayons pris finalement une décision, même si c'est une décision qui la déchire. »

J'avais les yeux baissés, je les lève et je suis surprise par le visage de Clive. C'est le visage de quelqu'un qui a mal, ou qui revisite une ancienne douleur.

« Clive ? Qu'est-ce que vous avez ? »

Il respire profondément, essaie de sourire mais y renonce. Puis il dit :

« J'avais seize ans quand mes parents ont divorcé. J'ai fait pas mal de bêtises moi aussi pour m'anesthésier, et aussi quelques-unes pour prendre ma revanche. »

Je suis fascinée. Le mot "revanche" m'attire et m'effraie, et je veux en savoir plus.

« Qu'est-ce que vous avez fait ? Pour la revanche ? »

Il arrache des petits morceaux de papier de son sous-verre humide, et un petit tas s'accumule à gauche de sa bière.

« Mon père est parti avec une femme beaucoup plus jeune. Il était prof d'université, prof de chinois, et une étudiante de Shanghaï est venue faire de la recherche dans son université. Il est devenu son mentor. Il est aussi devenu son amant, et il était tellement fou d'elle qu'il a quitté ma mère. Maman est morte d'un cancer du sein deux ans plus tard. »

Je suis horrifiée autant par l'histoire que par le ton nonchalant sur lequel il la raconte. Mais je ne comprends pas où est la revanche. Comme s'il lisait mes pensées, il continue.

« J'étais dégoûté par mon père. Quand j'ai eu dix-sept ans, et que ma mère a reçu son diagnostic, je me suis mis en tête que c'était le stress du divorce qui avait causé son cancer. Et j'ai voulu venger Maman. Dès que le divorce a été prononcé, il a emménagé avec sa copine et lui a promis de l'épouser. Elle avait juste huit ans de plus que moi. Je passais deux weekends par mois avec elle et mon père, et aussi certaines vacances. Elle m'a confié que mon père rencontrait quelques difficultés au lit, quelquefois. Elle était frustrée, sexuellement, mais je crois qu'elle était vraiment amoureuse de mon père…J'ai lancé une offensive de séduction très agressive, et juste avant le retour de mon père de son voyage, elle a cédé à mes avances. Il faut dire que je l'avais fait pas mal boire. »

Dans sa voix j'entends de la colère, de la honte, et peut-être du regret.

« Et comment ça s'est terminé ? »

Il ramasse les bouts de carton mouillé et les dépose tous dans le cendrier.

« Je me suis arrangé pour que mon père nous prenne en flagrant délit à son retour de voyage. Il a ouvert la porte, il nous a vus, il a tourné les talons, et je ne l'ai pas revu depuis ce jour-là. Sauf pour l'enterrement de ma mère, bien entendu. »

Il me faudrait laisser passer un moment de silence par respect, mais j'ai trop envie de savoir tout le reste.

« Et la fiancée ? »

Il rit méchamment. Je ne l'ai jamais vu avec cette expression, il me fait presque peur.

« Il lui a pardonné, et l'a épousée comme prévu. Ils ont fêté leurs quinze ans de mariage le mois dernier, et les douze ans de leur fils. »

« Ah, parce qu'ils ont… »

Je ne sais pas si je dois finir ma phrase, mais il le fait pour moi.

« Oui, ils ont eu un enfant. Mais je ne le connais pas. Je n'ai aucun contact avec eux. Mon père m'a signifié qu'une fois que j'aurais atteint les dix-huit ans, je devrais me débrouiller seul, qu'il ne voulait plus rien avoir à faire avec moi, et que je n'aurais rien à sa mort. »

Je ne sais pas quoi dire face à cette révélation. Bêtement, je demande, juste pour meubler le silence :

« Et comment avez-vous vécu ça ? »

Il me fixe, et son visage s'affaisse d'un coup.

« Mal. Mon plan a raté, puisqu'ils sont restés ensemble. J'avais espéré qu'il virerait sa fiancée avec perte et fracas, que maman le saurait, et qu'elle en aurait une certaine joie…mais elle est morte sans avoir rien su de ce qui s'était passé, en continuant à souffrir de sa trahison. Elle me manque, et j'ai l'impression d'avoir tout foiré. Quant à mon paternel, je m'en fous de ne plus lui parler. Il n'a jamais été un très bon père de toute façon. »

Nous restons un moment sans rien dire. Je pense à ce jeune homme si loyal envers sa mère, si tourmenté au sujet de son père, à son sentiment d'échec, à la double perte qu'il a subie.

Pendant plusieurs minutes, nous communions dans un silence lourd, chacun dans sa peine et ses souvenirs. Puis, le sourire de Clive revient et fait éclater la bulle.

« Si on parlait de cette proposition ? »

Je finis ma bière.

« Je suis tout ouïe. »

« Avec un groupe de copains, nous avons décidé de passer le weekend sur l'île du Tigre, Pulau Macan, une des Mille Iles au nord de Jakarta. Cela vous dirait-il de vous joindre à nous ? »

Je suis prise de court, et presque immédiatement je veux dire non, car je ne supporte pas ce genre de voyage en groupe. Je suis généralement anti-sociale, sauf avec mes vieux amis, et encore...Alors avec un groupe de gens que je ne connais ni d'Ève ni d'Adam, je crains le pire. Clive semble lire mes pensées.

« Chacun sera libre de passer du temps seul ou avec qui il souhaite. Aucune obligation de coller au groupe. Mais moi, j'aimerais que vous veniez...Vous avez besoin de vous évader un peu. »

Il m'observe, la tête penchée. Je ferme les yeux sous son regard. Sa voix se fait tentante :

« L'eau transparente, les poissons colorés...les hamacs qui se balancent, une douce brise, pas de bruit, juste le ressac... »

La proposition devient irrésistible. Je suis tellement accablée sous le rythme de Jakarta, sa pollution, ses embouteillages sans fin, ses foules incessantes, ses coups de sifflet pour aider les gens à se garer, que l'idée de partir un weekend sur une île quasi déserte a quelque chose d'hypnotique.

« Ça sera quand ? »

« Dans deux semaines. »

Cela tombe à pic, c'est le weekend d'Edward, je n'aurai pas à me préoccuper d'être là pour Aimée.

« Comment va-t-on s'organiser ? »

« Vous me donnez l'argent, je me charge du reste. Réservation du bateau, de la hutte...Tous les repas sont compris, ainsi que l'équipement pour le tuba, le kayak, tout ça. C'est une bonne affaire ! »

Quelque chose en moi soudain se réveille, une envie de folie. Je tends la main :

« Bon, d'accord ! »

Il a l'air enchanté, et me serre la main, longtemps. Nous rions bêtement tous les deux. Mon téléphone sonne à ce moment. C'est Aimée. Tout de suite, la peur me tord le ventre.

« Aimée ? Qu'est-ce qu'il y a ? »

Sa voix tremble un peu.

« Je ne sais pas, je crois que je suis malade, j'ai hyper mal au ventre, envie de vomir, mal à la tête, tout ça. Je suis presque à la maison, j'ai pris le premier bus finalement. Tu es là ? »

Je me sens instantanément coupable.

« Non, mais je ne suis pas loin. Je rentre tout de suite, et je te verrai dans un quart d'heure, d'accord ? Je vais m'occuper de toi, ma belle, ne t'en fais pas. C'est sans doute juste un petit virus. »
Quelques secondes plus tard, je mets fin à la conversation, je fouille dans mon sac pour chercher quelques billets, mais Clive pose la main sur mon bras.
« Laissez tomber, c'est pour moi. Rentrez chez vous, maman poule ! »
Je me force à sourire. D'un seul coup, plus rien ne compte qu'Aimée. Il pourrait me confesser son amour éternel à ce moment, je m'en foutrais. Gentiment, il me pousse vers la porte.
« Je vous enverrai un mail avec les détails pour le voyage, pas de souci ! À bientôt... »

Le bateau sent la naphtaline. C'est parce qu'en Indonésie, il y a des boules de naphtaline dans presque toutes les toilettes pour absorber les odeurs. Comme quelqu'un vient juste de sortir du petit cabinet, les effluves se répandent. C'est une odeur à laquelle je ne m'habitue pas, à chaque fois qu'elle heurte mes narines, j'en ai un haut-le-corps. Le voyage jusqu'à l'île dure deux heures environ, et miracle des miracles, nous sommes partis presque à l'heure, malgré la cohue du départ depuis le port de plaisance du nord de Jakarta nommé *Ancol* ce matin. Je suis maintenant assise assez confortablement à côté d'une des deux Allemandes en couple, l'une toute fine et l'autre assez costaude, la cinquantaine bien entamée pour les deux. Elles murmurent en allemand et, parfois, la plus forte caresse le bras mince de sa compagne, comme pour souligner ses mots.

Le bateau ne dessert que l'île du Tigre, donc tous les passagers en sont les hôtes. Outre les Allemandes, il y a une famille d'Indonésiens d'ethnicité chinoise : jeunes parents d'un bébé joufflu et grand-mère qui a l'air d'avoir le mal de mer. C'est elle qui ne cesse de se lever pour aller aux toilettes et nous faire profiter de la douce senteur de naphtaline. Et bien entendu, il y a notre groupe, le groupe des amis de Clive dont je suis. Nous sommes sept en tout, quatre garçons et trois filles. Je suis, et de loin, la plus âgée du groupe. Si l'on compte l'ensemble des passagers, je me place après la grand-mère et les lesbiennes allemandes. Cela ne me réconforte guère. Notre groupe comprend des Européens, Clive et moi qui sommes Américains, et deux Indonésiens. Il y a majoritairement des enseignants, mais l'un des garçons, Budi, est le prof de *pancak silat* de Clive (c'est un art martial spécifique à l'Indonésie), et l'une des filles est la petite amie du garçon néerlandais qui est ici avec une bourse de recherche, afin de documenter un dialecte en voie de disparition au centre de l'île Java. L'autre fille, Marla, est écossaise, en vacances dans la région, et a rencontré Clive par hasard dans un bar. Ils ont sympathisé et il l'a invitée à se joindre à l'excursion. Le groupe est sympathique, tous ne se connaissent pas, ce qui me rassure. Je n'ai pas l'impression d'être une pièce rapportée. Clive, assis devant moi, se retourne et me sourit. Ce n'est pas la peine d'essayer de parler, le moteur du bateau hurle, et nous ne pourrions pas nous entendre de toute façon. Il porte une casquette un peu ridicule, mais il n'a pas l'air de se soucier de son apparence. Ses vêtements du jour, un short long de style cargo, un tee-shirt aux couleurs passées, et des tongs, lui donnent une allure juvénile.

Après un temps qui me semble aussi long que reposant, nous ralentissons, le bruit décroît, et nous nous amarrons le long d'une jetée en bois qui a connu des jours meilleurs. Le paysage est splendide - devant nous, une île minuscule et verdoyante, à quelques encablures, une autre île encore plus petite, et tout autour, la mer. Soudain, nous n'entendons que le silence et le vent dans les palmiers, puis l'animatrice sur la jetée nous crie de la suivre. Nous attrapons nos sacs et marchons en file indienne le long de la jetée, puis sur le chemin sableux qui sinue entre les arbres, jusqu'à une grande hutte ouverte sur les côtés, où se trouvent des tables, des chaises, des sofas élimés mais d'apparence confortable, et tout au fond, une table de billard. Des ventilateurs au plafond brassent un air salé. Un grand panneau au mur explique la structure du weekend et les règles générales de cet éco-séjour, mais Lisa, l'animatrice australienne, nous les rappelle néanmoins. Elle nous distribue ensuite la clé de nos huttes respectives avec une petite carte indiquant comment s'y rendre. Il est clair que, vu la taille réduite de l'île, et le fait qu'il n'y a qu'un seul sentier majeur qui en fait le tour, il sera impossible de se perdre. Elle nous indique que le déjeuner sera servi à treize heures, et que nous avons donc le temps d'aller poser nos affaires et explorer un peu. Je me dirige vers ma hutte. D'après la carte, elle doit se cacher derrière les douches centrales - trois douches rustiques sous un toit de paille, où cliquettent des geckos.

Je la trouve enfin, modeste, en bois, et meublée de façon très rudimentaire. Ce sera suffisant. Il y a un ventilateur, des moustiquaires et une lampe à abat-jour en rotin. Je découvre qu'il est aussi possible de sortir sur une terrasse grande comme un timbre poste, mais qui offre une vue superbe sur l'île d'en face. Elle s'enorgueillit d'une chaise longue, et je m'empresse de m'y installer, laissant mon corps s'abandonner au plaisir de se trouver dehors, dans l'air chaud et la brise complice, avec juste le clapotement des vaguelettes qui viennent explorer le rivage devant ma hutte. Clive avait raison, c'est le paradis !

Du coup, je m'endors. L'animatrice me réveille en frappant fort à ma porte, pour annoncer que le déjeuner est servi. Dans la grande hutte, tout le monde meurt de faim, et l'atmosphère est joyeuse. Les assiettes débordent de riz et de poisson fraîchement grillé, généreusement couverts de sauce au piment. Nous nous asseyons pour manger en groupe. L'animatrice nous désigne une autre hutte ouverte un peu à l'écart, au bord de l'eau. Il y a là des canapés, des tables basses, un bar, et de la musique tout à fait contemporaine. On nous annonce que pour l'alcool, c'est là qu'il faut demander, mais bien sûr la facture n'est pas incluse dans le prix. Immédiatement, trois personnes de notre groupe se lèvent, embarquent leurs assiettes et vont s'installer là-bas. Il est clair qu'ils ont l'intention de commencer à boire dès à présent. Après le déjeuner, apparemment, un bateau est prévu pour nous emmener faire le tour de l'île et explorer des bons endroits pour la plongée avec tuba, mais si nous préférons le faire seul, il y a des kayaks et du matériel à disposition près de l'embarcadère. L'île-sœur peut être rejointe à la nage ou en kayak, et il y a là-bas, selon Lisa, de très beaux fonds marins avec une variété exceptionnelle de poissons. Et bien sûr, il y a des hamacs ici et là sur l'île, à la disposition de qui le veut. Je décide de passer l'après-midi seule et d'aller sur l'île voisine en kayak pour faire un peu de tuba et de farniente sur la plage. Clive a l'air un peu déçu que je ne vienne pas avec le groupe pour l'excursion en bateau, mais il me dit qu'il comprend mon besoin de solitude.

Cette après-midi est un délice. La mer est calme, j'avance facilement avec mon kayak, dans un silence serein. L'île devant moi semble m'envoyer un message d'accueil, ouvrant son croissant de plage blanche à mon arrivée. Je tire mon kayak sur le sable, sors mon équipement de tuba et ma serviette. L'eau n'est pas froide, et dès que je plonge, des poissons curieux viennent jusqu'à mon visage. Je flotte par-dessus une étoile de mer bleue énorme ; un poisson Tang jaune passe en flèche, et une flottille de petits poissons argentés au corps marqué d'une bande rouge néon obscurcit une seconde mon champ visuel. Je reste fascinée par ce monde inconnu, dérivant lentement au fil de mes explorations. Un groupe de gros poissons sans signe distinctif fouille les coraux, et je jure que j'entends le son sec de leur bouche frapper à répétition les interstices riches en particules nutritives. Quand je sors la tête de l'eau un bon moment plus tard, je suis assez loin de la plage, et je dois nager pour y retourner. Un moment de panique me prend, quand je réalise que je suis entièrement seule et que s'il m'arrivait quelque chose, personne ne serait là pour venir à mon secours. Mais déjà j'ai rejoint le sable, et je m'écroule sur ma serviette. Ma tête est vide, lavée par l'eau salée et l'heureuse béatitude de l'observation sous-marine. Le soleil tape dur et je couvre ma tête de mes avant-bras, savourant le plaisir de n'être qu'un corps, un cœur battant parmi tous les autres cœurs, ceux des poissons, ceux des animaux, celui, secret, des arbres et des plantes autour de moi. Je m'endors doucement, alors que le soleil chemine dans le ciel et que l'ombre projetée par les feuilles au-dessus de moi finit par couvrir mon visage. C'est le bruit du bateau revenant de l'excursion et s'amarrant à l'embarcadère de l'île en face qui me réveille. Je m'assieds, observe les passagers qui descendent du bateau, volubiles et excités. Je n'arrive pas à distinguer Clive dans le groupe. Comme des moustiques presque invisibles, les pensées, qui, par chance, étaient jusque-là restées informulées, surgissent et commencent à tourner dans ma tête. Et si ce soir...Pour y échapper, je rassemble toutes mes affaires et retourne lentement vers l'île du Tigre, pagayant au ralenti, essayant de retrouver la sérénité qui avait marqué l'aller. Après la douche et une tentative ratée de lecture dans un hamac près de ma tanière, je me rabats sur la hutte principale et son jeu de fléchettes. L'endroit est désert, et mes fléchettes s'enfoncent dans le liège avec un bruit sourd, suivi d'un claquement sonore, lorsque la cible rebondit sur le pilier en bois où elle est accrochée. Petit à petit, les gens arrivent. C'est bientôt l'heure du dîner. Clive et deux de ses amis, le Néerlandais et sa copine indonésienne, viennent se joindre à mon jeu. Nous sommes tous très mauvais, et les Allemandes nous impressionnent, quand elles décident de nous montrer comment on y joue vraiment.

Le ciel s'obscurcit soudain, et l'animatrice nous appelle depuis le bar de la hutte, d'où on a la meilleure vue sur le soleil couchant. L'atmosphère est conviviale, je me laisse persuader facilement de prendre un mojito, et la musique, quoi que trop forte à mon goût, ajoute un je ne sais quoi à la beauté du crépuscule. Quand le dîner est servi sur une longue table montée exprès près du bar, Clive s'assied naturellement à côté de moi. Nous partageons tous amicalement nos expériences de l'après-midi. La famille indonésienne a participé à l'excursion, laissant le bébé avec la grand-mère, et le jeune couple semble bien intégré au groupe, bien que leur anglais soit limité. Le bébé est là sur les genoux de sa mère, et tout le monde est sous son charme. Contrairement à mes craintes, le dîner est donc facile, la conversation légère. Il fait nuit noire quand nous finissons le dîner, mais il est encore tôt. La famille indonésienne s'excuse et va se coucher, et les Allemandes vont s'installer au creux d'un divan, chacune avec un livre à la main, et commencent à lire, les jambes de l'une recouvrant les jambes de l'autre. Le couple de notre groupe discute encore un peu, puis s'éloigne, sans doute pour entamer un épisode amoureux en plein air dans un coin discret de l'île. Nous sommes donc cinq à la grande table, et à la demande de Gus, l'ami anglais de Clive, le barman nous amène un pichet rempli à ras bord d'une mixture, dont Gus nous explique qu'il s'agit d'un punch fabriqué avec de l'arak qu'il a acheté à Bali. L'arak est une liqueur âcre à base de sève de palmier, qu'on boit souvent adoucie avec du jus d'orange ou du miel et du citron vert. Elle est utilisée à Bali dans les cérémonies religieuses, et mène non pas à l'ivresse, mais à une sorte d'euphorie et de sentiment d'irréalité utile pour entrer en transe. Selon la légende, nous confie Gus, alors qu'il arrange sur la table un jeu de Trivial Pursuit et que nous commençons à boire, à Bali, celui ou celle qui abuse de l'arak prend le risque de recevoir pendant son sommeil la visite de *Rangda*, la démoniaque, qui incarne le mal dans la danse du *barong*. Le sentiment d'irréalité se fait sentir, pour moi, au bout d'une heure environ, et quatre verres d'arak. Nous sommes tous très gais et un peu partis. Nous rions beaucoup en jouant, et parfois je ne sais pas pourquoi je ris. A un moment, je remarque que Clive a passé son bras autour de mes épaules et que je m'appuie contre lui, et c'est l'un de mes derniers souvenirs clairs.

    Au milieu de la nuit, le tonnerre me réveille en sursaut. Je suis dans mon lit, la moustiquaire est tirée et le ventilateur tourne au maximum. Je manque de repères, abasourdie par l'alcool, et les éclairs à répétition me désorientent encore plus. Dans l'obscurité, les craquements de l'orage semblent assourdissants. Je veux rester éveillée, mais le sommeil m'engloutit, et je me rends compte que je rêve d'un arbre vivant. C'est un ficus aux racines aériennes qui flottent comme des cheveux déments, et qui viennent vers moi comme des menaces. Les blessures du tronc forment un visage tordu par la cruauté. Je reste paralysée devant l'immense corps qui craque soudain et se met à tomber sur moi. Le visage mauvais s'approche, les branches m'accrochent et me serrent. Je me réveille en sursaut et mets dix bonnes minutes à me souvenir où je suis et à calmer mon cœur qui bat la chamade. Plus tard, je me rendors, et quand je me réveille, l'orage a cessé. Quand je sors sur la mini-terrasse, je suis mouillée par une pluie fine. Le silence est lourd et seulement ponctué par le tambourinement léger des gouttes sur les larges feuilles et sur le toit de la hutte. Je respire profondément et fouille ma mémoire. Que s'est-il passé hier soir? Je ne me souviens de rien, hormis le cauchemar. C'est le noir complet. Pourtant, quelque part, je sens que quelque chose cherche à remonter à la surface. Sous la douche, je me maudis, car c'était le soir ou jamais si je voulais enfin sortir de mon célibat. Et voilà que j'ai trop bu, et sans doute sombré dans le sommeil à table. Qui donc m'a ramenée à ma hutte ? C'est probablement Clive. Il faut que je le cherche. Je n'en ai pas besoin, car il est devant ma porte, quand je retourne sous la pluie chez moi, les cheveux encore enroulés dans une serviette.

« Bien dormi ? » lance-t-il d'une voix enjouée qui sonne faux.

« Tu parles ! »

Je l'invite à entrer. Il se pose sur le bord du lit. J'arrache la serviette de ma tête et je me mets à peigner mes cheveux devant la petite glace ronde pendue derrière la porte.

« Qu'est-ce qu'il s'est passé hier soir ? Je ne me souviens de rien. »

Dans la glace, je peux voir qu'il sourit, discrètement.

« Nous avons tous un peu trop bu, je pense. A un moment, Marla s'est endormie, et Gus l'a aidée à aller s'allonger sur un canapé, et il est resté avec elle. Budi a voulu aller nager, et toi et moi, nous l'avons convaincu d'aller plutôt prendre une douche. D'ailleurs, nous l'avons accompagné, parce qu'il ne tenait plus très bien sur ses jambes... »

Je me retourne. Je n'ai aucun souvenir de tout ça.

« C'est vrai ? J'étais consciente et tout ? Je n'ai aucun souvenir de ce que tu dis. »

Il secoue la tête.

« Gus m'a dit que ça arrive quelquefois avec l'arak. Ça peut causer une sorte d'amnésie, comme un roofie naturel. »

A ce moment, je ne sais pourquoi, soudain une image surgit : je suis en train d'embrasser quelqu'un à pleine bouche, quelqu'un qui gémit mon nom. Mais l'image est fugace et m'échappe, alors que j'essaie de la préciser. Mais mon sixième sens a déjà compris, et fait passer le message à mon cerveau : il s'est bel et bien passé quelque chose, et d'après ce que me dit Clive, par élimination cela ne peut être qu'avec lui. Je le regarde droit dans les yeux, et il semble se troubler.

« Je ne suis pas sûre...est-ce que nous nous sommes embrassés ? »

Il baisse les yeux, hoche la tête. Je m'assieds près de lui, découragée. Bien la peine ! Après tous ces fantasmes, ces espoirs, après des années sans un baiser correct, j'embrasse quelqu'un qui me plaît, mais je ne m'en souviens pas. Quelle plaisanterie du destin...

Clive me raconte brièvement ce qui s'est passé.

« Après que nous avons aidé Budi à prendre sa douche, comme tu étais mouillée, tu as voulu revenir ici et te changer. Tu m'as plus ou moins attaqué quand nous sommes entrés, mais tu t'es endormie comme une masse avant que... »

Je sens la honte lentement monter dans ma gorge. Je n'ose pas le regarder.

« Écoute, je suis désolée, c'est l'arak, tu comprends, sinon je n'aurais pas agi comme ça... »

Il relève mon menton, me regarde gentiment, sourit.

« Tu sais, j'avais espéré qu'on ferait l'amour ce weekend. C'est juste dommage que, et d'une, tu n'aies pas été dans ton état normal, et de deux, que tu ne te souviennes pas de la façon dont nous nous sommes embrassés… C'était fantastique. »

Il se penche et pose légèrement sa bouche sur la mienne. Bizarrement, je ne ressens rien.

Puis il se lève et ouvre la porte.

« Je te laisse finir de te préparer. Tu viens au petit déjeuner ? »

J'acquiesce. Mon cœur est lourd. Il est parti, et je sais déjà qu'il n'y aura rien de plus entre nous. Les dieux balinais m'ont joué un mauvais tour. Je comprends maintenant que c'est *Rangda* qui est venue me rendre visite dans mon rêve cauchemardesque, pour me narguer sans doute et me mettre face à mon inaptitude. Car en réalité et surtout, c'est contre moi-même que je suis furieuse, parce que si je n'avais pas bu autant de cette maudite liqueur, tout se serait passé différemment, et j'aurais au moins un souvenir du tonnerre à ramener de ce weekend. Je me prends à imaginer ce que ce serait que de faire l'amour avec Clive, et du coup cela m'enrage encore plus d'avoir raté ma chance. Il me vient des visions de ma solitude à venir, je me vois vieillir et finir abandonnée de tous, mourant à l'hospice, avec comme dernier souvenir de romance une vague réminiscence de mon baiser à l'arak... J'en pleurerais. Et puis, parce que la nature humaine est ainsi faite, je me secoue, essayant de me persuader que ma vie n'est pas finie, que je suis encore relativement jeune, et que peut-être l'amour, le vrai, me guette quelque part dans un coin de mon avenir.

CHAPITRE IX

Jakarta et Kalimantan, mai 2017

L'avion de la compagnie Garuda atterrit un peu rudement sur la piste de l'aéroport de Pontianak, sur l'ile de Kalimantan. A côté de moi, Indah s'affaire avec son sac, rangeant le dossier qu'elle a consulté sur ses genoux pendant le vol. Juste avant d'arriver, nous avons un peu parlé du projet et des détails logistiques, mais la conversation a été brève et pleine de silences tendus. Depuis que je suis au courant de sa liaison avec Edward, nous avons du mal à travailler ensemble. Il est presque insupportable pour moi de la regarder, et entendre sa voix me hérisse le poil. Plusieurs fois, j'ai hésité à aller voir le grand patron pour expliquer la situation et demander à ne plus être forcée de travailler avec elle, mais à chaque fois j'ai reculé. La vérité, c'est que je ne veux pas parler de la situation à quelqu'un d'extérieur, c'est comme une fierté personnelle qui me retient, la peur d'être jugée, prise en pitié peut-être. Et puis je ne veux pas que la situation d'Edward soit compromise, ni sa réputation salie. Du moins, c'est ce que j'aime à me dire, car en réalité j'ai des fantasmes de revanche, où je crie sur les toits sa trahison et sa duplicité comme une déesse vengeresse. Cependant, je m'efforce d'enfouir ces sentiments et de présenter au monde un visage impassible. Comme Edward et moi ne nous parlons plus, même lorsque nous nous croisons au travail, j'ai dû dire à mes plus proches collaborateurs que nous avions quelques problèmes de couple, mais je n'ai pas élaboré. Cependant, garder cette rage et ma tristesse rentrées n'est sans doute pas idéal du point de vue de ma santé émotionnelle, comme me l'a fait remarquer Byron encore récemment.

C'est drôle comme nous sommes devenus proches, Byron et moi. Après cette nuit en décembre, où je suis impulsivement allée le voir, nous nous sommes rencontrés par hasard plusieurs fois à la piscine, où juste après qu'Edward fut parti, j'allais souvent nager sous l'eau. Le besoin de m'immerger complètement, de ne rien entendre, de glisser juste sous la surface était impérieux. Quand nous nous trouvions ensemble à la piscine, nous échangions généralement quelques mots anodins, accoudés au rebord, les jambes flottant derrière nous. Cependant, un soir où je devais avoir l'air particulièrement anéantie, peu après qu'Edward a quitté la maison, il a fini par me dire sans préambule :
« Tu sais que tu peux toujours venir boire un verre de scotch chez moi quand ça ne va pas. »
J'ai hoché la tête, les yeux remplis de larmes devant cette main tendue, et sans réfléchir, je m'y suis accrochée, comme une noyée à une bouée.
« Je peux venir ce soir ? Tu seras là ? »
« Bien sûr. »

En allant dire bonsoir à Aimée, à la fin de la soirée, je lui ai indiqué que j'allais passer une heure environ chez Byron, mais que j'aurais mon portable et qu'elle pourrait m'appeler, si elle avait besoin de moi. Elle m'a regardé d'un air suspicieux.
« Tu sors avec lui ? »
Son ton était franchement hostile. J'ai été choquée.
« Mais enfin, pas du tout ! Pourquoi tu dis ça ? »
Elle a haussé les épaules avec froideur.
« Peut-être que tu as envie de te venger. »

J'ai respiré profondément. Il fallait désamorcer la situation, et vite. Je me rendais compte que sa réaction venait de sa souffrance, et il s'agissait de la rassurer.

« Je te promets que je ne suis pas attirée par Byron et qu'il n'y a rien entre nous. J'ai juste besoin de parler avec quelqu'un qui sait bien écouter. Quelqu'un d'adulte. Un ami. Tu comprends ? »

Elle a soudain eu l'air contrit.

« Pardon, maman. Après ce qui s'est passé, j'ai vraiment besoin que tu sois droite et honnête. Ça me foutrait en l'air, si tu sortais avec quelqu'un maintenant. »

Je l'ai embrassée.

« Il n'en est pas question, ma chérie. Ne t'en fais pas. »

Et bien entendu, le souvenir du fiasco de mon weekend à l'île du Tigre avec Clive m'est revenu en mémoire. Si elle savait…Un peu plus tard, je suis arrivée chez Byron. Tout était exactement comme la première fois où j'étais venue : les petites lampes qui brillent ici et là, l'ordinateur allumé, un verre de whisky sur la table basse, la fontaine qui ruisselait. Je me suis avachie dans le fauteuil comme avant, et sans me demander si j'en voulais, il m'a apporté un whisky, puis s'est assis sur le canapé. Nous avions déjà nos petites habitudes.

Il n'y est pas allé par quatre chemins.

« Cela fait un bon moment que je n'ai pas vu votre mari. Il est parti ? »

Le coup m'a atteint en pleine poitrine. C'était la première fois que j'entendais les mots prononcés par un tiers et, d'un seul coup, la réalité s'est abattue sur moi, aveuglante, implacable. La gorge nouée, je n'ai pu que hocher affirmativement de la tête. Byron m'a regardée sans rien dire, attendant que je parle. La technique a marché – j'ai pris une grande respiration et j'ai lâché :

« Fin février. Il est parti vivre dans un appartement près du centre de Jakarta. »

La voix de Byron est restée neutre.

« Vous voulez en parler ? »

Les mots que j'ai alors prononcés m'ont semblé irréels. Je me suis rendu compte que c'était la première fois que je les disais à voix haute.

« Il est tombé amoureux d'une Indonésienne et veut demander le divorce le plus vite possible. Voilà. »

Le silence a plané. Byron s'est penché et a posé une main légère sur mon épaule, la laissant là pendant ce qui m'a semblé durer une bonne minute. J'ai fermé les yeux, tout absorbée par la brûlure au cœur que de m'entendre dire ces mots avait causée. La douleur était intense, remplissait toute ma cage thoracique, attaquait ma gorge, semblait monter jusqu'à mon cerveau. J'ai ouvert les yeux et secoué la tête pour reprendre le contrôle. J'ai attrapé mon verre de whisky et en ai bu une bonne gorgée. Quand j'ai repris la parole, ma voix a résonné plus fort que prévu.

« Nous étions mariés depuis plus de vingt ans. Notre couple battait de l'aile depuis un bon moment, mais je ne pensais pas que ça allait finir comme ça…si vite… »

Byron s'est penché, a ouvert une boîte en bois au couvercle très orné et en a sorti un mince cigare. Il me l'a tendu, j'ai fait non de la tête, et ses sourcils se sont levés comme pour demander si cela me dérangeait qu'il fume. Je n'ai rien dit, et il a allumé son cigarillo, sans rien dire non plus. Regarder ses gestes, lents mais précis, pour ce rituel de l'allumage du cigare me faisait du bien. L'odeur était assez plaisante. Il a tiré sur l'extrémité du cigare, a soufflé la fumée au plafond en s'enfonçant dans son fauteuil, et demandé :

« Qu'est-ce qu'il y a en dessous de votre souffrance ? »

Je ne savais pas quoi dire. A la vérité, je ne comprenais pas bien sa question. Je l'ai tournée dans ma tête, puis comme rien ne venait, j'ai avoué mon ignorance.

« Qu'est-ce que vous voulez dire ? »

Il examine son cigare, parle sans me regarder.

« Vous êtes en souffrance, je peux le voir. Je peux imaginer votre chagrin face à l'effondrement d'un si long mariage, votre colère devant la trahison de votre mari. Mais en dessous de cela, qu'est-ce qu'il y a ? Aviez-vous l'espoir ou l'envie de sauver votre couple ? Est-ce que vous vous remettez vous-même en question, parce que votre mari est parti avec une autre femme ? »

Je suis restée stupéfaite devant sa perspicacité. Il avait mis le doigt sur les deux plus grosses blessures : bien que dans mon esprit j'aie souvent souhaité que nous divorcions, je ne ressentais pas de soulagement, juste de la douleur, principalement parce que ça ne s'était pas passé comme je l'aurais souhaité, dans la dignité et l'affection, par décision mutuelle. La réalité était sordide, et je me blâmais – c'était ma faute, j'avais été une épouse si horrible qu'il était allé chercher ailleurs ce dont il avait besoin, et je m'en voulais d'avoir causé cette situation. Si j'avais eu de la classe et du courage, c'est moi qui l'aurais quitté, avec calme, un baiser sur le front et des souhaits de bonheur dans le futur. Au lieu de ça, j'avais été une harpie hideuse, et c'est pour ça qu'il était parti avec Indah. La conséquence, c'est qu'en plus de me sentir abandonnée, j'étais jalouse, et je me détestais pour ça aussi. Et je continuais à pédaler dans mes angoisses d'identité, me posant des questions du genre : est-ce ce qu'il y a de français en moi qui a contribué à l'échec de notre mariage ? Est-ce que j'ai trop prétendu être américaine, sans l'être vraiment, ce qui m'a ôté une partie de ma personnalité, m'a rendue difficile à vivre et inintéressante ?

J'ai tenté d'expliquer ces sentiments à Byron, en petites phrases hachées. Il m'a laissé parler, levant les yeux de son whisky de temps en temps pour m'assurer de son attention. Quand j'ai eu fini, il a laissé passer un long temps de silence. La petite fontaine ruisselait toujours. Au bout d'un moment, il dit gentiment :
« Vous vous rendez compte que vous vous jugez avec une dureté extraordinaire ? Vous êtes à terre, et vous vous donnez encore des coups. Est-ce que vous traiteriez un ami, un parent de cette manière ? »
J'ai secoué la tête.
« Ce sont juste des sentiments, tout est mêlé... »
Il s'est assis au bord de son fauteuil, a posé le cigare dans un cendrier que je n'avais pas remarqué jusque-là, puis a mis ses coudes sur ses genoux et a laissé le bout de ses doigts se toucher. Il m'a regardée droit dans les yeux.
« Vous devez avoir de la compassion pour vous-même. Vous avez subi un énorme choc émotionnel. Ce n'est pas le moment d'être votre pire ennemie. Ce qu'il faut faire, c'est vous remettre, tout doucement, et quand je parle de douceur, c'est de douceur envers vous-même qu'il est question. Vous ne vous aimez pas beaucoup, on dirait ? »
Je suis partie d'un petit rire triste.
« En ce moment ou en général ? »

« En général. »

Cela me soulage de dire tout haut les mots qui me hantent depuis toujours.

« C'est vrai que je n'ai jamais pensé qu'on pouvait m'aimer. Je n'ai pas l'impression d'avoir grand-chose à offrir à qui que ce soit. »

« Mais si une de vos amies, ou sœur, ou cousine se trouvait dans votre situation aujourd'hui, vous auriez de la compassion pour elle, n'est-ce pas ? Vous feriez tout pour la réconforter, lui montrer que vous l'aimez, que sa vie n'est pas finie… »

« Bien sûr. »

« Alors pourquoi ne le faites-vous pas pour vous-même ? Au lieu de vous accuser de tous les maux, de vous punir pour ce qui est arrivé ? Pourquoi ne pas vous prendre gentiment par la main, vous offrir des mots gentils, reconnaître que c'est un coup dur, quelles que soient les circonstances, et que vous méritez de la compassion… »

L'idée me séduisait, mais il y avait un problème, dont Byron ne réalisait pas l'ampleur. Je lui explique.

« Mais c'est simplement parce que je ne sais pas comment faire ! Qu'est-ce que ça veut dire, s'aimer soi-même ? Il faudrait déjà que je sache qui je suis. J'ai l'impression de n'être rien. »

Byron a souri gentiment.

« Croyez-moi, vous êtes pleine de qualités. Vous êtes une personne très attachante ! Écoutez votre petite voix intérieure, faites-en une amie plutôt qu'un juge, et pardonnez-vous toutes les méchancetés que vous vous êtes dites à vous-même. Ce sera un bon début. Ensuite, il faudra vous donner la permission d'être parfois faible ou triste, mais aussi d'avoir des envies et des besoins. Et puis un beau jour, vous verrez que la joie reviendra... »

Il a posé ses mains sur ses genoux, puis retourné ses mains et observé ses paumes. Je les ai regardées aussi, et soudain, parce que les manches de son peignoir étaient légèrement remontées, j'ai remarqué pour la première fois sur son poignet gauche une large cicatrice inégale. Cela m'a surprise, car j'avais souvent vu Byron tout juste vêtu d'un maillot de bain, et j'aurais dû repérer cette cicatrice avant. Mais on ne fait pas toujours attention à ces choses-là, et il est possible qu'à chaque fois que nous avions discuté, appuyés côte à côte au rebord de la piscine, il ait pris la précaution de bien tenir son poignet tourné, de manière à dissimuler la cicatrice...Ce soir-là, il ne faisait rien pour la cacher. Au contraire, je crois bien qu'il faisait exprès de me la montrer. J'ai hésité, puis je me suis dit que je n'avais rien à perdre à demander des explications. J'ai désigné la cicatrice d'un index timide.

« Qu'est-ce que c'est ? »

Il a levé les yeux, m'a regardée sans cligner des paupières un moment, puis a reporté son regard sur son poignet et a passé un doigt léger sur la peau martyrisée avant de répondre.

« C'était il y a dix ans. Carole m'avait quitté parce que je buvais trop et que je faisais le con. J'ai toujours été dépressif, mais ça a été le coup de grâce. Je suis tombé dans la spirale et je me suis fait ça le soir de Noël. J'avais aussi avalé tout un tas de barbituriques, pour être sûr de ne pas me rater. »

Nous nous regardons encore. Il est inutile de dire ce qui est évident : il est toujours là. Comment se sent-on quand on a raté sa tentative de suicide ?

« Je vous raconterai plus en détail, quand vous serez dans un meilleur état d'esprit…le message important, c'est qu'après en être revenu, je me suis rendu compte que, moi non plus, je ne m'aimais pas. Et c'est seulement en faisant un vrai effort pour me connaître et m'accepter que je suis finalement sorti de ma dépression. Bien sûr, ce n'est pas facile, parce qu'il faut se regarder en face, et que parfois on voit des choses désagréables, mais il faut savoir se pardonner et avoir le courage de changer au besoin. »

Je repense à ces mots, alors que nous descendons de l'avion, Indah marchant un peu derrière moi. Depuis ce soir-là, suivant la suggestion de Byron, j'ai essayé d'être un peu plus gentille envers moi-même. En particulier j'ai tenté de ne pas me juger pour ce weekend passé avec Clive à *Pulau Macan* – à la fois pour mon envie de romance et pour le désastre que cela s'est révélé être – mais comme l'a dit Byron, c'est un travail de longue haleine. Je sais que ce sera un effort continu. Pourtant, je me dis qu'il est peut-être possible d'accélérer le processus, en particulier si j'arrive à faire face à ce qui me pèse le plus depuis la séparation, à savoir verbaliser la situation avec ma rivale, cela pourrait servir à ma guérison. Puisque Indah m'accompagne pour ce voyage, je me dis que c'est peut-être le moment ou jamais d'avoir une discussion franche avec elle. Nous n'avons en effet jamais parlé de ce qui s'est passé, et ce silence devient insupportable. Edward se tient entre nous deux, invisible mais prenant toute la place. Cela me frappe soudain qu'elle sait tout aussi bien que moi où il est en ce moment même : à la maison, avec Aimée. Pour la durée de ce petit voyage, je lui ai demandé de venir s'installer chez nous, afin qu'Aimée ne soit pas seule. Notre fille avait l'air à la fois contente et un peu anxieuse, à la perspective de passer quelques jours avec son père. Il faut dire que depuis qu'il a quitté la maison, ils ne se voient que le mercredi soir et tous les dimanches ; c'est un accord à l'amiable que nous avons établi, Edward et moi.

L'aéroport est moderne, plus que celui de Jakarta, et très spacieux. Peut-être est-ce une impression due au fait qu'il y a peu de voyageurs, et aussi que la climatisation souffle à fond, mais j'apprécie de pouvoir respirer à mon aise. Indah repère le chauffeur qui nous attend et qui sera à notre disposition pendant notre séjour. Pour le moment, direction l'hôtel pour déposer nos bagages et nous rafraîchir un peu, avant de rencontrer les partenaires locaux avec qui nous allons développer notre projet. Dans le taxi, pendant qu'Indah discute en indonésien avec le charmant jeune homme qui nous sert à la fois de chauffeur et de guide, je regarde le paysage par la fenêtre, puis les abords de la ville. Pontianak n'est pas une ville touristique, et les bâtiments qui défilent ressemblent à ceux de Jakarta, sans rien d'extraordinaire.

Bientôt, nous longeons une vaste rivière aux eaux brunes – c'est la fameuse rivière *Kapuas*, la plus longue d'Indonésie, et l'une des plus longues qu'on puisse trouver sur une île. La vie autour de la rivière grouille, fascinante. Je vois des maisons en bois sur pilotis qui semblent prêtes à chavirer dans les eaux tant elles sont penchées, des hommes tirant des charrettes à bras surchargées de marchandises, qui vont sans doute être embarquées dans l'un des vaisseaux vermoulus amarrés aux murs de ciment bordant la rivière. Un marché impromptu s'est installé près d'un embarcadère, les légumes et fruits colorés posés à terre sur des batiks extraordinairement vifs. Beaucoup de jeunes à scooter, des badauds par groupes de dix qui discutent en fumant, bref, c'est la vie à l'indonésienne qui se déroule là sur les bords du fleuve. Une fois arrivées à l'hôtel, en possession de nos clés de chambre respectives, Indah se tourne vers moi, l'air détaché :

« Vous voulez qu'on déjeune ensemble avant d'aller à la réunion ? »

Il est presque midi, et la réunion à laquelle nous devons assister n'a lieu qu'à quinze heures. J'hésite. Sans elle, il me sera beaucoup plus difficile de trouver un endroit sympa où manger. Mais je peux toujours rester à l'hôtel qui semble avoir un assez bon restaurant, d'après les odeurs qui me proviennent, alors que nous sommes à deux pas. Je regarde Indah, et ma volonté d'avoir une conversation honnête avec elle fond comme neige au soleil. Elle est si belle... Je ne peux pas m'empêcher d'imaginer Edward prenant son visage dans ses mains, plongeant son regard dans ses yeux d'un brun si riche, et posant ses lèvres sur celles, veloutées à souhait, de ma collègue. L'image me révolte, et c'est plus sèchement que je ne l'aurais voulu que je réponds.

« Non, je suis fatiguée, je vais dormir un peu. En plus, je n'ai pas très faim. On se retrouve ici à quatorze heures trente. »

Elle ne montre pas d'émotion, se contente de hocher la tête, et s'éloigne en direction du petit magasin qui vend des objets de toilette et des magazines. J'en profite lâchement pour marcher à toute vitesse vers les ascenseurs, car à présent je n'ai qu'une envie, celle de me cacher. J'ai honte de ma réaction, de ma faiblesse. Alors, de toutes ces bonnes résolutions, de cette volonté de commencer à communiquer vraiment, qu'est-ce qu'il reste ? Je m'insulte tout le temps que cela me prend pour arriver à ma chambre, et puis une fois à l'intérieur, je me retrouve désemparée. Je ne sais pas quoi faire de moi-même. Et je meurs de faim.

Je commande un sandwich au restaurant de l'hôtel et décide de faire la sieste en attendant mon repas. Je mangerai en étudiant mon dossier pour la réunion, et je me referai une beauté en vitesse, juste avant de partir.

« Ravi de vous rencontrer, Madame Cooper. »
Le Vice-Gouverneur de la province Kalimantan de l'Ouest me salue courtoisement en anglais, et me présente aux autres participants de la réunion. Il y a là le *bupati* de la zone où nous souhaitons lancer le projet; le *bupati* gère le *kebupaten*, une subdivision administrative qui est plus ou moins l'équivalent d'un département. Il y a aussi un homme rondelet et jovial, qu'on me présente comme étant le propriétaire d'une chaîne de boutiques spécialisées en textile artisanal traditionnel. Ensuite, je serre la main d'une femme de mon âge, professeure à l'École de Commerce de la plus grande université locale, et enfin je salue un jeune homme, dont la physionomie l'apparente très clairement à la tribu Dayak. Ses pommettes sont hautes et proéminentes, ses yeux allongés vers les tempes, et il porte ses longs cheveux noirs lustrés en queue de cheval. J'apprends qu'il représente l'organisation non-gouvernementale avec laquelle nous allons travailler sur ce projet, et qu'il est aussi l'un des leaders de la communauté qui nous intéresse. Il a passé un an aux États-Unis dans un programme pour entrepreneurs sociaux grâce à une bourse d'étude et, depuis son retour il y a trois ans, il aide les communautés locales à créer des micro entreprises qui ont aussi un impact social positif.

Un domestique nous sert du thé et les incontournables *lumpia* dans un service en porcelaine très délicat. Le salon où nous sommes reçues est opulent, rempli de meubles de style rococo, avec des dorures partout. C'est que nous sommes au Palais du Gouverneur, une immense bâtisse imposante et luxueuse sise au milieu d'un parc verdoyant. Après les présentations et les échanges obligatoires de cartes de visite, nous faisons un peu de petite conversation en dégustant les *lumpia.* Enfin, le Vice-Gouverneur ouvre la discussion par une question faussement innocente :

« Madame Cooper, comment vous est venue cette idée intéressante pour un projet dans notre région ?»

Je termine mon thé, repose la jolie tasse sur sa soucoupe, essuie mes lèvres, ce qui me donne le temps de remettre les phrases que j'ai préparées à l'avance bien en ordre dans mon esprit.

« Vous savez peut-être que notre compagnie conduit une partie de ses activités professionnelles à Balikpapan, dans la partie Est de l'île, et qu'elle a lancé il y a deux ans un projet de responsabilité sociale là-bas. Il s'agit d'aider les femmes veuves ou dont les maris sont handicapés à gagner leur vie en les formant à créer des objets artistiques ou utilitaires à partir de déchets industriels, principalement du plastique. Certaines de ces créations ont été exposées à la convention de l'artisanat à Jakarta et ont été reconnues comme étant particulièrement innovantes. »

Les autres participants écoutent avec attention, hochent la tête. Je poursuis.

« Le projet à Balikpapan est à présent bien établi et continue à fonctionner avec succès. Cependant, la direction de notre compagnie souhaite lancer un nouveau projet sur l'île, car il nous tient à cœur de diversifier notre soutien aux populations locales, indigènes en particulier, et pas seulement sur la partie Est de l'île. Or, en relisant le rapport du projet de Balikpapan pendant mes recherches pour un nouveau projet, j'ai commencé à penser que cette notion d'innovation était particulièrement importante, et j'ai demandé à mon assistante Indah, ici présente, de m'aider à identifier des communautés créatrices que ma société pourrait soutenir…Et c'est ainsi que nous avons appris qu'il y a dans votre *kabupaten* des femmes qui ont le projet de sauver et de dynamiser l'industrie artisanale et écologique du batik Dayak… »

Je fais une pause. Ce que j'ai dit jusqu'à présent est tout à fait vrai. En fait, c'est après ma discussion avec Aryo, le réparateur et marchand d'instruments de musique traditionnels, il y a trois mois, que j'ai commencé à étudier sérieusement la notion d'innovation dans les arts traditionnels. Mais je laisse un silence s'installer, surtout parce que j'en arrive à un moment un peu délicat de ma présentation. En effet, je ne vais pas aborder de front la raison principale pour laquelle nous souhaitons travailler avec un groupe de femmes indigènes Dayak dans cette petite communauté pas très loin de Pontianak : c'est que le gouvernement local, dont deux représentants se trouvent juste en face de moi, a accaparé leurs terres pour développer des concessions ensuite vendues à des sociétés spécialisées dans la production de l'huile de palme. Ces dernières se sont empressées de raser les *jungle rubbers* (forêts d'hévéas natifs de la région) pour planter des palmiers à huile. Les habitants du village, qui vivaient auparavant du commerce du caoutchouc récolté de l'hévéa, travaillent maintenant pour la plupart comme ouvriers agricoles dans les plantations de palmiers à huile avoisinantes et gagnent à peine de quoi subsister.

En choisissant soigneusement mes mots, j'explique :

« Ma société est enthousiasmée par l'idée qu'ont eue les femmes Dayak pour améliorer leur quotidien, tout en revitalisant un art traditionnel en voie de disparition, qui est de créer des tissus en batik avec des motifs ancestraux, mais aussi des motifs plus modernes. Et aussi le fait qu'elles comptent utiliser pour la teinture du batik des couleurs naturelles, non-toxiques et écologiques, tirées d'arbres et de plantes réintroduits dans la flore locale. »

Je fais circuler des copies des articles qu'Indah a trouvés, en dépit de mon hésitation initiale à les partager avec le *bupati* et le Vice-Gouverneur, car on trouve quelques lignes assez critiques vis-à-vis de la politique d'accaparation des terres indigènes par le gouvernement. Cependant, les articles sont informatifs, et pendant qu'ils passent de main en main, Indah en profite pour rapidement traduire les grandes lignes de ma présentation au *bupati* et au marchand de tissus qui ne parlent pas très bien l'anglais. La professeure et le jeune activiste, eux, ont très bien suivi, et je suis persuadée qu'ils veulent plus de détails, mais il faut respecter l'ordre hiérarchique et attendre que le Vice-Gouverneur ait posé ses questions d'abord, ce qui ne tarde pas.

« Donc, votre société voudrait offrir un soutien financier à ces femmes pour lancer leur projet, c'est cela ? »

« Oui, monsieur le Vice-Gouverneur, tout à fait. Nous sommes prêts à investir une somme qui reste à déterminer pour lancer le projet, acheter les matières premières, l'équipement nécessaire, etc. Mais surtout, nous souhaitons organiser le projet et en assurer la pérennité en recrutant des partenaires qui pourront garantir le succès de l'entreprise sur la durée. C'est pour cette raison que mon assistante Indah ici présente s'est mise en rapport avec ces messieurs (je désigne le jeune Dayak et le marchand) ainsi qu'avec madame (je salue la professeure de la tête.) »

Indah continue sa traduction à voix basse. Le marchand secoue la tête de haut en bas avec enthousiasme.

« Voyez-vous, ces femmes ont eu l'idée de planter des arbres et plantes dont elles tireront les teintures pour le batik dans les terres communautaires qui entourent leur village. Ainsi, une micro-industrie écologique va se développer et, en même temps, l'artisanat traditionnel du batik va renaître. Monsieur Prowano a accepté de s'associer à ce projet et d'en superviser la reforestation par des plantes et des arbres à teintures, car l'organisation qu'il représente s'intéresse aux initiatives indigènes de conversion des terres vers la reforestation. »

Le jeune Dayak sourit, et demande gentiment si cela me dérange qu'il parle en indonésien. Bien entendu, je l'encourage, et Indah vient se placer près de moi pour traduire le petit discours plein de passion dans lequel il se lance. Lui ayant parlé au téléphone plusieurs fois auparavant, je sais son profond mépris pour les sociétés de production d'huile de palme et la façon dont elles se liguent avec les gouvernements locaux pour s'approprier des terres appartenant aux communautés indigènes. Il soutient par son organisation un nombre de projets consacrés à la reforestation de zones communautaires autour des villages en plantations d'hévéas capables de produire une bonne quantité de caoutchouc, pour que les villageois n'aient pas besoin de devenir des ouvriers agricoles sur leurs propres terres. En les encourageant à redevenir des agriculteurs à part entière, il souhaite desserrer l'emprise économique que l'industrie de l'huile de palme a sur les populations Dayak de l'ouest de Kalimantan. Notre projet lui plaît beaucoup et lui permet de diversifier son soutien à son peuple ; il apportera une expertise d'arboriste précieuse pour ce petit groupe, dont il connaît en outre les coutumes et traditions.

J'écoute la traduction d'Indah, et j'essaie de suivre la conversation qui s'ensuit. Le *Bupati* semble avoir des objections, ce qui m'inquiète. Indah me chuchote qu'il veut être sûr que ce projet ne va pas à l'encontre des intérêts de la société d'huile de palme locale, qui emploie la majorité des habitants de ce village. La crainte principale de la société est la perte de main-d'œuvre à cause du développement d'une industrie indépendante secondaire.

J'interviens au moment qui me semble propice.

« Pour commencer, nous allons juste travailler avec les cinq femmes qui ont eu l'idée de ce projet. Cela va donc rester un très petit projet, qui ne risque nullement de faire compétition à la plantation locale. Et si la direction de cette société de production d'huile de palme décidait d'apporter son soutien, financier ou autre, au projet, cela leur donnerait encore plus de respectabilité, et en ferait un exemple à suivre dans d'autres localités… Je serais tout à fait prête à aller les voir pour faire une présentation sur la notion de responsabilité sociale des entreprises, si cela venait à les intéresser. »

Le Vice-Gouverneur traduit pour le *bupati*, et je vois que l'idée les séduit. Ce serait un coup fort pour la province et le *kapubaten* si un projet innovant et non-antagoniste pouvait faire la une de la presse !

La conversation s'anime. La professeure a exprimé un intérêt pour aller aider les femmes à s'organiser en une sorte de coopérative, et elle s'offre à leur donner des bases de gestion des affaires, pour que l'entreprise puisse décoller. Le marchand a déjà indiqué qu'il sera preneur de tout le batik produit, et qu'il s'engage à en faire la promotion commerciale non seulement à Pontianak, mais aussi sur les îles de Java et Sumatra, où il a des contacts. Il faudra juste faire venir un spécialiste des teintures écologiques, pour enseigner aux artisans comment extraire la couleur des plantes et l'utiliser correctement.

La réunion dure près de deux heures. A la fin, le Vice-Gouverneur et le *bupati* nous assurent de leur soutien. Nous avons discuté des aspects techniques, légaux, commerciaux de l'affaire. Demain, le *bupati* nous accompagnera au village. Eko Prawono, le jeune activiste Dayak, la professeure – Stella – et le marchand, Sigit, feront partie de la délégation. Le village est déjà prévenu et nous attend, dit le *bupati*, ayant préparé une cérémonie d'accueil traditionnellement réservée aux dignitaires. Le Vice-Gouverneur nous prête en outre un photographe officiel qui documentera la visite. Indah a déjà préparé un communiqué de presse, qu'il suffira de mettre à jour juste après la visite avec des photos et quelques ajouts. Tout semble être bien en place, et nous faisons nos adieux à tout le monde avant de reprendre le chemin de l'hôtel. Je suis remontée à bloc, pleine d'enthousiasme pour le projet, et Indah rayonne. Du coup, nous parlons de la journée de demain comme si rien ne s'était passé entre nous, retrouvant notre complicité d'avant. En arrivant à l'hôtel, elle se tourne vers moi.

« Vous voulez dîner au bord du fleuve ce soir ? Il y a un restaurant de fruit de mers très réputé, et la ville est très jolie le soir, surtout près du fleuve. »

Cette fois-ci, je ne me dérobe pas.

« Oui, ça me dit bien. A quelle heure ? »

Elle regarde sa montre, réfléchit deux secondes.

« Dix-huit heures trente dans le lobby ? C'est dans une heure. Cela nous laisse le temps de nous rafraîchir, et moi j'ai une petite course à faire avant d'aller sur les quais. »

« C'est parfait. A tout à l'heure ! »

Elle sourit et s'éloigne. Je suis épuisée tout d'un coup, et je meurs d'envie d'une bonne douche fraîche – la chaleur a été étouffante toute la journée, et les aisselles de ma veste de tailleur sont trempées. Heureusement que j'ai choisi une veste noire...

Une heure plus tard, je suis toute requinquée, j'ai enfilé une robe légère, refait mon maquillage, je me sens renaître ! Mais l'angoisse sourd au fond de mon estomac. J'essaie de rester positive, et je me dis qu'au pire, Indah et moi pourrons parler de notre visite au village demain, mais mon esprit m'emmène vers des conversations beaucoup plus périlleuses. Je me rends compte que mon cœur s'est mis à battre la chamade alors que j'arrive dans le lobby. Indah est déjà là, très élégante comme toujours dans sa robe en batik et un châle léger sur les épaules. Nous nous engouffrons dans notre voiture, qui nous dépose un quart d'heure plus tard dans le quartier *Kampung Beting.* Le chauffeur nous a expliqué en chemin que c'est une zone située à la confluence des rivières *Kapuas* et *Landak*. Récemment rénovée, elle offre des promenades au bord de l'eau et l'occasion de voir les maisons colorées qui forment le « vieux » Pontianak. En effet, on a l'impression de voyager dans le temps en marchant dans le quartier. Les maisons vermoulues mais colorées, toutes sur pilotis, surplombent des sortes de jetées qui longent les bras d'eau, enjambées par des passerelles d'apparence fragile. Le long du fleuve *Kapuas*, les structures sont plus solides, avec de larges quais en béton et des marches qui descendent jusqu'aux eaux boueuses. De nombreux esquifs sont amarrés ici et là, peints en vert, jaune ou rouge vif, et les petits bateaux à moteur et à touristes encombrent les embarcadères. Des petites lanternes peinent à illuminer la scène, ce qui contribue à créer une ambiance à la fois intime et inquiétante. La silhouette pyramidale d'une vieille mosquée se dessine dans l'arrière-plan, vaguement menaçante. Heureusement, les Indonésiens sont par nature rieurs et, autour de nous, fusent des exclamations et des rires qui allègent l'atmosphère. Les charrettes des vendeurs de rue, les *kaki lima* travaillent à plein, et les odeurs de friture flottent dans l'air. Nous flânons le long du quai, Indah m'indique du doigt une grande fresque éclatante de couleurs sur le côté d'une maison. Apparemment, le quartier est riche en art mural. Nous n'avons guère le temps de nous attarder, car nous sommes déjà arrivées au restaurant. Très vaste, grouillant de monde, et donnant directement sur le fleuve, il est ouvert sur deux côtés, de façon que les meilleures tables aient une vue soit sur l'eau, soit sur la mosquée. Indah discute avec l'hôtesse qui nous mène à une table juste au bord de l'eau, d'où l'on voit aussi le marché de nuit.

« La spécialité ici, c'est le crabe de rivière, mais ils ont toutes sortes de poissons et de crevettes. Vous venez choisir ? »

Je la suis, car je n'ai jamais encore mangé dans un restaurant où l'on choisit son poisson ou son crabe ! Au centre de l'édifice, se trouve un vaste espace rempli d'aquariums et, au sol, de profondes glacières débordant de poissons fraichement pêchés. J'examine le tout avec un grand intérêt, mais je n'ai aucune idée de ce que j'ai envie de manger. Sur les conseils de notre serveuse, je me décide finalement pour trois langoustines qu'on va me préparer grillées avec de l'ail, et un poisson dodu d'apparence sympathique, qui me sera servi entier et couvert d'une pâte pimentée. Indah reste classique et se commande un gros crabe de rivière à la sauce locale.

Nous parlons de ce quartier et de la ville de Pontianak en général en sirotant une bière et en dégustant notre dîner, qui est délicieux. A la fin de la deuxième bière, nous sommes toutes les deux plus détendues. Soudain, le téléphone d'Indah, qui est posé sur la table, se met à vibrer. Indah lui lance un regard en biais pour voir de qui vient l'appel, puis elle détourne son regard, l'air soudain gêné. Dans un éclair, je comprends que c'est Edward. Nos yeux se croisent, et je cherche confirmation.

« C'est Edward ? »

Elle ouvre la bouche, hésite. Je vois sur son visage passer la tentation de mentir, mais elle finit par me regarder en face et dit nettement :

« Oui. »

Nous y voilà. Pas besoin de se creuser la tête pour trouver une façon d'en venir à « la » conversation – l'occasion est venue d'elle-même. J'ai le cœur qui bat, mais en même temps, curieusement, je me sens assez calme. Je veux commencer par le commencement.

« Je voudrais qu'on en parle. Juste pour mettre les choses à plat, que ça ne reste pas comme ça dans l'air entre nous… »

Elle expire longuement, comme si elle avait retenu sa respiration depuis l'appel d'Edward. Elle a l'air soulagée et épuisée.

« Oui, ça me pèse, vous savez. De savoir que vous m'en voulez, que vous êtes seule avec Aimée… »

Ce n'était pas la chose à dire. Le seul fait qu'elle mentionne Aimée me remplit de rage. Quel culot ! Je respire profondément pour me calmer. Quand je parle, ma voix tremble quand même un peu.

« Oui, je vous en veux. A cause de vous, mon mariage a explosé. C'est important que vous sachiez ce que vous avez fait. Aimée a perdu son père. Elle aussi, elle lui en veut. Et moi, tous les jours, je dois vous voir, travailler avec vous, en sachant que le soir, vous allez retrouver mon mari... »

Je ne peux pas continuer. Des larmes de colère et de pure douleur commencent à me monter aux yeux, et je ne veux pas pleurer devant elle. Elle a l'air consternée, mais ses paroles sont combatives.

« Je ne vais pas m'excuser. Je sais que vous souffrez, mais c'est mon histoire d'amour à moi aussi. Edward et moi, nous n'avons pas comploté contre vous, les sentiments sont venus comme ça. »

Il y a une longue pause. Je sens qu'elle n'a pas fini de parler. En effet, elle reprend :

« Vous savez très bien que j'ai eu des problèmes moi aussi dans mon mariage. Je mérite d'être aimée par un homme comme Edward. Et lui aussi mérite d'être aimé. Il dit que vous n'avez pas su l'aimer comme il en avait besoin. »

Elle a de la passion sur son visage, et je me rends compte soudain que, plus qu'une ennemie, c'est une femme comme moi, avec des rêves et des espoirs. Puis une autre émotion prend le dessus. Je suis submergée soudain par une amertume profonde, suivie d'une vague de dégoût. Depuis la séparation, je ressens ainsi un assaut constant de sentiments disparates, que je ne peux pas contrôler et sous lesquels je me sens chanceler. Les émotions surgissent et disparaissent, comme des nuages dans un ciel changeant.

Je me reprends et secoue la tête.

« Vous ne savez rien de ma vie avec Edward, juste ce qu'il a bien voulu vous raconter. Il ne faut pas croire tout ce qu'il dit. Pour l'instant, tout est bien et beau, mais vous verrez avec le temps que ça n'est pas tout rose de vivre avec lui. »

Elle me jette un regard furieux, termine sa bière.

« Bon, c'est tout ce que vous aviez à me dire ? »

Je suis contente de voir qu'elle a du mal, elle aussi, à contrôler ses émotions. Il y a quelque chose d'autre que je veux savoir, mais je pressens que ce sera difficile d'obtenir une réponse honnête.

Allons-y.

« Je voudrais savoir qui a commencé. C'est vous ou c'est Edward ? Et c'était quand ? »

Comme prévu, elle esquive la question.

« A quoi ça vous servirait de connaître les détails ? Ce n'est pas cela, l'important. »

« Au contraire. J'ai tout un tas de scénarios dans ma tête, et ça me torture. Si je savais exactement comment ça s'est passé, peut-être aurais-je moins de cauchemars. »

Elle hausse les épaules.

« C'était mutuel. Nous nous sommes plus au premier regard la première fois. »

Cela me fait mal, car je n'ai rien vu, rien senti. Je me souviens bien de cette première rencontre, mais j'étais tellement bouchée que tout m'est passé au-dessus de la tête. J'insiste.

« Mais c'est lui qui a fait le premier pas, ou c'est vous ? »

Dès que la question a franchi mes lèvres, je la regrette. Quelle que soit la réponse, je souffrirai. Faites que ce soit elle…

« C'est lui qui m'a appelée. »

Toutes mes insécurités déferlent alors. Edward n'est donc pas un mari fidèle, séduit malgré lui par une élégante indonésienne sexy. C'est un mari qui a activement cherché l'infidélité, parce que je ne suis pas assez belle, pas assez intéressante, pas assez amoureuse... tous mes efforts depuis que j'ai promis à Byron d'être plus gentille envers moi-même sont réduits en poussière. J'ai envie de me punir. Je regarde Indah, je vois sa beauté, je me compare à elle et je me sens petite, vieille et moche. Je n'ai plus envie de parler. Je veux juste rentrer à l'hôtel et me mettre la tête sous la couverture. Du coup je me lève, pêche une liasse de billets dans mon sac, les jette sur la table.

« Je prends la voiture. Vous n'avez qu'à rentrer en taxi. »

Elle ne répond pas, et je pars sans me retourner.

Le lendemain matin, nous ne nous parlons pas, quand nous montons dans la voiture pour aller au village. Eko, l'activiste Dayak, voyage dans une autre voiture avec la professeure et le marchand. Le *bupati* prend son propre véhicule avec chauffeur. Nous allons donc arriver en procession au hameau de Tiriaku, qui se trouve à quatre heures de route. J'espère pouvoir dormir un peu en route, car j'ai passé une très mauvaise nuit, tournant et me retournant dans mon lit, de rage et de tristesse. J'ai eu une crise de larmes sur le petit matin, après laquelle je me suis profondément endormie, pour me réveiller quarante-cinq minutes plus tard au couinement de mon réveil. Indah a des cernes, elle ne doit pas avoir bien dormi non plus. Je me demande si elle a rappelé Edward pour lui faire part de notre conversation, puis je me prends à rire de ma naïveté. Bien sûr qu'elle l'a appelé ! Ils ont dû en parler longuement, ce qui ne fait que raviver ma douleur : alors qu'elle a quelqu'un avec qui partager ces moments pénibles, je suis toute seule, et je rumine et me ronge les sangs sans personne à qui me confier. Je me sens prête à sombrer encore une fois dans les eaux noires du ressentiment et du misérabilisme, alors, pour me distraire, je regarde par la fenêtre.

Nous avons déjà quitté la ville et sommes sur une autoroute des plus modernes, passant à travers une zone vaguement industrielle. Notre convoi roule à bonne allure pendant une heure environ, puis nous prenons une bretelle et cheminons sur une petite route bien goudronnée un assez long moment. La route traverse de gros villages cossus, qui finissent par s'espacer considérablement. Enfin, nous ralentissons presque au point de nous trouver à l'arrêt, ce que je ne comprends pas, jusqu'à ce que je baisse la vitre et sorte la tête par la fenêtre. C'est que nous sommes en train de nous engager sur une route non goudronnée, poudreuse, pleine de pierres et de nids de poule, qu'il est impossible de négocier à plus de vingt kilomètres à l'heure. Indah discute avec le chauffeur et finit par se tourner vers moi :

« C'est la seule route pour aller à Tiriaku. Cela va nous prendre presque deux heures. »

Je réprime un mouvement d'agacement, car nous n'avons pas le choix. La perspective de se trouver lentement secoués pendant deux heures ne me plaît guère, mais il faut en passer par là. La route longe une maigre rivière aux eaux boueuses, bordée de hautes herbes sèches. Indah glane quelques autres renseignements du chauffeur et les partage.

« Cette route n'existe que depuis dix ans. C'est quand la compagnie de production d'huile de palme s'est installée dans la région qu'elle l'a fait construire. Avant, pour aller des villages de ce district à Pontianak, le seul moyen était par la rivière. Depuis Tiriaku, cela prenait une journée et une nuit entière, et quand la rivière était basse comme en ce moment, il fallait jusqu'à trois jours pour faire le voyage. »

De l'autre côté de la route, nous voyons des champs de cassave et, de temps en temps, des parcelles forestières, dont certaines ont été défrichées par le feu. Ici et là, restent encore des souches noircies. Nous passons un village, à l'approche duquel de la volaille affolée s'affaire sur la route devant nous. Des enfants bruns tout nus au ventre rond et au visage barbouillé nous regardent passer, deux jeunes en tee-shirt déchiré, pieds nus sur un solex, nous saluent de la main, hilares. Les maisons sont plus proches des huttes, mélange de parpaings, de bois et de feuillage pour le toit, et on ne voit pas de commerces, ni de bâtiments d'allure officielle. Le chauffeur, interrogé, nous dit que Tiriaku est un village beaucoup plus gros que celui-ci, avec une église en dur, un magasin qui vend de tout, et même une école primaire. Finalement, il nous annonce que nous nous approchons de notre destination. Nous ralentissons encore – est-ce possible ? – en passant un pont de bois tout chancelant qui traverse la rivière. J'ouvre la fenêtre pour mieux voir les femmes qui font la lessive sur une espèce de jetée en bois improvisée près du pont. Assises sur les planches vermoulues, un baquet d'eau savonneuse à côté d'elles, elles trempent les vêtements dans la rivière pour les rincer. L'une d'elle porte un tee-shirt rose et un jean coupé aux genoux, mais les deux autres portent une sorte de sarong en batik laissant leurs épaules découvertes. Deux autres femmes sont carrément assises dans l'eau peu profonde, tenant de tous petits enfants nus qui s'agitent dans l'eau en piaillant de joie. Les laveuses nous font de grands sourires, et je ne peux m'empêcher d'y répondre. La route s'améliore, alors que nous avons passé le pont s'élargissant et gagnant en uniformité. Je vois qu'effectivement nous sommes dans un village conséquent, même s'il est clairement très pauvre. Des cochons noirs de petite taille se promènent partout en liberté. La plupart des maisons sont des ruines de matériaux divers assemblés à la va-vite, et perdues dans la verdure qui est partout. Nous nous arrêtons devant l'une des rares maisons en ciment, toute petite et peinte en vert vif.

Une fois extirpée du véhicule, je m'étire car la route a été rude. Je vois les passagers des autres voitures en faire autant, mais brièvement car un homme corpulent sort de la maison, accompagné de deux jeunes hommes. Nous nous réunissons autour de lui et le *bupati* fait les présentations : il s'agit du Chef du village. Les jeunes hommes sont ses fils. Il nous invite dans la maison, et nous pénétrons dans une pièce claire, sans meubles. Des nattes d'osier recouvrent le sol. Au mur, une image de Soekarno, et un crucifix. C'est toute la décoration de cette maison de chef. Nous nous asseyons en tailleur par terre, et la femme du Chef, toute ronde et souriante, nous sert du thé tiède et des beignets salés plats. L'ordre hiérarchique prévaut – le *bupati* parle d'abord et remercie le Chef de son hospitalité, à la fois dans sa maison et dans son village. Le Chef du village se répand ensuite en remerciements, et nous offre un petit historique du patelin. Nous apprenons que les ancêtres sont arrivés dans la région vers 1900 et ont construit une « long house » typique de la culture Dayak dans une vallée voisine, avant de s'installer dans divers villages excentrés. Puis viennent de longues explications sur les difficultés rencontrées par les fermiers locaux. Indah traduit du mieux qu'elle peut, mais il parle vite et dans un style alambiqué, qui tente d'éviter toute critique directe du gouvernement. Ensuite, Eko pose quelques questions sur la situation de la forêt communale et des parcelles individuelles. Le fils aîné du Chef lui répond, et nous apprenons que c'est lui qui a entendu parler le premier des initiatives soutenues par l'organisation d'Eko pour relancer la culture de l'hévéa, et qui a créé une association de jeunes fermiers pour suivre l'exemple du village voisin, Loncek, qui s'est lancé dans l'aventure. Ici à Tiriaku, il nous explique que ce sont les jeunes et les femmes qui ont donné l'impulsion.

Les jeunes sont enthousiasmés par l'idée de cultiver des hévéas de qualité dans la forêt communale, tandis que les femmes ont décidé de faire revivre l'industrie du batik, mais avec des teintures naturelles. Le marchand se lance dans la conversation, tandis que la professeure écoute et pose quelques questions. Enfin, c'est à mon tour de prendre la parole. Je vais faire un discours « officiel » dans un moment devant le village tout entier, mais il est approprié d'honorer le Chef de remarques individuelles. C'est moi qui tiens les ficelles de la bourse, après tout, et sans le soutien financier de ma compagnie, l'entreprise serait beaucoup plus difficile. Il écoute mon petit discours en hochant la tête, me remercie chaudement à la fin, et nous serre la main à tous. Le photographe du Gouverneur mitraille toute la scène. Enfin, nous sortons de la maison. On sent de l'excitation dans l'air. Eko m'informe que nous allons avoir droit à une réception d'accueil traditionnelle et que, comme invitée d'honneur, j'aurai un rôle symbolique à jouer. Il monte avec Indah et moi dans notre voiture pour parcourir les trois cents mètres qui nous séparent de l'église, laquelle tient lieu d'espace de réception. Eko va me servir d'interprète culturel pour le reste de la journée, et je suis ravie d'en savoir grâce à lui un peu plus sur les coutumes fascinantes de la vaste tribu Dayak. En chemin, il me montre un énorme arbre tout tordu, sous lequel sont installés une vieille table de pique-nique en bois et des bancs. Je m'attends à ce qu'il me dise que l'arbre abrite un esprit ancestral ou quelque chose dans ce genre, mais il me surprend avec ce qui pourrait passer pour une version moderne de l'arbre-esprit :

« C'est l'arbre-internet », me dit-il. J'apprends que c'est le seul endroit du village ou il est possible d'avoir, à certains moments, une connexion internet ; les jeunes s'y rassemblent à toute heure, et c'est devenu le cœur battant du village, me confie-t-il.

Enfin nous arrivons à l'église. C'est en réalité un bâtiment long et bas, peint en jaune et vert, situé en haut d'une petite côte, où se pressent des dizaines de villageois. Au bas de la côte, sont plantés deux poteaux qui forment une entrée. Une guirlande de petits drapeaux multicolores a été tendue entre les deux poteaux, ce qui donne à l'ensemble un air festif. En sortant des voitures, sur le parking improvisé à deux pas de cette entrée, nous entendons des percussions au rythme étrange, qui mélangent des sons métalliques à ceux, plus classiques, des tambours de peau. Nous nous approchons de l'entrée, et le son des tambours s'amplifie. Deux jeunes hommes à la peau dorée, remarquablement musclés, le torse imberbe sous un sorte de gilet court tout brodé sans manches, se tiennent de chaque côté de l'entrée. Ils sont vêtus en outre d'une sorte de pagne qui laisse voir leurs longues jambes et portent une coiffe traditionnelle brodée sur la tête, ainsi qu'un poignard courbe à la ceinture. Ils s'emparent du tronc d'un jeune bambou de circonférence modeste et le tiennent horizontalement, chacun a un bout, comme une barrière symbolique. Les tambours se mettent à battre follement, et des exclamations s'élèvent, alors que trois danseurs apparaissent devant l'église. Vêtus de branchages, on dirait des arbres en mouvement. Ils dessinent des figures complexes en se dirigeant vers nous. Eko m'explique :

« Ils représentent les esprits de la forêt, et avant toute chose, il faut les apaiser, sinon ils vont nous jouer des tours... »

Les enfants dans l'assistance sont à la fois ravis et terrorisés, quand les hommes-arbres font mine de s'approcher deux. Soudain, un shaman apparaît. C'est un vieil homme tout ridé, vêtu très simplement, qui brandit un long bâton orné de rubans et de plumes en psalmodiant des invocations mélodieuses. Il a une espèce de besace à la ceinture, d'où il tire une poudre qu'il lance vers les arbres dansants ; ceux-ci tournent sur eux-mêmes plusieurs fois, avant de reculer et de s'éloigner en rythme. Les spectateurs s'exclament et applaudissent. Le shaman se tourne vers nous et déverse un flot de paroles, qu'Eko me traduit succinctement.

« Maintenant c'est à vous de prouver que vous êtes dignes d'entrer dans l'espace sacré qu'il a créé avec la bénédiction des esprits de la forêt. »
Tout le monde me regarde. Du coin de la bouche, je m'enquiers :
« Et comment je fais ça ? »

La réponse me vient très vite. Un autre beau jeune homme musclé vient d'apparaître, portant devant lui un large couteau, avec respect, comme un cadeau. Eko me dit que c'est un *mandau*, une arme sacrée traditionnelle, et que je dois m'en servir pour sectionner le bambou, qui nous bloque l'entrée. Je tends les mains, et le jeune guerrier y dépose le couteau en s'inclinant légèrement. Je suis surprise par le poids du poignard que j'agrippe fermement, lève bien haut et abats de toutes mes forces sur le bambou, qui rebondit sous le choc. La lame ne l'a même pas entamé, et les villageois autour rient de toutes leurs dents, enchantés de ma maladresse. Je m'y reprends à trois fois avant de faire une toute petite entaille dans le bois. Eko finit par m'aider et finalement le bambou craque et se sépare en deux morceaux. Les exclamations sont assourdissantes. Notre petite délégation s'engage dans la large allée, le shaman vient nous jeter de sa poudre magique au visage, et trois jeunes et belles danseuses Dayak, magnifiquement vêtues d'atours traditionnels aux motifs noirs, jaunes et rouges, nous accompagnent jusqu'à l'église en dansant légèrement, avec beaucoup de dignité, au rythme des tambours. Les trois jeunes guerriers se joignent à elle et nous font une escorte très plaisante.

L'intérieur de l'église est juste un grand rectangle avec un autel à un bout. Ce dernier a été repoussé contre le mur et un podium le remplace. Sur une énorme banderole en plastique s'étalent, en lettres colorées de trente centimètres de haut, nos noms et ceux des entités que nous représentons. Une rangée de sièges confortables a été préparée pour les dignitaires, agrémentée de tables basses couvertes de bouteilles d'eau et de friandises. Les villageois se pressent derrière nous et remplissent très vite tout l'espace libre. Ils s'assoient directement par terre, de très bonne humeur. Ceux qui n'ont pas pu entrer se pressent aux nombreuses fenêtres qui n'ont pas de vitre, juste de fines grilles-moustiquaires. La chaleur est étouffante. Finalement, tout le monde est installé, et le Chef du village monte sur le podium, s'empare du micro et se lance dans un discours d'accueil dont, je ne comprends que quelques mots. Cela dure, puis nous avons droit à une danse traditionnelle exécutée par les trois jeunes filles et les jeunes guerriers. Les musiciens se servent d'instruments traditionnels, que j'observe avec intérêt. La danse est fascinante, pleine de gravité et de grâce à la fois, et c'est un interlude magique que j'apprécie beaucoup, sans bien le comprendre. Eko me murmure des explications que je ne saisis pas très bien, une histoire d'oiseau capturé puis relâché, car la chaleur m'engourdit le cerveau. Je sais qu'ensuite viendront les discours - ceux du *Bupati*, d'Eko, et le mien. Le *Bupati* s'éternise, Eko reste heureusement bref, et je limite mes remarques, traduites par Indah, à un minimum.

L'assemblée écoute tout avec une attention captivée, et applaudit à tout rompre après chaque discours. Quand tout est fini, le Chef du village reprend le micro et présente les cinq femmes qui sont à l'origine du projet. Assises au premier rang, elles se lèvent tour à tour et nous saluent timidement. Il est clair que tout le village est fier d'elles, car elles reçoivent chacune une véritable ovation. Enfin, la partie officielle de la cérémonie est terminée, et commence l'incontournable session de photos. Les Indonésiens adorent poser et prendre des photos, et je me rends compte que les Dayak n'échappent pas à la règle. Parmi une myriade de clichés, je pose avec les trois jeunes guerriers, car je sais qu'Agathe sera enchantée par ce portrait. Vingt bonnes minutes plus tard, les villageois commencent enfin à partir, car nous allons maintenant converser avec les cinq héroïnes et mettre en place les grandes lignes du programme.

Nous nous retrouvons assis par terre avec cinq femmes dont la plus jeune a peut-être trente ans et la plus âgée, soixante-dix. Elles ont toutes les cheveux tirés en arrière, deux d'entre elles arborent un sourire où manquent plusieurs dents, mais elles portent toutes des tee-shirts et des sarongs d'une propreté immaculée. Ibu Toto, la cinquantaine digne, semble mener le groupe. Son visage est à peine marqué par l'âge, mais on lit dans ses yeux une grande expérience de la vie. J'essaie mon indonésien balbutiant avec elle, et elle m'écoute avec gentillesse, tandis que les autres s'esclaffent sans se cacher. La vieille dame en particulier semble beaucoup divertie par mes efforts linguistiques et elle est secouée de spasmes qui font redoubler les rires de ses compagnes. Je finis par abandonner, et Ibu Toto passe son bras autour de mes épaules et me serre contre elle avec un sourire chaleureux qui me fait me sentir acceptée malgré tout. Je remarque que ses yeux restent tristes en dépit de son sourire.

Elle parle et tout le monde se tait pour l'écouter. Indah me traduit ses paroles.

« Ibu Sita a soixante et onze ans. C'est elle principalement qui a la garde des motifs de notre batik. Son mari est mort il y a dix ans, et elle vit avec son fils et sa belle-fille, Ibu Dinah (elle désigne une femme quadragénaire). Ibu Maria a cinquante neuf ans. Elle travaille actuellement à la plantation de palmiers à huile. Elle a quatre enfants qui habitent dans les villages alentours. Ibu Restu a trente-trois ans, c'est la benjamine du groupe. Elle a terminé le lycée et aurait pu aller à l'université à Pontianak, mais sa mère est décédée, et elle a préféré rester au village pour s'occuper de ses jeunes frères et soeurs. » Quant à Ibu Toto elle-même, j'apprends qu'elle a quarante huit ans, qu'elle a perdu sa fille unique et son mari dans un accident de voiture il y a deux ans, et que, depuis cette tragédie, elle s'occupe des jeunes du village en plus de son travail de comptable à la plantation. Elle donne des cours de soutien en lecture pour les plus jeunes, et en mathématiques pour les adolescents. C'est aussi elle qui a eu l'idée de faire revivre le batik traditionnel, qu'elle a appris de sa mère et sa grand-mère, toutes les deux artisans de grand talent.

Je voudrais en savoir plus sur cette femme remarquable – comment se fait-il qu'elle ait reçu une éducation allant au-delà du minimum requis pour les femmes de son âge au village, comment a-t-elle fait pour survivre après l'accident qui a coûté la vie à ceux qu'elle aimait? A ce moment de mes réflexions, Ibu Sita dit quelque chose, et le groupe part d'un grand éclat de rire. Je regarde ces femmes qui, en dépit d'une vie clairement difficile, adorent rire. Cet aspect de la personnalité des Indonésiens m'a déjà frappée. Rien ne peut les empêcher de plaisanter et de rire, les malheurs et les tragédies semblent ne pas avoir de prise sur leur bonne humeur. Je me doute bien qu'il doit s'agir là d'un mécanisme de défense psychologique, mais j'admire tout de même cette capacité à présenter au monde un visage souriant dans les circonstances les plus éprouvantes. Ibu Toto est la plus réservée de toutes, mais maintenant que je connais son histoire, j'admire sa dignité et sa force vitale. Je ne peux même pas imaginer comment on peut survivre à une tragédie telle que celle qui l'a frappée. Alors qu'elle nous mène à l'atelier de batik situé juste derrière l'église et qu'elle nous explique leur projet en chemin, je l'observe et je vois la passion dans ses yeux, j'entends la conviction dans sa voix, et je comprends. Elle a mis tout ce qui lui restait d'énergie à construire cette petite communauté, à la soutenir en encourageant les jeunes du village à créer une coopérative agricole et maintenant, elle prend à bras-le-corps le problème de la transmission de l'héritage culturel avec le projet de batik écolo. Son enthousiasme est contagieux, de telle sorte que le misérable atelier où nous nous trouvons se trouve transformé par le pouvoir de sa vision. Je ne vois plus le toit en tôle ondulée percé de trous, ni les fissures dans les murs en rude béton, je ne sens plus la chaleur étouffante, ni l'odeur écoeurante de la cire fondue sur les petits réchauds.

Je vois ce qu'elle décrit et ce qu'Indah traduit : un atelier bien aéré, avec des réserves de pans de coton et de soie de bonne qualité sur lesquels les ouvrières dessinent des motifs traditionnels mystérieux et superbes, des cuves neuves pour la teinture à base de plantes bio, des listes de commande et un registre de production maintenus scrupuleusement par les ouvrières formées à cet aspect de la gestion de l'affaire. Et ce qui lui tient le plus à cœur, nous explique-t-elle, ce sont les leçons hebdomadaires qu'elles comptent donner aux petites filles du village, pour leur transmettre l'art et la technique du batik. D'après elle, après un an ou deux d'apprentissage, la nouvelle génération pourra commencer à participer à la production, sur les motifs les plus simples. Mais elle espère aussi que ces jeunes imaginations produiront de nouveaux motifs, insufflant une nouvelle vie à la ligne de batik bio qu'elle envisage. D'un geste presque imperceptible, elle désigne un carré de tissu dans un cadre soigneusement accroché au mur Nord. Je m'approche et admire le motif, qui ressemble à des racines, ou peut-être une main très stylisée, décorée de triangles noirs couvrant la deuxième phalange des doigts. L'image, sur fond indigo, est puissante et belle. Je suis la seule à regarder ce cadre, car le reste de notre petite délégation est absorbé par la visite des lieux et discute avec les artistes, qui montrent des exemples de leur travail. Ibu Toto se rapproche de moi, et je sens Indah légèrement en retrait, mais attentive pour pouvoir traduire.

« Ce motif est inspiré des tatouages traditionnels que les tisseuses de *ikat* Dayak se faisaient faire sur les mains pour indiquer leur expertise. C'est un motif qui s'appelle *song irang*, ce qui veut dire pousse de bambou, et il représente le lien entre la fertilité et la vie des plantes qui vivent et meurent comme les humains... »

Je touche légèrement le cadre du doigt.

« C'est très imaginatif de créer un motif pour batik qui fait référence à une tradition de tatouage dayak liée au tissage. Et cette représentation stylisée de la main et du motif, c'est un lien parfait entre la tradition et la modernité...c'est vous, Ibu Toto, qui l'avez imaginée ? »

Je la regarde et vois ses yeux s'assombrir.

« Non, c'est ma fille. Elle était enthousiasmée par l'idée de faire revivre le batik au village. Elle était très fière de descendre de maîtresses tisseuses, et elle avait souvent admiré les tatouages sur la main de son arrière-grand-mère. Elle savait que ces tatouages voulaient dire que son aïeule était capable de créer des motifs sur *ikat* d'une puissance spirituelle exceptionnelle. Ma grand-mère était la seule du village à pouvoir tisser des *pua kumbu* – ce sont les ikats qu'on utilise pour délimiter l'enclos sacré réservé au shaman pour certains rituels. Ma mère aussi était une tisseuse d'*ikat* très connue, car dans notre culture nous héritons les pouvoirs de création de mère en fille, et nous nous passons les motifs de mère en fille également. Ma mère m'a passé certains motifs avant de mourir, mais pas tous. Ibu Sita est la seule personne du village qui connaisse tous les motifs sacrés qu'elle a hérités elle aussi de sa mère, tisseuse dans le village d'à côté. »

Je veux en savoir plus sur cet aspect sacré et matrilinéaire du *ikat* dans la culture Dayak. Indah traduit ma question à Ibu Toto, qui sourit comme pour dire qu'il faudrait beaucoup plus de temps que nous n'en avons pour couvrir le sujet.

« De tout temps, pour les Dayak, tisser un *pua* était une entreprise spirituelle et même quelquefois dangereuse ! C'est parce que la tisseuse doit être en contact avec les esprits pour pouvoir créer un *pua* efficace, étant donné que certains motifs ont des pouvoirs mystiques. La tisseuse prend des risques, si elle s'approche trop près du monde des esprits en tissant ces motifs. C'est pour cela que les tisseuses utilisent toutes des talismans pour se protéger. Elles n'ont pas toujours à reproduire des motifs traditionnels, elles peuvent aussi inventer des motifs – d'ailleurs les esprits aiment bien voir des motifs nouveaux –, mais elles doivent attendre d'être inspirées dans leurs rêves. Et alors, une fois qu'elles ont rêvé un nouveau motif, elles en sont propriétaires, et elles seules peuvent l'utiliser. A moins, bien sûr, qu'elles n'acceptent de le partager avec une autre tisseuse, mais alors celle qui « emprunte » le motif doit faire une offrande aux esprits, car sinon, ils peuvent penser qu'elle a « volé » un motif et se mettre très en colère...

Je suis fascinée par cette forme toute particulière de propriété intellectuelle. Mais soudain, j'ai une question.

« Vous avez dit que les tisseuses se passent les motifs de mère en fille ? Est-ce que les filles doivent aussi faire une offrande pour un motif qu'elles ont hérité de leur mère ? »

« Non, le motif leur appartient à part entière, si leur mère le leur a donné. C'est pour cela que ce motif ici que vous regardez me rend triste. C'est un motif magnifique qui vient de ma grand-mère, je l'ai passé à ma fille et elle l'a stylisé et embelli, mais personne ne peut le copier, parce que ma fille est morte avant d'avoir une fille à qui le transmettre... »

Je reste muette. Tout à coup, je suis submergée par l'émotion. Ce carré de tissu dans son humble cadre, avec son motif si beau, si sobrement élégant, représente l'immensité de la perte qui a frappé non seulement Ibu Toto, mais aussi la communauté tout entière. Je vois dans ce cadre la tragédie d'une vie abruptement écourtée, un potentiel qui restera sans suite. Je pense à Aimée, et soudain je ne peux m'empêcher de prendre Ibu Toto dans mes bras. Je me sens pleine d'amour et de compassion envers elle, et je la serre comme une sœur contre moi. Elle me rend mon étreinte, je sens son émotion et son cœur qui bat contre le mien.

Indah intervient, alors que nous nous détachons l'une de l'autre, un peu gênées.

« Ibu Toto, est-ce que toutes ces traditions s'appliquent seulement au *ikat* ou aussi au batik ? »

Ibu Toto fronce légèrement les sourcils, comme si elle n'avait pas pensé à cela avant.

« Je suppose que cela dépend des motifs. Pour les motifs sacrés, certainement les règles s'appliquent. Pour les motifs nouveaux, je ne sais pas... »

Je comprends où Indah veut en venir.

« Par exemple, est-ce que vous accepterez seulement les nouveaux motifs inspirés par les esprits en rêve ? Ou est-ce que vous allez encourager les ouvrières à utiliser leur propre imagination ? »

Ibu Toto réfléchit.

« C'est vrai que ce motif-là, celui de ma fille, elle l'a reçu de sa grand-mère, mais elle y a aussi consciemment travaillé et transformé. Il lui appartient, mais il n'est pas sacré... »

Indah et moi nous regardons, et c'est à moi, l'étrangère, qu'il revient de souffler la suggestion anathème.

« Alors, puisque les règles de transmission ne s'appliquent pas vraiment, si vous le vouliez, vous pourriez réutiliser son motif, et même le commercialiser...ce serait une façon d'immortaliser la créativité de votre fille. Elle ne mérite pas de rester ici, enfermée dans un cadre sur le mur de votre petit atelier. »

Je vois sur le visage d'Ibu Toto que l'idée fait son chemin, mais je ne veux pas insister. Nous avons planté la graine, et il faut à présent la laisser germer.

Dans un coin de l'atelier, la professeure d'économie est en grande discussion avec les ouvrières, à qui elle explique les bases de la gestion d'entreprise. Maintenant que je sais qu'Ibu Toto est comptable, je ne m'inquiète plus vraiment de la gestion financière du projet. Il sera entre de bonnes mains ! Le commerçant de batik examine les tissus déjà dessinés à la main par les artistes. Les motifs sont complexes et magistralement exécutés. Ibu Restu lui enseigne qu'avec la subtilité des couleurs tirées des arbres qui vont être plantés à cet effet, les motifs ressortiront encore plus. Il approuve de la tête.

Cela nous mène à la visite de la parcelle, où vont être plantés ces arbres et arbustes. Eko nous éduque en chemin : les couleurs obtenues seront vives mais non criardes, jaune, rouge, rose, vert, en contraste à la fois avec les couleurs chimiques presque néon qu'on rencontre dans le batik d'autres régions, et avec les tonalités sombres du batik de Java.

« Pour les motifs, explique Restu, nous conserverons les motifs traditionnels de notre culture, comme les boucliers de bois gravés en relief, et l'image des *calao* bicornes avec leur bec pointu et recourbé. Mais nous avons aussi parlé de dessiner des fleurs stylisées, et même des bateaux et des maisons traditionnelles. »

Pour arriver à la parcelle, il faut sortir du village, longer la route pendant une centaine de mètres, puis s'engager sur un sentier à peine tracé, qui traverse les champs de cassave avant de se jeter dans la forêt. Plus on s'enfonce dans la forêt, plus le sentier se dégrade. À un moment, là où le sol ressemble à une sorte de tourbe humide, il est nécessaire de marcher environ cinquante mètres sur des troncs d'arbres étroits qui forment un chemin. Les moustiques s'en donnent à cœur joie. Notre groupe s'étire, alors que certains ont du mal à maintenir leur équilibre sur les troncs. Enfin, nous arrivons à la parcelle. Elle a déjà été défrichée, il n'y a donc pas grand-chose à voir, mais elle est de bonne taille avec une bonne exposition. La surprise, c'est que nous voyons une dizaine de jeunes hévéas, minces comme des bambous, prêts à être plantés à l'orée de la parcelle.

Une fois que nous sommes enfin tous là, le fils du Chef du village qui a mené le groupe, arbore un grand sourire et nous donne la clé du mystère.
« Nous honorons les visiteurs en leur faisant planter à chacun un hévéa dans cette partie communautaire de notre forêt. Chaque arbre porte une plaque gravée avec le type d'arbre et son numéro de registre, et on grave à la main le nom de la personne qui l'a planté, avec la date. Comme cela, il y aura toujours un peu de votre esprit dans cette forêt... »
Je trouve le geste très touchant. Eko me révèle que c'est en fait une coutume très ancienne dans la culture Dayak, qui aime à célébrer l'interrelation entre les humains et la vie végétale. Nous retroussons nos manches et nous nous mettons au travail. Les trous ont déjà été

préparés dans le sol riche de la forêt, nous n'avons qu'à donner quelques coups de pelle pour la forme et le rituel. Puis nous plaçons nos arbres, chacun ayant choisi le sien, dans son nouvel habitat. Alors que je tasse la terre autour de la base du tronc de mon hévéa, je me sens remplie de respect, et j'ai un peu l'impression de sentir la présence bienveillante des esprits de la forêt. Quand tous les arbres sont plantés, le shaman qui est arrivé entre-temps fait une courte invocation, lève les bras au ciel, et la cérémonie est terminée. Il est temps de rentrer à Pontianak, la route est longue, et il est déjà trois heures de l'après-midi. Nous faisons des adieux émus à nos nouvelles amies. Ibu Toto et moi, nous nous sourions longuement en nous regardant dans les yeux et en nous tenant les mains. Il passe un courant d'amitié très fort entre nous, et bien que nous ne puissions échanger que quelques mots, nous nous comprenons parfaitement. Les autres membres de la délégation serrent de multiples mains, et finalement, nous remontons dans nos voitures respectives pour reprendre le chemin de Pontianak. La journée a été si animée et si riche en émotions, passée dans une chaleur tellement humide et suffocante, que le silence et la fraicheur de la voiture nous semblent une bénédiction du ciel. Nous nous trouvons soudain épuisées, et restons une bonne demi-heure sans rien dire, ballotées par les nids-de-poule, dans une torpeur heureuse, les yeux mi-clos.

Je continue à penser à Ibu Toto, à sa souffrance, à sa dignité, à la façon courageuse dont elle a fait face à l'épreuve que le destin lui a envoyée. Et je me sens soudain honteuse de m'être si souvent apitoyée sur moi-même, pendant les moments difficiles de mon mariage. Je repense à mes jérémiades plaintives suite au départ d'Edward. De quoi est-ce que je me plains ? Mon mari m'a quittée, mais au moins il est toujours vivant, et ma fille aussi. En repensant à Aimée, à ce qu'elle aussi a vécu comme souffrances depuis que nous sommes ici en Indonésie, son mal-être, son désespoir devant l'écroulement de sa famille, je me reproche de ne pas avoir été là suffisamment pour elle, perdue que j'étais dans ma rage et mon chagrin, et dans mes escapades imaginaires avec Clive. Les larmes me montent aux yeux, je les essuie machinalement. Soudain, je sens la main d'Indah sur mon avant-bras.

« Ça ne va pas ? » Elle me regarde avec sollicitude, sa gentillesse rayonne vers moi. Indah également a été impressionnée par Ibu Toto, j'ai pu le voir dans son attitude respectueuse envers cette dernière. Toutes les trois nous sommes femmes, et comme toutes les femmes, nous avons les mêmes besoins, les mêmes peurs, les mêmes désirs. Soudain consciente de cette communauté dont nous faisons partie, j'ai honte ne n'avoir su que juger, critiquer, et rejeter Indah. Je vois bien que j'ai échoué à transcender la blessure de mon ego, face au fait que c'est elle qu'Edward a choisi. Tout ça me semble stupide tout à coup, et j'ai envie de lui dire que je l'aime bien, Indah, au fond, et que cette histoire entre nous ne remet pas notre amitié en question. Mais les mots ne sortent pas. Tout ce que je peux faire, c'est de poser ma main sur la sienne et de la tapoter, en esquissant un faible sourire. J'espère qu'elle lit dans mes yeux que je ne lui en veux plus, que tout va bien, et j'ai l'impression qu'elle comprend. Elle retourne sa main et serre la mienne, très fort, avant de la retirer doucement et de tourner la tête pour regarder par la fenêtre. Je me mouche avec bruit, et nous rentrons sur Pontianak chacune perdue dans nos pensées, mais unies toutes les deux dans une complicité tacite.

CHAPITRE X

Singapour, juin 2017

Couchée sur le dos dans l'herbe, les yeux à demi fermés, Aimée observe la lueur douce qui émane du tronc des gigantesques arbres électriques, dont les corolles métalliques s'ouvrent majestueusement au-dessus de nos têtes. Entièrement recouverts de plantes où vivent oiseaux et insectes, ces arbres futuristes sont également dotés de panneaux solaires qui emmagasinent l'énergie du soleil pendant la journée. La nuit, grâce à l'électricité ainsi produite, les arbres et les plantes sont illuminés et créent une forêt féérique. Nous nous trouvons aux *Gardens by the Bay* de Singapour, où nous sommes venues passer un weekend de trois jours pour échapper un peu au chaos et à l'atmosphère suffocante de Jakarta. Il fait également très chaud à Singapour, mais on y respire mieux. La vie y paraît plus sereine, plus riche aussi, il faut bien le dire. Ce soir, nous profitons pleinement de la joie de nous sentir soudain en vacances, dans ce jardin parfaitement agencé et maintenu, où se mêlent arbres artificiels disparaissant sous la végétation et nature réelle, foisonnante et odorante. L'air chaud est chargé d'effluves végétaux qui passent lentement comme un courant paresseux où l'on reconnaît jasmin, rose, musc. Des groupes de visiteurs sillonnent les allées en discutant, qui à voix contenue, qui avec des éclats sonores. Certains, comme nous, se sont posés sur les pelouses pour profiter du spectacle de la nuit singapourienne, illuminée doucement par les arbres cyborg.

« Tu sais à quoi ils me font penser, ces arbres ? » demande Aimée soudainement.

Je suis dans une espèce de transe, incapable de détacher mon regard de la corolle de l'arbre sous lequel nous nous trouvons, où semble battre un cœur bleuté faiblement lumineux.

« Non, à quoi ? »

« Aux arbres-treillis du Getty Center. Tu ne trouves pas ? »

Elle a tout à fait raison. Il y a au musée Getty à Brentwood, un quartier chic de Los Angeles, un jardin spectaculaire, où nous aimons beaucoup déambuler. L'on y trouve plusieurs structures construites avec des barres d'armatures, assemblées verticalement pour former une sorte de tronc creux, et qui s'évasent en corolle au sommet. Les jardiniers ont planté à l'intérieur de ces "arbres" de métal des bougainvillées fuchsia, qui jaillissent au niveau de la corolle et dégringolent joyeusement sur les côtés.

« Oui, mais les arbres du Getty sont comme des ancêtres par rapport à ceux-là…tellement archaïques, pas un poil de technologie ! C'est un peu comme des grands-parents péquenots qu'on aime bien, mais dont on a un peu honte en public… »

Aimée a un petit rire, puis elle redevient sérieuse. Son silence me force à descendre de la corolle bleutée, où mon esprit s'était perché.

« Ça va ? Qu'est-ce qui te tracasse ? »

Son silence se prolonge, mais je sens maintenant que c'est le prélude à une confession importante, le moment-charnière, où l'on vacille sur l'extrême bout du plongeoir avant de se jeter à l'eau. Il ne faut rien forcer, retenir son souffle, ne pas l'effaroucher. Au bout d'un temps qui me semble absurdement long, elle se lance.

« J'ai vraiment hâte de retourner à Los Angeles. »

Nous n'avons pas encore vraiment beaucoup parlé de notre retour aux États-Unis. Il y a eu une conversation avec Edward, où nous avons posé les bases du futur : lui resterait ici en Indonésie, moi et Aimée rentrerions à Los Angeles, où les lois de la Californie imposent que l'on réside pendant six mois, avant de pouvoir faire une demande de divorce. Je trouverais un job là-bas, Aimée retournerait au lycée, nous louerions un petit appartement, et dans six mois nous entamerions la procédure de divorce. Dans un avenir pas si lointain, un an tout au plus, notre couple et notre famille n'existeraient plus. C'était une pensée étrange, à la fois irréelle et dérangeante dans son inexorabilité, et je croyais que c'était à cause de cette finalité que jusqu'à présent Aimée n'avait pas voulu parler du retour à Los Angeles. J'allais avoir une surprise.

« Ah bon ? Qu'est-ce qui te donne envie de revenir ? »

Le silence d'Aimée change de registre, s'allégeant d'un coup. Le cou toujours innocemment tourné vers mon arbre bleu, je lui jette un coup d'œil à la dérobée. Un sourire furtif éclaire son visage qui se trouve nimbé de rose, éclairé par un arbre adjacent couleur berlingot.

« Matt… »

Il me faut un instant de fouille frénétique dans mes souvenirs pour me rappeler qui est Matt. C'est le guitariste que nous avons rencontré en mars lors du festival Java Jazz.

« Tu es restée en contact avec lui ? »

J'essaie de garder ma voix neutre, mais j'exulte intérieurement. Ainsi, le lamentable exemple qu'Edward et moi lui avons donné ne l'a pas complètement dégoûtée de l'amour ! S'il était là, je l'embrasserais bien, ce fil de fer de Matt.

« Ben oui, on s'écrit sur Facebook… »

J'ai envie d'en savoir plus, mais avec Aimée, il faut toujours avancer prudemment. Je ne suis pas sûre qu'elle ait vraiment envie de parler de cette romance naissante, mais le simple fait qu'elle me l'ait révélée compte. Je la regarde sans me cacher cette fois. Un petit sourire flotte sur ses lèvres, et ses yeux sont rêveurs. Cela me fait plaisir de la voir ainsi. J'entoure ses épaules de mon bras, et je pousse ma tête contre la sienne, comme un chat.

« Je suis contente pour toi. »

Elle frotte son front contre le mien. Nous restons quelques instants ainsi, remplies d'un calme heureux, dans la chaude nuit de Singapour, sous l'illumination des arbres complices. Le retour à l'hôtel, en flânant paresseusement le long de Clark's Quay, parmi les foules joyeuses et parfois bruyantes, est délicieux. Nous croisons un concert en plein air sur l'esplanade en face de la fameuse et hideuse fontaine *Merlion*, qui combine la tête d'un lion et le corps d'une sirène, et crache à longueur de journée de longs flots d'eau marine tirée de la baie. L'atmosphère est festive, des gens dansent sur la terrasse, située au sommet de l'hôtel futuriste perché comme un vaisseau spatial sur de hautes tours scintillantes. Nous traversons lentement le pont hélicoïdal, bras dessus-dessous, regardant tout autour. Nous savourons le plaisir d'être à Singapour. J'ai la bizarre impression d'être comme en vacances chez une tante très ordonnée. Soudain, il me semble que je n'ai plus besoin d'être l'adulte qui essaie d'ordonner le chaos inhérent à la vie, et que je peux me laisser aller à être prise en charge. Il y a des règles ici, on est loin de l'anarchie qui règne à Jakarta, dans la ville et dans la vie des gens.

J'ai souvent eu l'impression, là-bas, qu'il y prédomine une sorte d'ambiance délétère capable de pourrir subrepticement l'esprit le plus sain, le plus candide. C'est un espace où la notion d'attitude morale n'existe pas, où l'on peut justifier toutes les actions, même les plus méprisables, où il faut sans cesse faire le choix de la moralité. Ici à Singapour, il semble qu'il n'y ait pas de choix. Comme chez la tante un peu pète-sec, on sait d'instinct qu'il n'y a qu'une façon de se comporter, et c'est de suivre les règles. Je ne sais pas comment l'expliquer, mais en tout cas pour moi et dans ma situation particulière, c'est libératoire. Je suppose que par-dessus tout, cette sensation d'être prise en charge à Singapour me donne l'espoir d'un retour à la normalité, comme un reflet doré surnageant sur la grosse pile d'excrément qu'est devenue ma vie. Je veux m'appuyer de toutes mes forces sur cet espoir, comme je continue à évoquer ce moment vécu il y a quelques mois à Bali, où j'ai eu cette fulgurante vision d'un avenir, dans lequel je serais seule et heureuse, et non plus enfermée dans un mariage sans amour. Un jour, ma vie sera de nouveau normale. J'émergerai victorieuse du marécage, comme le lotus qui croît dans la vase et ouvre, au-dessus des effluves nauséabonds de l'eau croupie, une corolle joyeuse et pure tournée vers le soleil.

Ce matin, nous sommes à *Books, Actually*, une librairie qu'un ami nous a recommandée. Nous avons traversé, pour nous y rendre, un quartier cossu et ensommeillé, monté des marches menant à un jardin qui, bien que public, donnait l'impression d'être secret, tant le chemin sinuait entre les arbres et les buissons touffus et odorants. Redescendues de l'autre côté de la petite colline, nous avons déboulé sur une avenue de taille modeste, quasi déserte, au bout de laquelle se trouvait la librairie. Mon ami me l'avait décrite comme étant un lieu original et accueillant, avec un chat amical et habituellement endormi entre deux livres sur une étagère, une sélection d'ouvrages inhabituelle, une petite pièce dans le fond où sont exposés des objets bizarres et amusants... Et un excellent café adjacent, pour savourer une pâtisserie en lisant ses acquisitions. Aimée et moi passons une bonne heure à feuilleter et à lire certains passages des romans exposés, à caresser le chat venu nous dire un petit bonjour, à nous montrer mutuellement les trésors découverts dans la petite pièce du fond. Il y a peu de clients à cette heure, juste un jeune couple qui rit beaucoup sous cape et se taquine, se chatouille, de manière très agaçante, mais qui ne reste pas très longtemps. Et arrivée une demi-heure après nous, une femme de mon âge, peut-être deux ou trois ans de plus que moi, mais il est possible que ce soient ses cheveux argentés, qui lui donnent une impression d'être plus âgée. Son visage n'est pas très marqué, et je suis frappée par des yeux d'un vert clair étonnant, lorsque nous tendons toutes les deux la main vers le même livre et que nos regards se rencontrent. Elle sourit, d'un sourire qui illumine tout son visage et me remplit, je ne sais pourquoi, de paix. Elle part avant nous après avoir acheté deux livres, mais nous la retrouvons au café d'à côté, où elle s'est installée à l'une des trois tables qui meublent l'espace minuscule. La terrasse est grande comme un mouchoir de poche ; Aimée va s'y cacher avec son portable après avoir obtenu le mot de passe de la wifi – je suspecte qu'elle va écrire à Matt... Je prends une gorgée de mon cappuccino et me plonge dans le roman que j'ai choisi un peu au hasard, car c'est un auteur singapourien que je ne connais pas, mais les deux premières pages m'avaient intriguée par l'atmosphère oppressante qui en émanait. Quand je sors la tête de mon bouquin, un peu plus tard, je vois que la femme aux cheveux argent me regarde attentivement. Nous nous sourions. Soudain elle se lève, attrape sa tasse, et vient s'asseoir à ma table en demandant pour la forme :

« Je peux me joindre à vous ? »

Elle est culottée, et cela me plaît. Elle se présente, me serrant la main. Elle est américaine.

« Marina. C'est une bonne librairie, non ? J'y viens chaque fois que je suis à Singapour. »

« Pour nous, c'est la première fois. A Singapour et à la librairie. »

« Vous êtes en vacances avec votre fille ? » Elle me regarde par-dessus le bord de sa tasse, et bien que sa question soit anodine, le ton neutre, et le regard calme, soudain j'ai le besoin impérieux de tout lâcher, de me livrer. C'est un moment très bizarre. Je ne connais cette femme ni d'Eve ni d'Adam, mais j'ai l'impression qu'elle me connaît et me comprend. Je tente de reprendre le dessus et de mesurer ma réponse.

« Notre situation est…compliquée. Nous vivons en Indonésie depuis l'été dernier, mais nous allons rentrer aux États-Unis le mois prochain. »

Elle hoche la tête, mais ne répond pas. Pas tout de suite, tout du moins. Puis, après un moment de silence, elle reprend la parole. Très doucement, mais d'une voix ferme.

« Je sens qu'il y a quelque chose de douloureux dans cette situation. Vous n'êtes pas obligée d'en parler, mais si ça vous tente, sachez que je peux tout entendre. Je suis coach de vie. »

Elle dit cela avec une telle conviction que je n'ose pas immédiatement lui dire que je ne sais pas ce que c'est, un coach de vie…

« Vous ne savez pas ce que c'est ! » Elle part d'un rire communicatif. Soulagée, je ris aussi.

« Aucune idée ! Enfin, j'ai déjà entendu le terme, mais ce que ça recouvre, je n'en sais rien…C'est comme une espèce de thérapeute, n'est-ce pas ? »

Elle hoche la tête, et prononce doctement, mais avec l'œil rieur :

« C'est une écoute, un accompagnement, et un soutien aux personnes en processus évolutif. »

« Ah bon, alors voilà qui explique tout. C'est très clair, merci ! »

Nous nous esclaffons ensemble, déjà complices. Elle redevient sérieuse pour me donner plus de précisions sur son étrange métier.

« Sans rire, je travaille avec des gens qui se trouvent souvent à un croisement dans leur vie, ou qui se posent des questions sur leur trajectoire, ou qui ont du mal à gérer certains aspects de leur vie privée. Parfois ce sont des personnes sans problèmes particuliers, mais qui sentent qu'elles ont un potentiel encore non réalisé, et qui cherchent à s'épanouir davantage. »

J'écoute avec intérêt, termine mon cappuccino.

« Vous les aidez comment, exactement ? »

« Eh bien, je les écoute, nous entrons dans un dialogue qui a pour but de leur faire trouver en eux leurs propres solutions, et je les accompagne, quand il s'agit de mettre celles-ci en application. C'est une approche assez pragmatique, basée sur le « comment », où l'on se trouve fermement ancré dans le présent, mais aussi tourné vers l'avenir. Cela nous différencie, nous les coaches de vie, des thérapeutes qui travaillent beaucoup sur le passé et aussi le « pourquoi ».

Je fronce les sourcils.

« Donc vous ne faites pas d'analyse, c'est ça ? »

« Disons qu'on ne fait pas une analyse de type psychothérapie ; on peut analyser les réactions des personnes face à certaines situations en prenant en compte les éléments du passé qui ont pu les conditionner, mais ce n'est pas le plus important. Ce qui compte, c'est le travail sur la question « comment est-ce que je peux changer ? Comment est-ce que je peux découvrir mes talents et les exploiter au mieux ? »

Je dois avoir l'air dubitatif, parce qu'elle attaque d'une autre manière.

« Vous savez pourquoi les gens adorent les films avec des super héros ? C'est parce qu'ils vivent à travers eux la possibilité d'atteindre leur potentiel. Les super héros ont chacun un pouvoir unique et ils l'utilisent pour sauver le monde – c'est la plus belle métaphore possible pour vivre une vie authentique, non ? »

Je suis son raisonnement, mais je ne peux pas m'empêcher d'argumenter. C'est dans ma nature d'être contrariante.

« Oui mais les gens aiment aussi les anti-héros… »

Marine opine mais, une seconde plus tard, elle pointe vers moi un doigt triomphal.

« C'est peut-être parce que s'ils admirent les super héros, ils se reconnaissent mieux dans les anti-héros, ceux qui ont du mal à admettre leur potentiel, voire qui luttent même contre. On est tous plus ou moins naturellement enclins à préférer la médiocrité. C'est plus confortable et plus facile. Cela demande un vrai effort de travailler sur soi pour devenir meilleur, et c'est pour ça que j'adore mes clients. Ils ont tous fait ce choix, et leur courage m'inspire. »

Ses mots me frappent. J'ai envie de continuer la conversation, mais je vois Aimée qui s'approche, alors je dévie sur un terrain plus anodin.

« Vous habitez ici à Singapour ? »

« Non, je vis au Nouveau-Mexique, mais je voyage souvent pour le travail. Là je viens de participer à une conférence, et je m'offre quelques jours de vacances en plus. »

Mon audace m'étonne moi-même quand je demande :

« Vous êtes descendue où ? J'aimerais parler un peu plus avec vous. Ma fille et moi partons après-demain. »

« Je suis à l'hôtel *Raffles*. J'ai décidé de me gâter un peu...vous avez déjà essayé le fameux *Singapour Sling* ? »

« Je n'ai aucune idée de ce que c'est. »

« C'est un cocktail qui aurait été créé il y a près de cent ans par le barman du bar de l'hôtel *Raffles*. Ils continuent de l'offrir aux touristes pour un prix exorbitant. Mais l'expérience en vaut la peine. »

Aimée se pose sur une fesse à côté de moi. Je fais les présentations, elle serre poliment la main à Marina, l'œil interrogateur.

Marina pêche une carte de visite dans son sac, me la tend.

« Appelez-moi ou envoyez-moi un texto. »

« D'accord. Peut-être à demain alors. »

Elle sourit, se lève, et s'éloigne. Aimée attaque le chocolat chaud, qui a eu bien le temps de refroidir depuis que je l'ai commandé. Elle se lèche les babines puis demande d'un ton soupçonneux :

« C'est qui, cette femme ? De quoi parliez-vous ? »

« C'est juste quelqu'un que je viens de rencontrer. Elle m'intrigue; son travail, c'est coach de vie. Tu sais ce que c'est, toi ? »

Aimée me coupe le souffle.

« Ben oui, c'est quelqu'un qui aide les gens à trouver leur direction, qui les conseille, quand ils sont paumés. »

« Eh bien, tu en sais plus que moi. Moi je n'avais aucune idée de ce que ça voulait dire. Mais elle est sympa, et j'aimerais bien prendre un pot avec elle demain. Elle est au *Raffles*, tu sais, ce bel hôtel historique qui est sur la couverture de notre guide sur Singapour ? »

« Ça doit bien payer, son boulot… », remarque Aimée en finissant son chocolat d'une longue gorgée. Elle se lèche les babines comme un chat avant de conclure.

« En tout cas moi, ça ne me dit rien d'aller discuter avec un coach de vie au *Raffles*. Je préfère rester à l'hôtel regarder la télé. »

« Pas de problème. De toute façon, je ne vais pas y rester des heures. Juste le temps de prendre un cocktail, et c'est tout. »

Je me rends compte, alors que Marina et moi finissons notre deuxième « Singapour Sling », que je n'ai pas tenu ma promesse. J'ai affirmé à Aimée que je serais sans doute partie pendant une heure et demie maximum, mais cela fait déjà deux heures que je suis là. Heureusement, elle et moi avons passé une longue et joyeuse journée ensemble, et quand je l'ai redéposée à l'hôtel, elle était prête à passer une soirée tranquille devant la télé. Je lui fais quand même un petit texto rapide pour la rassurer que tout va bien, et que je compte rentrer vers vingt-et-une heures.

Marina interroge :

« Vous regrettez de laisser votre fille si longtemps ? »

« Oui, bien sûr. J'ai toujours des scrupules à la laisser, surtout cette fois-ci, où c'est notre premier voyage juste toutes les deux. Mais nous avons fait beaucoup de choses sympas aujourd'hui, alors j'ai la conscience assez tranquille. Nous avons visité le musée Peranakan, et le jardin des orchidées, nous avons mangé un plat de *chicken rice* au centre Maxwell et nous nous sommes promenées dans le quartier indien…demain nous irons à Universal Studios et nous retournons à Jakarta tard le soir. »

Marina me regarde par-dessus son verre presque vide.

« Vous avez dit que c'est votre premier voyage juste toutes les deux. Votre situation de famille a changé récemment alors ? »

Avec deux cocktails dans le nez et dans l'atmosphère ouatée du bar qui recrée avec un certain succès le Singapour des années trente, je décide de lui faire confiance. Depuis que je l'ai rencontrée hier, j'ai l'impression que c'est quelqu'un d'honnête, et j'ai même le sentiment obscur qu'elle peut m'aider.

« Mon mari et moi, nous nous sommes séparés il y a cinq mois. Nous étions mariés depuis plus de vingt ans. »

Elle ne dit rien, mais son regard m'encourage. Je n'ai guère parlé de ma situation depuis février, donc je n'ai pas de discours bien rôdé, et je n'ai pas non plus le recul suffisant pour pouvoir maîtriser mes émotions. Tout sort en désordre.

« Je ne sais pas très bien où j'en suis. Les trois premiers mois ont été très durs, il me semble que, maintenant, je commence à remonter un peu la pente, mais parfois je panique, parce que je n'ai aucune idée de ce que l'avenir nous réserve. »

« Est-ce que cette séparation est définitive ? »

Sans le vouloir, je pars d'un petit rire amer.

« A 100%. Nous avions déjà parlé de divorce, mais c'était pour plus tard, une fois qu'Aimée aurait quitté la maison. Et puis il a rencontré quelqu'un, et les choses se sont précipitées. »

« Vous vous sentez trahie ? »

« Pas vraiment trahie, rejetée. Ce qui est idiot, étant donné qu'au fond de moi je le souhaitais, ce divorce. Je n'avais juste pas le courage de franchir le Rubicon. Donc, d'une certaine façon, il m'a rendu service…Cependant, je ne m'attendais pas à ce que ce soit si dur. Ce sentiment de rejet. La perte d'une certaine identité. Je me sens terriblement coupable vis-à-vis d'Aimée. J'ai l'impression de lui avoir fait vivre un traumatisme irréparable. Et puis… »

J'ai un peu de mal à formuler le sentiment qui vient de se former dans ma poitrine.

Encore une fois, Marina m'encourage doucement.

« C'est le moment de parler, Ève. Dites ce que vous avez sur le cœur. »

D'un seul coup, les mots sortent, et je suis moi-même un peu surprise.

« Je m'en veux de ne pas être plus heureuse. Pendant des années, je me suis dit que c'était ce que je voulais, cette liberté. Et que, quand je l'aurais, ma vie serait différente. En fait, ce n'est pas le cas. C'est la même chose qu'avant, mais avec, en plus, une souffrance que je ne sais pas bien gérer. »

Elle me tapote la main, et dit quelque chose, qui me rappelle les mots de Byron.

« Vous êtes trop dure envers vous-même. Pourquoi vous jugez-vous ainsi ? Vous vous rendez compte, j'espère, que vous venez de passer à travers une expérience très éprouvante. Ce n'est pas pour rien qu'un divorce compte parmi les trois plus grands traumatismes qu'une personne peut vivre. C'est normal d'avoir toutes ces émotions. Il faut du temps pour que les choses se tassent et que vous retrouviez le sentiment d'une certaine normalité. Vous en êtes juste à cinq mois –

croyez-moi, le processus de guérison prend bien plus longtemps que cela. »

« Eh bien vous me donnez de l'espoir, vous ! »

Je tente de rire, mais elle reste sérieuse.

« Mais c'est une bonne chose que cela prenne longtemps ! Parce qu'en fait, c'est le processus lui-même qui importe, et pas tellement le résultat. Ce que je veux dire, c'est que chaque moment qui passe vous permet d'évoluer. Et chaque souffrance, si vous savez l'accepter, peut vous propulser en avant. Il ne faut pas précipiter les choses. »

Je regarde autour de moi. Je vois des groupes un peu rouges et hilares, des familles souriantes, des couples amoureux. Je ressens une forte amertume devant tous ces gens, dont la vie semble tellement plus excitante que la mienne.

« J'ai l'impression de ne pas savoir ce que c'est que le bonheur. Je ne suis pas sûre d'avoir jamais été vraiment heureuse. »

Elle joue avec la cerise au marasquin qui est venue avec notre cocktail.

« Vous savez que le bonheur ne vient pas de circonstances extérieures. Chaque personne génère son propre bonheur, indépendamment de ce qui se passe dans sa vie. »

Je fais la moue.

« Oui, c'est une belle théorie mais enfin, ça n'aide que si les circonstances sont positives, non ? »

« Bien sûr. Mais on peut être heureux, même quand tout va mal. Il me semble que vous vous complaisez un peu trop dans le rôle de la victime, et que vous y trouvez une certaine satisfaction. »

Son regard me défie. Les mots sont rudes. Je me sens attaquée et soudain, démolie. Parce que je me rends compte que c'est vrai. Et cela me démoralise encore plus. Je me sens l'obligation de protester, même si c'est juste pour la forme.

« J'ai le droit, non ? J'ai quand même pris une grande claque dans la figure. »

« Certes. Mais à certain moment, même si la claque vous a fichue par terre, il faut se relever, épousseter son pantalon, et continuer. Vous êtes toujours à terre en train de gémir. »

L'image me frappe. C'est drôle comme depuis la séparation, j'ai entretenu une fiction où je m'imagine solide, ébranlée par un choc profond, mais toujours debout et avançant, héroïque, en dépit de la douleur. Et voilà que Marina me décrit comme une espèce de larve pathétique rampant sur le sol. Où est la vérité ?

« Je vois que je vous ai blessée. »

Marina ne dit pas cela comme une excuse, juste une constatation.

« Vous avez raison. J'aime à croire que j'ai les choses en main, mais ce n'est pas du tout le cas, et au fond de moi, oui, je me sens comme une victime. Quelque part, ça me fait du bien. »

De le dire, je me sens mieux. Je me rends aussi compte que ce n'est pas une solution à long terme.

« Quand croyez-vous que je vais me relever ? »

Marina sourit.

« Vous êtes en train de vous relever maintenant. Une fois que vous avez réalisé que vous avez fabriqué, pour vous protéger, une histoire qui n'est pas entièrement vraie, vous n'avez plus le choix. Si vous continuez à vous mentir à vous-même, et que vous savez que vous vous mentez, pour peu que vous ayez un tant soit peu d'intégrité, ça n'est pas vivable. Vous allez nécessairement aller de l'avant. »

Je frappe mon verre vide contre le sien.

« Alors, merci pour le coup de pied aux fesses ! »

Elle rit et lève son verre.

« On en prend un autre ? »

Je suis tentée, mais l'image d'Aimée toute seule à l'hôtel en train de regarder des bêtises à la télé me rappelle à la réalité. Et puis, l'essentiel a été dit. Marina et moi avons beaucoup parlé, le temps de boire nos deux cocktails. Elle m'a détaillé son parcours, son choix de quitter un boulot dans une entreprise peu satisfaisant sur la côte Est des États-Unis, pour embrasser une carrière dans l'aide thérapeutique et s'installer dans une ville d'artistes. J'ai admiré. J'ai raconté mon histoire, mon désespoir, mes insécurités vis-à-vis d'Aimée, ma peur de ne pas être une bonne mère, mon échec en tant qu'épouse, ma crainte de l'avenir. Elle vient de me donner une importante leçon de vie, avec cette histoire de victime. Je pense que c'est un bon moment pour terminer la conversation. Mais il y a une dernière chose que je voudrais lui demander d'abord.

« Vous croyez aux coïncidences ? »

Elle lève un sourcil.

« Parfois…pourquoi ? »

« Je trouve juste déconcertant que nous nous soyons rencontrées ici, à Singapour, moi vivant à Jakarta et vous à Taos, à un moment clé de ma vie, alors que j'avais précisément besoin que quelqu'un comme vous me remette sur la bonne voie… »

« C'est bizarre, n'est-ce pas ? La vie ne cesse de nous surprendre… »

Nous nous disons au revoir avec une certaine émotion. Quelque chose me dit que Marina est apparue dans ma vie pour une raison.

CHAPITRE XI

Jakarta, juillet 2017

Les déménageurs ont embarqué nos dizaines de cartons hier. Edward est là ce soir pour prendre les siens dans une camionnette, qu'il a louée pour l'occasion. Il a l'air triste et les yeux cernés, et il n'est pas difficile de deviner pourquoi : après-demain, Aimée et moi, nous quittons Jakarta pour retourner en Californie, et il ne va plus voir sa fille très souvent. Je comprends sa tristesse, mais je n'entends pas générer de sympathie dans mon cœur. Il est responsable de ce qui est en train d'arriver. Comme on fait son lit, on se couche, dit le proverbe. L'appartement est à présent vidé de sa substance. Nous l'avions loué déjà meublé, donc les meubles restent, mais tout ce qui donne de la vie à un endroit a disparu : nos posters de trois sous encadrés sur les murs, les bibelots sans valeur sur les étagères, même les magnets sur le frigo ont été soigneusement enveloppés dans du papier kraft, puis placés avec délicatesse dans des cartons doublement renforcés. Tout est propre et net, mais sans âme maintenant. Pour moi, c'est la dernière fois que je vois Edward. Aimée, elle, prendra son dernier repas en Indonésie avec lui demain soir, juste avant notre départ.

Cette semaine passée, Edward et moi avons finalisé les détails de notre divorce à venir. Nous avons établi une sorte de contrat à l'amiable intérimaire assurant qu'Edward va nous procurer un support financier partiel pendant cette période intermédiaire. Grâce à mes contacts dans le monde universitaire, j'ai d'ores et déjà confirmation qu'un poste d'enseignante adjointe m'attend. Il nous faut juste trouver un logement, ce qui ne devrait pas être très compliqué. Nous avons inscrit Aimée au

LILA, le Lycée International de Los Angeles, où elle allait déjà avant notre expatriation. Au moment où le dernier carton d'Edward disparaît dans la camionnette, nous n'avons plus le choix. Nous ne pouvons plus nous affairer autour de la liste inventaire, ni inspecter pour la énième fois les cartons, afin de nous assurer que le contenu en est bien indiqué à l'extérieur. Le temps est venu de nous dire les derniers mots qui cloront cet épisode de notre histoire, et je ressens très fort le besoin que ce soient les bons mots. En conséquence de quoi, je reste muette un bon moment sur le bord du trottoir, alors que les deux jeunes types qu'il a embauchés pour l'aider avec ses cartons fument une cigarette autour de la camionnette et que lui, Edward, se tient devant moi, les bras ballants. Il n'a pas l'air de trouver les mots non plus. Nous avons l'air idiots, tous les deux. Est-ce qu'on va rater nos adieux aussi, après tout le reste ? L'idée m'irrite, alors du coup, je me lance, et d'un ton hargneux, je prononce ces mots impérissables :

« Bon, ben, ce n'est pas le tout, mais… »

Edward me regarde avec quelque chose qui ressemble à de la compassion et peut-être du regret.

« Tout est arrangé pour vos vacances en France ? »

Aimée et moi allons faire un arrêt en Lorraine pendant deux semaines, avant de retourner en Californie. J'ai ce besoin viscéral de me trouver entourée par ma famille, de renouer avec mes racines, avant ce nouveau saut dans l'aventure de la vie d'une mère élevant seule son enfant.

« Oui, tout est prêt. On va chez Agathe d'abord, puis dans l'Est. Comme d'habitude… »

Pendant un instant suspendu, nous revivons mentalement les voyages que nous avons fait tous ensemble en famille en France. C'était toujours le même schéma – arrivée à Paris épuisés après onze heures de vol, RER jusqu'à la fin de la ligne en gare de Saint Rémy-les-Chevreuse, puis deux ou trois jours chez Agathe et Francis dans leur campagne de luxe, près de l'abbaye de Port Royal aux Champs. Nous allions généralement passer la journée à Paris, revenant pour des dîners joyeux et bien arrosés sur fond de Led Zeppelin qu'Agathe adore, tandis que les enfants couraient partout en piaillant. L'année dernière, nous avions changé un peu le modèle, prenant un hôtel à Paris pour pouvoir profiter aussi de la soirée dans la capitale, avant d'aller passer un dimanche relaxant chez Agathe avec balade en forêt et confection de tartes maison, prétexte à confidences de femmes et de rires étouffés à la cuisine. Pendant ce temps, Francis faisait démonstration de son appareillage de sport soigneusement installé dans un coin spécial du garage. Quant à Edward, il était apparu pour le déjeuner le visage cramoisi et les veines du front prêtes à éclater à la suite d'efforts pour lui très inhabituels.

Aimée surgit de la maison, et Edward l'attrape par la taille, lui plante un baiser sur la tête.

« A demain soir, ma jolie, je viendrai te chercher vers six heures. »

« A demain, papa. »

Les jeunes gars ont senti qu'il était l'heure de partir. Les portes du véhicule s'ouvrent, Edward monte à l'avant de la camionnette, et Aimée lui fait au revoir de la main. Quand le véhicule démarre, je vais me poster à côté d'elle, passe mon bras sous le sien, et l'entraîne doucement vers la piscine.

« Viens, on va faire un tour de jardin. »

Elle ne résiste pas, et nous passons ensemble sous la tonnelle qui marque l'entrée de notre petit Éden. Nous prenons le sentier sur la gauche, qui méandre entre d'énormes bouquets d'oiseaux de paradis, et nous marchons à petits pas en silence. Le sentier s'élargit et débouche sur le bord de la piscine. Nous nous allongeons sur une chaise longue en bois et regardons une tourterelle venir boire avec délicatesse à quelques pas de nous, sans s'occuper de notre présence. Je sens Aimée tendue, anxieuse. Elle a dit hier soir au revoir à ses amis du Lycée International, qui avaient organisé une soirée en son honneur. Elle va retourner à son Lycée, et y retrouvera ses camarades. Je suis soulagée qu'elle n'ait pas à tout reprendre à zéro, à se réadapter à une nouvelle école, à une nouvelle ville. Cependant, je m'inquiète des conséquences de ce bouleversement dans sa vie. Sa thérapeute a beau nous avoir assuré, à Edward et moi, qu'Aimée est à présent suffisamment solide pour tenir bon, face aux difficultés qu'elle pourra rencontrer avec ce retour à Los Angeles, l'inquiétude me ronge. Je ne sais pas si je dois en parler, ou me taire, ou bien encore parler d'autre chose. Ces jours-ci, j'ai l'impression que je ne sais plus quoi faire du tout. Je sais qu'Aimée est toujours en contact avec son musicien, et j'ai, pendant une seconde, une question à son propos sur la langue, mais une timidité soudaine me prend, et je décide à la place de lancer la discussion sur un sujet moins personnel et délicat.

« Alors, si on passait en revue notre emploi du temps pour ce jour et demi qui nous reste ici à Jakarta. On va faire le tourisme qu'on n'a pas encore eu le temps de faire, tu es d'accord ? »

« Oui, il ne faut pas partir avec le regret de ne pas avoir vu les choses essentielles... »

« Bon, attend, on a quand même déjà visité les incontournables, le *MoNas*, la grande mosquée et la grande cathédrale, le parc de l'Indonésie en miniature, le marché de Glodok, tous les centres commerciaux... »

Elle sourit à cette dernière pique. Je la sens se détendre un peu. Nous restons en silence un moment à regarder la tourterelle, qui fait, indécise, trois pas à gauche, deux pas à droite, puis qui s'envole dans un froufroutement d'aile velouté.

C'est Aimée qui reprend la parole.

« Alors au programme, il y a quoi ? Le musée du batik, la vieille ville, et le déjeuner au café Batavia ? »

« Exactement. Ça te va ? Il y a autre chose que tu voudrais faire ? »

Elle hésite.

« Les amis du *Ciliwung* ont offert d'organiser un adieu ... mais j'ai peur que ça me fasse trop de peine de dire au revoir aux petits. »

Le *Ciliwung*, c'est la rivière qui passe à travers Jakarta, et le long de laquelle s'amoncellent plusieurs bidonvilles. Une partie de la rééducation d'Aimée après son accident a consisté à aller donner de son temps aux autres, en donnant des cours d'anglais aux enfants de ce bidonville une fois par semaine, dans le cadre d'une association dédiée à l'éducation alternative pour les plus défavorisés. Elle s'est complètement dévouée à la tâche, à la fois démolie par la misère dans laquelle ces enfants vivent et motivée par leur enthousiasme.

Je comprends son hésitation mais je la connais, ma fille.

« Comme tu disais, il ne faut pas partir avec des regrets. Si tu ne leur dis pas au revoir, tu vas t'en vouloir. C'est ta chance de leur exprimer à quel point ils ont compté pour toi. »

Elle me regarde avec des yeux où rivalisent tristesse et reconnaissance, et elle appuie sa tête contre mon épaule, sans parler. Nous nous comprenons. Nous savons toutes les deux que nous irons dire au revoir aux enfants du *Ciliwung* demain.

Il est presque dix-huit heures, dans quelques minutes, le ciel s'obscurcira et la nuit tombera d'un coup, un événement journalier auquel je ne suis pas encore habituée après un an ici. Pour l'instant, il y a encore une lumière diffuse, qui semble émaner du centre de la terre, une bande lumineuse au bord de l'horizon qui commence à se border de rouge, et sur laquelle se détache spectaculairement la silhouette effrangée des palmiers à l'autre bout du jardin. La tourterelle revient, signalant sa présence par un léger battement d'aile. L'air s'adoucit dans ce moment suspendu de grâce, qui accompagne les derniers moments du jour ici, au bord de l'eau, dans cette calme enclave végétale, au cœur de la ville survoltée.

Le lendemain matin, nous nous levons tôt, pour être sûres d'arriver à faire tout ce que nous avons sur notre liste. En premier, vient le musée du Batik, où, après avoir appris l'historique de cet artisanat et admiré des spécimens anciens magnifiques, nous essayons notre main à tracer avec un stylet rempli de cire chaude les contours d'un motif dessiné sur un carré de coton. Aimée s'en sort très bien, sa main d'artiste assurée ne faisant aucun écart ni soubresaut intempestif. Moi, en revanche, je fais pâté sur pâté, justifiant avec mauvaise foi ma maladresse, du fait que je suis gauchère et que l'instrument est fait pour les droitiers...Nous observons ensuite l'employé tremper nos carrés de tissu dans des bains de teinture, et découvrons, fascinées, le motif protégé par la cire se détacher clairement sur un fond indigo pour Aimée, mauve pour moi. Pendant que nos créations sèchent comme de joyeux fanions sur un fil, nous partageons un soda, et absorbons de tout notre être cette fin de matinée indonésienne chaude et indolente, bien à l'abri du soleil sous un grand banyan placide, n'échangeant que de rares paroles. Nous partons ravies avec nos œuvres d'art sous le bras, et prenons un taxi pour la vieille ville, la fameuse *Kota Tua*, où nous avons prévu de prendre notre déjeuner de midi au Café Batavia, une institution de Jakarta. Le taxi nous dépose sur la place *Fatahillah*. Nous sommes déjà venues ici, au tout début de notre séjour, avec une excursion pour touristes, à laquelle nous avait entraînées Edward. Le tour avait commencé sur cette place, puis nous avait tous menés voir les canaux inondables qui dataient de l'époque coloniale. Nous avions ensuite visité le musée maritime et le vieux port de *Sunda Kelapa*, avec ses ruelles invraisemblables, où s'entassaient en hauteur les taudis et échoppes en tout genre, et la vie qui vibrait de partout, dans les odeurs révoltantes de poisson pourri et les effluves de beignets, dans les éclatements de couleurs sur les tissus, les charrettes à bras, les coques des minces esquifs, les dents blanches des enfants rieurs, les vastes étalages de détritus. A l'époque cette visite nous avait étourdis, parce que nous n'avions encore pas l'habitude du chaos et des juxtapositions audacieuses si communes à Jakarta. Aujourd'hui, je mesure le chemin parcouru, alors que nous remontons une petite rue pour déboucher sur la place. La misère et la gloire sont partout mêlées dans cette rue, et au bout, la place resplendit de couleurs et d'horreur. Des infirmes mendient à côté d'un étal de chapeaux de pailles, qui ferait pleurer de bonheur un photographe professionnel, tant il est beau. Des vélos à louer bleu ciel, décorés de rubans de couleurs vives accrochés au guidon, s'alignent sous les balcons du musée historique, dont la façade s'orne de drapeaux aux armes et aux couleurs de la ville. Le soleil éclabousse l'ensemble d'une lumière qui embellit tout. Nous admirons un instant, puis nous entrons d'un pas décidé au café Batavia. Cela fait longtemps que j'entends parler de ce restaurant, qui constitue l'un des passages obligés des expatriés de Jakarta, mais je n'ai jamais eu l'occasion de venir voir si l'endroit était digne de sa réputation. Après l'intensité de la lumière sur la place, le contraste avec la pénombre à l'intérieur du restaurant désoriente quelque peu. Mais il suffit de quelques secondes pour que se dessinent les contours d'un espace aux dimensions élégantes. L'établissement, qui date dans son incarnation la plus ancienne du début du XIXème siècle, regorge de touches historiques. Le bar est immense, éclairé comme en sourdine, et invite à prolonger la pause apéritive. On nous mène à l'étage, où se trouve la grande salle à manger, et nous nous extasions sur la beauté de l'escalier en tek, qui s'enroule comme une volute majestueuse. Au sommet, un mur recouvert de photos accueille les visiteurs. On y reconnaît des visages célèbres, acteurs, politiciens, des membres de familles royales même. Puis on débouche sur le Grand Salon, une vaste salle jouissant d'une large galerie composée d'une série de hautes fenêtres, protégées de la violence du soleil par des volets à lattes de bois laissant passer une lumière filtrée. Le décor évoque les années trente à l'époque coloniale, avec d'exubérantes plantes vertes en pot, des ventilateurs de plafond brassant calmement l'air chaud et humide, et une abondance de rotin.

Le déjeuner est délicieux, et le repas fini, nous nous prélassons dans des fauteuils moelleux, le ventre bien rempli. Aimée, l'air nostalgique, regarde par la fenêtre, soudain silencieuse, alors qu'elle a pépié comme un moineau heureux pendant tout le repas.

« Ça va ? »

Elle se tourne vers moi, sourit, mais ses yeux sont tristes.

« Je me souviens de quand nous sommes venus dans ce coin avec papa, tout au début. J'ai l'impression que c'était il y a super longtemps, mais c'était seulement il y a un an. Et pourtant tout a changé en un an. »

Un moment de silence nous unit. Nous pensons toutes les deux à ce qui s'est passé pendant cette année, le coup de tonnerre de la séparation. Et d'un coup, dans mon cœur, c'est la tempête. Le désespoir de voir ma famille ravagée, la rage devant mon impuissance à réparer ce qui a été brisé, la panique devant un futur incertain. Je suis paralysée par ce cocktail d'émotions, muette, détruite. Une vague de fond me soulève, amène des larmes amères à mes paupières. Je ferme les yeux, pour empêcher qu'elles ne coulent, et un sanglot silencieux me secoue. Je lutte contre moi-même farouchement, terriblement, pendant une fraction de seconde. Puis ça passe. Je rouvre les yeux, et je vois qu'Aimée regarde de nouveau par la fenêtre. Je ne sais pas si elle a vu quand j'ai craqué. Elle semble calme, un peu absente. Sans me regarder, comme si elle lisait dans mes pensées, elle ouvre la bouche, et sa voix est sourde quand elle parle.

« Pour moi, c'est comme un grand vide à l'intérieur. Avant, j'avais de la haine. Maintenant, c'est tout brûlé, tout gris. Mais de temps en temps, il y a un petit brin d'herbe qui sort, une pensée heureuse, un espoir. Je sais que la vie est là et que tout va reprendre des couleurs. J'ai envie de peindre ce paysage-là, le paysage qui commence à reverdir. »

J'ai du mal à avaler ma salive, tant ma gorge est serrée. Alors j'attrape sa main qui est sur la table et je la porte à mes lèvres. Elle me regarde, surprise, puis sourit quand j'embrasse le dos de sa main de toutes mes forces.

De retour chez nous le soir, alors qu'Aimée part dîner avec son père, et que je me prépare pour aller à un spectacle, je repense à cet homme que j'ai vu au Café Batavia, juste au moment où nous en sortions. C'était un homme d'une soixantaine d'année qui entrait avec un groupe d'amis. Il portait un chapeau de paille, une barbe légère poivre et sel, et dégageait même de loin un charisme palpable. A un geste qu'il a fait, j'ai senti mon cœur réagir, un soubresaut dont je n'ai pas pu immédiatement analyser la raison. Mais une fois seule à la maison, un verre de vin à la main, j'ai repensé à cette émotion, à ce geste qui m'a rappelé quelqu'un d'autre, bien des années auparavant. Et j'ai réalisé que, dans les émotions que cette brève vision générait en moi, cet homme était pareil à Hugh, un homme que j'avais rencontré à l'université aux États-Unis, quand je préparais mon Doctorat, Aimée étant toute petite. Il était d'une autre université, mais avait été invité par mon institution pendant un an pour mener sa recherche chez nous. Dès le premier moment, j'étais tombée sous son charme. Comment ne pas l'être ? Il était âgé, la bonne soixantaine, mais plus cool que tous les jeunes étudiants à qui il enseignait les finesses du latin. Sa silhouette était reconnaissable de loin entre toute : jean et basket noirs, démarche souple, blouson en cuir brun, Stetson de qualité qu'il portait par tout temps. Ses yeux d'un brun chaud, tombant comme ceux d'un cocker, pétillaient de malice. Il était férocement intelligent. Il portait son activisme politique comme un étendard, proclamait bien haut sa haine des fascismes et son amour passionné pour le jazz. C'était aussi un tombeur, qui jouissait d'une certaine réputation en tant qu'homme à femmes. Et c'est vrai qu'il aimait les femmes.

Pendant son année à UCLA, les étudiants de mon département ont organisé une conférence, et je faisais partie du comité d'accueil. Comme il devait présenter sa recherche à la conférence, il est venu, et c'est moi qui l'ai accueilli, quand il est arrivé. Il y avait eu, dans l'échange de notre premier regard, comme une reconnaissance immédiate, un courant électrique était passé, que j'avais ressenti au plus profond de mon être. Nos premiers mots ont été anodins, mais nous nous sommes tournés autour pendant les deux jours de la conférence, jouant au chat et à la souris, jusqu'à ce que pendant l'une des sessions, dans le silence religieux qui entourait les péroraisons d'un vieux professeur, mon portable, un appareil de première génération, se mette à sonner de façon bruyante et intempestive. Je me suis esquivée, courbée sous la honte, pour aller répondre à cet appel d'Edward, affolée. Était-il arrivé quelque chose à Aimée ? En fait, il voulait juste me rappeler d'aller acheter du vin blanc en rentrant de la conférence, car nous avions prévu de faire une fondue pour notre ami Vincent qui devait venir dîner. D'une voix basse et furibonde, j'ai indiqué à Edward qu'il m'avait dérangée en pleine conférence pour un détail trivial. Il a reconnu de mauvaise grâce avoir oublié que j'étais occupée avec cet événement, et je me suis mordu la langue pour ne pas lui dire que cela faisait des semaines que je m'y préparais et que j'en parlais tous les jours, et que s'il faisait un peu plus attention à ce que je disais, il s'en serait souvenu. Quand j'ai raccroché le téléphone, j'étais livide. Le manque de considération d'Edward, sa désinvolture face aux règles que nous nous étions fixées, et son incapacité à s'intéresser aux détails de ma vie, me sidéraient. Mes mains tremblaient de rage en revenant vers la salle de conférence. C'est alors que j'ai entendu la voix de Hugh. Il se tenait près de la table à café, à gauche de la porte de la salle, et touillait le liquide noir. Sans me regarder, il demanda :

« Vous êtes médecin ? »

Interloquée, je me suis immobilisée, cherchant à comprendre pourquoi il me posait cette question. Il a levé les yeux, s'est tourné vers moi, a désigné le téléphone dans ma main tremblante.

« On a vous a appelée en urgence… »

J'ai secoué la tête et souri, ma colère s'étant soudain évaporée. C'est vrai que les portables étaient encore assez rares à l'époque.

« Non, je ne suis pas médecin, je suis mère. Le portable, c'est pour les urgences familiales… »

Il m'a regardée des pieds à la tête, un regard appréciatif de connaisseur, mêlé d'un peu de surprise.

« Vous avez l'air trop jeune pour avoir des enfants. Tout va bien ? »

Un sentiment de flatterie très vif m'a parcourue.

« Juste une petite fille. Oui, tout va bien. Fausse alerte. »

Un moment de silence a flotté, puis il a lu mon nom sur le badge accroché à ma veste.

« Ève-Lise. C'est un nom qui vous va bien. »

« Ah oui ? Comment ça ? »

« Ève…comme la première femme. L'archétype du désir et de la tentation. Lise, comme liseuse, la littérature, la vie cérébrale. Je vois les deux aspects en vous. »

Je n'ai pas su quoi répondre, alors j'ai changé de sujet, lui demandant s'il trouvait la conférence intéressante. Nous avons bavardé pendant quelques instants, et je ne me souviens pas exactement de ce que nous nous sommes dit. Ce dont je me rappelle, c'est que nous ne pouvions pas détacher notre regard l'un de l'autre, comme si nos yeux avaient une conversation toute personnelle, indépendante des mots qui s'échangeaient entre nous.

Et puis, à la fin de la conférence, il est venu me serrer la main, et il m'a dit :

« La semaine prochaine, j'ai invité quelques étudiants chez moi pour fêter la publication d'un article auquel ils ont contribué…si vous voulez venir, je vais faire du couscous… »

Il m'a donné sa carte qui portait son adresse personnelle sur laquelle il a griffonné la date et l'heure, et dessiné une pomme sur un livre. J'ai ri, et il a ri aussi, mais ses yeux sont devenus très vite sérieux.

« Venez. Je crois que nous avons beaucoup à nous dire. »

Une semaine plus tard, je suis allée à la petite fête, et j'ai découvert son appartement avec grand intérêt. Deux étages, une immense baie vitrée dans le salon, un magnifique piano à queue au milieu et les murs couverts d'étagères remplis de livres et de CDs en tout genre, mais surtout du jazz. Dans sa cuisine, trois énormes plats trônaient sur une table de ferme en bois solide, pleine d'entailles, un plat pour chaque élément du couscous : graine, légumes, et viandes. L'harissa luisait dans une saucière, et les bouteilles de vin rouge algérien corsé montaient la garde derrière les plats. Je notai une rangée de broméliacées sur le bord de la fenêtre et une machine à café italienne rutilante sur le plan de travail. Les étudiants étaient sympas, l'atmosphère joyeuse, chaotique. Des petits groupes s'étaient formés, certains plongés dans des conversations sérieuses, d'autres franchement hilares. Il papillonnait d'un groupe à l'autre, riant avec tous. Les étudiants semblaient l'adorer. La musique était fantastique, je me suis naturellement intégrée, me relaxant au fur et à mesure que le vin coulait. De temps en temps, Hugh et moi nous frôlions au passage, et de plus en plus souvent, nos regards se cherchaient, se trouvaient, se tenaient.

A un moment, je me suis assise par terre derrière le canapé avec une autre étudiante, Irène, pour y lire ensemble un poème de Rilke dans un livre que Hugh avait laissé sur sa table de cocktail et qu'Irène avait ouvert. Hugh est venu nous rejoindre et s'est assis sur le sol, en face de moi. Il nous a écoutées lire le poème à deux voix. A la fin, nous sommes restés tous les trois unis dans un silence quasi-mystique, né de la magie des mots de Rilke et de la puissance alcoolisée du Sidi-Brahim. Puis, Irène s'est levée en annonçant un besoin urgent d'utiliser les toilettes, et Hugh et moi avons ri de ce prosaïsme brutal. Une fois tous les deux, le silence entre nous est revenu. Nous ne riions plus, les yeux fixés l'un sur l'autre, tandis que la fête continuait de battre son plein autour de nous. Je me souviens que *Moanin* de Charlie Mingus jouait à pleine puissance, au moment précis où Hugh s'est penché vers moi et m'a soufflé à l'oreille : « Vous m'inspirez de la folie. » Mon cœur s'est mis à battre la chamade, et j'ai eu comme des bouffées de chaleur. J'avais l'impression de flamber, et j'étais convaincue que je devais avoir le visage rouge comme une tomate. Francis, un étudiant en latin, est venu interrompre ce moment, posant à Hugh une question que je n'ai pas entendue. Mais Hugh s'est levé, m'a jeté un regard, et s'est éloigné vers la cuisine en discutant avec Francis. Je me suis mêlée à un autre groupe, avec lequel j'ai ri et bavardé, tout en continuant à entendre la voix persistante de Hugh dans ma tête.

Alors que la soirée se terminait et que les invités s'en allaient petit à petit, j'ai filé dans la salle de bains et je m'y suis enfermée. J'ai attendu un moment, et quand je n'ai plus entendu de conversation, je me suis aventurée à nouveau dans le salon. La pièce était vide, car Hugh était dans la cuisine en train d'empiler des assiettes dans le lave-vaisselle. Miles Davis jouait en sourdine. Il m'a vue et m'a souri. Il a fermé la porte du lave-vaisselle, s'est rincé les mains et s'est avancé vers moi en s'essuyant au torchon qu'il avait jeté sur son épaule. Je me suis appuyée contre le mur, mon cœur battait si fort qu'il m'assourdissait. En un éclair, j'ai eu deux pensées simultanées : que ce moment allait compter dans ma vie, et aussi que j'étais sur le point de trahir Edward. Les deux idées m'ont terrifiée, et j'ai eu un mouvement réflexe de fuite, mais déjà Hugh était devant moi, ses yeux au fond des miens, et je n'ai plus eu une seule pensée dans ma tête. Il a fait exactement le geste que j'espérais, quand je fantasmais sur lui, la semaine précédente. Il a cueilli mon visage entre ses mains avec tendresse et il a pris mes lèvres doucement, lentement, comme un effleurement qui m'a causé un long frisson sur tout le corps. Puis sa langue, légère, est venue caresser la mienne, et le baiser chaste s'est transformé en une galoche d'enfer, qu'il m'a roulée avec passion et qui nous a laissés pantelants. Il a glissé ses mains le long de mon corps et les a posées sur mes hanches, me collant à lui au niveau du bassin, tandis qu'il appuyait son front contre le mien. J'ai senti son désir et aussi une vibration de tout son être. Les yeux fermés, il a murmuré :

« Tu me fais trembler... »

Cela aurait pu être le début d'une belle histoire, mais, au contraire, c'en a été la fin. Après ce baiser, je suis rentrée chez moi complètement déstabilisée. Les jours qui ont suivi, j'ai essayé d'imaginer ce que serait une aventure avec Hugh : il y aurait des peurs et des remords, sans aucun doute. Est-ce que je l'aimais assez pour passer par tout ça ? Était-ce même la peine de parler d'amour ? Sans doute s'agissait-il juste d'une forte attirance sexuelle. En outre, il était suffisamment âgé pour être mon père, il y aurait donc nécessairement dans notre relation une dimension père-fille que je n'étais pas sûre de vouloir explorer. Mais surtout, il y avait Aimée. Face à l'innocence de ma petite fille qui adorait son papa, comment aurais-je pu mentir, trahir, sans me sentir comme la mère la plus immorale du monde ? Même en ayant décliné d'aller plus loin avec Hugh, je craignais qu'elle ne perçût confusément mes pensées coupables alors que je la berçais, et que cela ne vînt corrompre sa petite âme pure. Je ne voulais pas planter dans son esprit des ondes malsaines, dont elle ne saurait jamais la cause et qui la tourmenteraient peut-être à jamais.

Et maintenant je suis là, seule dans la maison, la veille du départ, à ressasser dans ma tête de vieux souvenirs et à regretter. Je ressens l'amertume de n'avoir pas osé. Qui sait, si je m'étais lancée dans cette histoire, ce qui aurait pu arriver. Peut-être aurais-je quitté Edward et me serais-je mis avec Hugh. Notre vie à tous aurait été tellement différente. Je ne l'avais pas fait par crainte de traumatiser Aimée, par paresse aussi, et parce que je n'étais pas sûre ni de ne plus aimer Edward, ni de vraiment aimer Hugh. Il me semblait que pour commettre ce genre de geste irréversible, il fallait avoir la certitude que le choix était le bon. Ou bien avoir le courage de courir le risque. J'avais été indécise et lâche. Et aujourd'hui, je voyais mon mari prendre sans hésitation apparente cette décision difficile, et je lui en voulais d'avoir cette certitude, ou à tout le moins, de croire suffisamment à cet amour pour tout remettre en question : notre mariage de vingt ans et l'affection de sa fille. Je nous en voulais à tous les deux, mais sans doute plus encore à moi-même, et je maudissais mes insécurités de l'époque et mes peurs d'aujourd'hui. Je suis sortie de la maison une heure plus tard, la tête débordante de questions et de doutes - qui étais-je vraiment ? Une femme vertueuse, qui avait choisi le droit chemin pour protéger sa famille et souffrait maintenant d'une situation injuste, ou une femme amorale et hypocrite, dont seule la couardise l'avait empêchée de tromper son mari, mais qui néanmoins se complaisait dans le rôle de la victime ?

Du coup, quand j'arrive au théâtre, où je vais passer ma dernière soirée à Jakarta, je me sens très abattue. J'ai un billet pour voir le spectacle qu'un collègue m'a recommandé, un show par une artiste française, Phia Ménard. Tout ce que je sais sur ce spectacle, c'est qu'il est organisé en deux parties, la première intitulée *L'après-midi d'un faune* et la seconde *Vortex*. Le spectacle commence avec une demi-heure de retard, ce qui, normalement, m'agacerait au plus haut point, mais je suis si exténuée par les préparations du déménagement, physiquement et mentalement, que je savoure l'occasion de ne rien faire du tout, juste d'attendre au frais dans l'antichambre du théâtre.

En fait, le répit en valait la peine, car quand nous entrons enfin dans la salle de spectacle, une surprise nous attend. Les sièges sont disposés autour d'une scène basse et circulaire, entourée de ventilateurs chacun dans un angle différent. Sur la scène, un être lourd à genoux sur la scène, en costume noir, le visage enveloppé dans des bandelettes blanches comme l'homme invisible, découpe sans s'occuper de nous, alors que nous nous installons, des sacs en plastique de couleur, et recolle certains morceaux de façon à les recréer sous une forme humanoïde. Pendant une heure, nous allons, fascinés, voir l'homme épais du début se délester progressivement de sacs en plastique fourrés dans ses poches, lancés en l'air et virevoltant, portés par le souffle finement calibré des ventilateurs, comme autant de rêves, d'espoirs et d'ambitions, sur la délicate musique de Debussy. Finalement, l'homme en noir écrase et déchire les jolis sacs dansants, comme s'il tentait d'anéantir sa souffrance. Puis il se défait de son costume, ainsi que du grand sac en plastique qui le recouvrait sous ses vêtements, mais non sans un émouvant pas de deux entre la figure hantée du sac gonflé d'air et celle, titubante, de l'humain aminci, mais toujours boudiné à présent dans une gaine blanche. Finalement, la gaine elle aussi s'aplatit, lorsque l'humain en tire d'une ouverture au nombril des longueurs infinies de plastique noir, qui s'enroulent en volutes portées par l'air soufflé, s'élevant comme un noir nuage en forme de tornade, retombant et ensevelissant la forme dont il est sorti. Ce sont, tour à tour, des piles d'intestins, des essaims d'abeilles, qui se forment devant nos yeux, mais pour moi le message est clair. Cet intérieur représente tout ce que l'être en transition perçoit comme étant malsain en lui, et il est en train de se débarrasser de ce qui l'empoisonne depuis toujours. Une fois le combat gagné contre ces entrailles maléfiques, l'humain continue de s'effeuiller en perdant la gaine blanche sous laquelle se révèle enfin une silhouette de femme, longues jambes, ventre gonflé de grossesse, poitrine généreuse. De son entrejambe, pliée en deux par la douleur, elle tire des mètres de plastique clair qui évoquent le liquide amniotique, puis dans le cercle ainsi créé, elle s'allonge, tirant au-dessus d'elle le plastique qui se soulève alors, doucement porté par le vent, et rougi par les lumières du théâtre, formant un utérus d'où elle émerge finalement. Il lui reste encore à retirer la peau qui la recouvre, faite de nylon ultraléger comme un collant, et elle déchire cette peau, l'arrache avec ses dents et ses ongles, jusqu'à se retrouver enfin libre, une femme nue née d'elle-même, une réinvention.

Le message est d'autant plus fort que Phia Ménard est transsexuelle, et que ce spectacle donne à voir sa transformation d'homme en femme. Pour tous ceux qui se débattent avec des problèmes identitaires, quels qu'ils soient, une espèce d'hypnose se dégage de la performance. En moi, une voix chuchote qu'il faut faire la paix avec les versions de soi-même qui ne sont que des rêves, extirper de soi tout ce qui nous retient en arrière, se dégager des vieux oripeaux, et se récréer. Le passage à l'acte est extrêmement douloureux, comme le montre la performance de l'artiste, où l'on sent la souffrance, la violence, la haine envers soi-même, mais aussi l'espoir et la paix à la fin, lorsqu'on elle est enfin elle-même.

Je sors du théâtre profondément émue, pleine de sentiments que j'ai du mal à analyser, mais je sens confusément que le moment est important, et c'est solennellement que je fais, en marchant lentement une dernière fois dans l'obscurité autour de l'enclave que constitue ma résidence, mes adieux silencieux à Jakarta et à l'Indonésie.

ÉPILOGUE

France, août 2017

« Et là c'est Ratri, elle est trop petite pour être dans le groupe qui apprend l'anglais, mais elle venait quand même, elle restait derrière, mais c'est elle qui criait le plus fort, quand je demandais qu'ils énumèrent les chiffres jusqu'à dix ! »

Aimée montre à Jehanne les photos des petits Indonésiens du quartier *Ciliwung*. Penchée sur son téléphone, son visage est tendre, teinté de nostalgie. Jehanne s'exclame :

« Qu'est-ce qu'elle est mignonne ! »

Agathe, assise à côté de moi, tend le bras :

« Hé, je veux voir moi aussi ! »

Nous sommes chez Agathe en région parisienne, arrivées hier soir de Jakarta. Ce qui m'a frappée en premier, en arrivant à Roissy, comme d'habitude c'est l'odeur : une odeur d'aéroport bien sûr, et j'ai assez voyagé pour connaître cet arôme qui ne change pas, quel que soit le pays : vagues senteurs de kérosène, nettoyant industriel pour les sols, mélange de parfums, déodorants et odeurs corporelles des passagers. Pourtant, ici à Paris, il se mêle à cet air ambiant des effluves que j'associe spécifiquement à la France : ceux du café d'abord, un café très noir et parfumé, comme il n'en existe pas aux États-Unis, ceux des pâtisseries ensuite, pâte chaude et sucrée des croissants et pains au chocolat, celui âcre et familier du tabac et du diesel enfin, plus léger que les autres parce qu'il n'entre que par bouffées, au rythme de l'ouverture des portes automatiques, au-delà desquelles les voyageurs arrivés ou en partance tirent tant qu'ils peuvent sur leurs cigarettes, tandis que les taxis et voitures s'arrêtent ou démarrent dans un ballet chaotique. Ce sont des odeurs qui provoquent le retour à toute allure des souvenirs de voyages précédents, une gifle olfactive qui me fait réaliser que je suis bien en France ! Est-ce que les Français la sentent, cette odeur particulière à laquelle je suis si sensible, ou est-ce qu'elle fait tellement partie de leur patrimoine personnel qu'ils y sont indifférents ? Tiens, c'est bizarre, je me rends compte que je viens de me placer nettement du côté américain, avec cette remarque.

Je me sens pataude, pas à ma place, incertaine de l'attitude à prendre parmi tous ces Français qui marchent vite, avec l'air de savoir où ils vont. Pendant le trajet en RER jusque chez Agathe, pendant qu'Aimée dort, je regarde avec avidité par la fenêtre. J'absorbe tout, les pavillons ternes des banlieues, les détails connus et réconfortants : la croix verte et lumineuse d'une pharmacie, la devanture d'un magasin Eram, un kiosque à journaux dont je connais les titres. Je m'amuse de ces toutes petites voitures qui roulent si vite, je m'émerveille de voir si vite des prés, des sentiers, des villages, dont on aperçoit les toits bruns et parfois un clocher là à l'évidence depuis toujours. Et pourtant, dans cette carte postale, il y a aussi la vie, moderne, bruyante, et laide, avec des pancartes publicitaires à l'esthétique douteuse, les masses géométriques en tôle ondulée d'un Bricorama, les klaxons des voitures pressées.

Je reviens sur terre, alors qu'Aimée passe le téléphone à Agathe. Je me serre contre ma sœur pour mieux voir. Sur l'écran, une adorable fillette au visage tout rond sous un voile azur montre des quenottes d'une blancheur imbattable et des fossettes de compétition. Ses yeux brun café pétillent de malice ; on a envie de la serrer farouchement dans les bras, surtout quand on voit le décor : elle est assise sur le rebord d'une fenêtre sans vitres, bancale, encastrée entre des murs de tôle mal ajustés, et on voit derrière elle, à travers l'ouverture de la fenêtre, les eaux répugnantes de la rivière *Ciliwung* qui charrient ordures, carcasses d'animaux, etc. Dans cette misère, l'aspect soigneux de la robe de la petite Ratri, faite d'un satin rose sans un seul pli, témoigne du désir de sa mère de lui donner au moins une chose belle à montrer aux visiteurs. Cela me donne un pincement au cœur. Agathe a un murmure mi-apitoyé, mi-adorateur. Je sens qu'elle éprouve la même chose que moi. Je fais rapidement défiler les autres photos de cette dernière visite au bidonville d'Aimée, le jour de notre départ. Je suis contente d'avoir pu y aller, pour enfin voir ce qui avait aidé à tirer ma fille de sa dépression. L'endroit était effectivement frappant, les habitants vivant dans une telle indigence et des conditions si inimaginables que c'en était révoltant. Pourtant, tous ceux qui sont venus à notre rencontre, les parents des enfants faisant partie du groupe qui apprenait l'anglais, les ados musiciens qui avaient créé un groupe musical ayant l'ambition d'enregistrer un CD pour lever des fonds d'aide à la communauté, les adultes impliqués dans un mouvement activiste pour aider à une relocation digne face au projet de la ville de « nettoyer » le bidonville, tous étaient impressionnants par leur énergie, leur ouverture aux autres, leur fierté.

« Tu te rends compte, ils n'ont rien du tout, et pourtant, ils ont organisé une fête d'adieu pour moi, avec du soda, des snacks, des décorations ! Ils ont même composé une chanson spécialement, et ils ont tous chanté ! »

Aimée sélectionne et lance une vidéo. On entend un grand brouhaha, puis un silence qui s'installe, et une mélodie s'élève, guidée par ce qui semble être une sorte de violon, rapidement accompagnée de percussions un peu dissonantes à première ouïe, mais qui deviennent petit à petit envoûtantes. Aimée et Jehanne, leurs têtes pressées au-dessus de l'écran du téléphone, sont sous le charme. Des voix retentissent, celles des enfants principalement, en une joyeuse cacophonie ponctuée d'applaudissements rythmés.

« Qu'est-ce qu'ils disent ? » demande Jehanne, dodelinant de la tête avec la musique.

Aimée traduit :

« Merci pour l'anglais, tu vas nous manquer, bonne chance en Amérique, on viendra tous te voir… »

Je remarque qu'elle a les yeux humides en regardant la vidéo. Moi aussi, je reste remuée par le souvenir de l'émotion de cette fête, où malgré la brutalité de l'environnement, l'air vibrait de l'excitation des enfants. En dépit de la chaleur étouffante, des relents nauséabonds de la rivière, de l'évidente misère des taudis, au milieu des chansons et des rires, il n'était resté que la lumière des sourires et le réconfortant sentiment d'être entre amis.

Les garçons d'Agathe, des jumeaux de quatorze ans qui jouaient sur la terrasse dehors, font irruption, hors d'haleine.

« C'est quoi cette musique ? »

Jehanne leur fait signe de s'approcher pour voir. Agathe et moi nous nous levons pour aller nous verser un deuxième verre de kir à la cuisine.

« Elle a l'air d'aller plutôt bien, Aimée, non ? » me dit Agathe en ignorant délibérément la modeste hauteur de cassis que je lui indique et versant d'autorité un tiers de liqueur dans mon verre, avant d'ajouter le vin blanc. Je prends une gorgée ; force m'est de reconnaître que c'est bon.

« Oui, elle s'est bien remise, grâce à la thérapie, et à son bénévolat, et aussi à un beau jeune homme de San Francisco… »

Agathe se verse un verre, soudain curieuse.

« Ah bon ?

« Eh oui. Elle l'a rencontré ce printemps pendant le Java Jazz, un festival de musique à Jakarta… »

Les souvenirs remontent d'un coup, et je ressens soudain cruellement l'absence de l'Indonésie. Nous n'y avons passé qu'un an, mais cet endroit est rentré dans mon cœur comme le ver dans un fruit, et j'ai du mal d'un seul coup à comprendre et à accepter que le temps que nous avons passé là-bas relève du passé. Agathe voit que je suis partie dans un trip souvenir douloureux mais bizarrement exaltant.

« Comment tu vas, toi ? »

Elle me regarde comme elle sait le faire, profondément, allant jusqu'au fond de mon âme. Les exclamations des enfants dans l'autre pièce s'atténuent. Je ressens soudain une grande fatigue et, en même temps, une étrange paix. En me massant les tempes, les yeux fermés, j'essaie de trouver les bons mots, mais je n'y arrive pas. Tout ce qui tourne en moi est trop complexe, trop nuancé. L'idée de devoir expliquer, décrire, m'épuise à l'avance. Pour finir, je réponds, en laissant retomber mes mains :

« Je suis vidée. »

Ce qui est vrai. Agathe n'insiste pas, m'entourant simplement les épaules de son bras et me serrant contre elle.

« Cela veut dire que tu as fait de la place…et maintenant, c'est toi qui choisis comment tu vas remplir ton existence. »

A ce moment, son téléphone sonne. C'est ma sœur Clarisse et son mari Antoine qui ont appris que je suis là et qui veulent dire bonjour. Je n'ai guère eu de contact avec eux pendant mon séjour en Indonésie, mais après qu'Edward et moi nous sommes séparés, j'ai communiqué par mail avec Clarisse assez souvent et son soutien m'a fait du bien, à un moment où je me sentais très seule. Elle a toujours été un peu une mère de substitution, et de nous tous dans la famille, c'est elle qui m'a toujours semblé la plus solide, formant un couple uni avec son mari Antoine, un grand homme calme à la voix douce et au rire entraînant.
Les voilà qui apparaissent sur l'écran, ils ont leurs enfants et petits-enfants chez eux, on a du mal à les entendre dans le tohu-bohu des voix enfantines en bruit de fond.
« Alors, elle est enfin revenue, la petite Évi ! »
Étant la plus jeune d'une famille de cinq enfants, j'ai hérité du surnom Évi, dont je ne suis pas particulièrement friande, car il me replace automatiquement en dernière position, à la table des petits, évoquant l'image de la fillette précoce que j'étais, toujours prête à quelque bêtise pour se faire remarquer, cherchant désespérément à obtenir l'attention de quelqu'un dans une famille, où chacun vivait en tête à tête avec son drame personnel.
« Eh oui, c'est bien moi, en chair et en os, revenue des tropiques… »
Clarisse lance :
« Mais quelle idée as-tu eue d'aller si loin ? »
Il me semble qu'elle me juge toujours, ma grande sœur. Je sais qu'elle pense que j'ai été gâtée par nos parents en tant que dernière, que j'ai eu

tout ce que j'ai voulu sans avoir à fournir des efforts, et cela me blesse tant que j'ai toujours l'impression d'avoir à me justifier de mes choix et mes actions. Mon départ de la France et mon choix des États-Unis, en particulier, ont toujours semblé lui porter affront, je ne sais pas pourquoi. Est-ce qu'elle ne se rend pas compte que cela n'a jamais été un choix simple, ni une vie facile ? Mes retours réguliers en France pour voir la famille, compliqués et onéreux, ne sont-ils pas la preuve que mon cœur reste toujours avec eux ? Comme toujours, je change de conversation.

« Bon, alors, comment allez-vous ? Et les mouflets ? »

Clarisse se lance dans une description des derniers exploits de ses petits-enfants. A côté d'elle, Antoine souriant croule sous les attaques des trois plus petits. Des cris perçants m'empêchent de bien entendre ce qu'elle dit. Agathe intervient en riant, mes deux sœurs parlent de quelque chose que je ne comprends pas, et je me sens soudain tout à fait hors du coup, étrangère. Je me reprends suffisamment pour participer un peu à la conversation décousue qui s'ensuit, mais quand Agathe raccroche, bien qu'elle ne fasse pas de commentaire, je la vois qui me regarde avec attention. Elle a des antennes, elle qui me connaît si bien. Je prends les devants.

« Écoute, là je sens le décalage horaire, je vais aller faire une sieste, ça ne te dérange pas ? »

« Mais non, bien sûr, vas-y. Je te réveillerai pour le dîner. »

Elle m'embrasse, et je sens monter en moi une vague de reconnaissance et d'amour. Si seulement je pouvais trouver les mots pour exprimer tout ce que je ressens. Pour lui dire que je n'ai jamais eu l'impression d'avoir ma place dans cette famille, et que depuis que je suis partie, je me sens totalement hors du coup. Que je ne suis de nulle part, en voulant si fort être de chez nous. Que la seule chose dont je suis certaine, c'est que je ne suis pas et que je n'ai jamais été la petite Évi. Que je suis moi, uniquement moi, la somme de mes expériences, les bonnes et les mauvaises. Et alors que je suis allongée, les yeux grands ouverts, dans le lit de la chambre d'amis, je me prends à penser que si le passé fait de nous ce que nous sommes, c'est nous qui décidons de notre futur être.

Comme au moment où je suis sortie de la représentation de Vortex, je suis alors consciente que ce qui est à venir dépend entièrement de moi. Je laisse derrière un bon nombre d'illusions, principalement celle d'être une victime des coups du destin. Je comprends maintenant que tous les coups durs nous révèlent la force qui est en nous et portent en eux des leçons précieuses. Je réalise que chaque rencontre est un cadeau, et que la vie offre parfois des moments d'émotion intense qui nous poussent en avant ; je comprends que le vrai amour, y compris envers soi-même, exige l'authenticité. Je sais aussi que je ne serai sans doute jamais en paix complète avec mon identité. Mais il se peut qu'en fin de compte, cela ne soit pas si important. Ce qui importe, ce n'est pas tant qui je suis pour vivre ma vie, mais ce que je vais faire de ma vie. En quittant l'Indonésie, je laisse derrière moi dans la turbulence du sillage tous mes fardeaux, mes peurs, mes colères, mes sentiments négatifs. En contraste, quand je pense à mon futur et au retour à Los Angeles bientôt, je fourmille d'une sensation trépidante de découverte, similaire à celle ressentie lors de mon arrivée la première fois aux États-Unis, à l'orée de mes dix-huit ans. Après des années à rêver de l'Amérique, j'avais reçu ce choc formidable à la descente de l'avion en me frottant enfin au mythe. C'était une houle de fond faite de mille détails : les panneaux lumineux et les lumières crues, l'allure insouciante des gens, les odeurs de cannelle et de pizza, une sensation d'espace immense même à l'intérieur du hall d'arrivée. Je m'étais sentie survoltée, exaltée, avec l'impression de toucher ainsi l'âme même de l'Amérique, première impression ineffaçable, mais qui s'est peu à peu éloignée, au fur et à mesure que ma familiarité avec les États-Unis grandissait.

Et voilà qu'aujourd'hui, le grand souffle puissant de l'inconnu et du possible me soulève à nouveau. Devant moi, le ciel est immense et bleu.